MIRA®

Der Preis dieses Bandes versteht sich einschließlich
der gesetzlichen Mehrwertsteuer.

Umwelthinweis:
Dieses Buch wurde auf chlor- und säurefreiem Papier gedruckt.

Sandra Henke
Kerstin Dirks

Begierde des Blutes

Roman

MIRA®

MIRA® TASCHENBUCH
Band 35006
1. Auflage April 2007

MIRA® TASCHENBÜCHER
erscheinen in der Cora Verlag GmbH & Co. KG,
Axel-Springer-Platz 1, 20350 Hamburg

Titel der Originalausgabe:
Begierde des Blutes

Konzeption/Reihengestaltung: fredebold&partner gmbh, Köln
Umschlaggestaltung: pecher und soiron, Köln
Redaktion: Claudia Wuttke, Stefanie Kruschandl
Titelabbildung: Mauritius Images GmbH, Mittenwald
Satz: Buch-Werkstatt GmbH, Bad Aibling
Druck und Bindearbeiten: Ebner & Spiegel, Ulm
Printed in Germany
ISBN 978-3-89941-355-7

www.mira-taschenbuch.de

Wer immer auch dieses Buch eines Tages in den Händen halten mag, wird die Geschichte einer alten Närrin lesen, die ihr Leben lang an die unsterbliche Liebe glaubte. Längst ist sie nicht mehr die, die sie einst war. Ihre Hände sind alt und runzelig, ihr Gesicht trägt Falten und ihr Rücken ist so krumm wie der einer Kräuterhexe. Er hingegen wird immer jung und schön sein, so lange wie Himmel und Erde bestehen.

Dies ist meine Geschichte. Ich widme sie dir, mein dunkler Engel, und unserer gemeinsamen Zeit. Ich wünschte, ich könnte dich noch einmal sehen, noch einmal deine kalte Elfenbeinhaut unter meinen Fingern spüren, bevor mich der Herrgott zu sich nimmt. Du bist ein Teil von mir geworden, obwohl uns so viele Jahre trennen. Irgendwo dort draußen bist du. Denkst du manchmal noch an mich?

Es war das Jahr 1783. England hatte die Unabhängigkeit der amerikanischen Staaten anerkannt, und es herrschte bereits seit sieben Jahren Frieden. Unter König George III. führten die Menschen ein ruhiges Leben. Obwohl London nach dem großen Brand vor über 100 Jahren fast vollständig zerstört war, hatte sich die Stadt zu einem der bedeutendsten Handelsorte der Welt entwickelt. Der Verkehr im Hafen war rege. Täglich legten Handelsschiffe an und genauso viele stachen in See, um englische Waren, vorzugsweise Tee, in die Welt zu exportieren.

Wer indische Kleider und Stoffe, exotische Gewürze und antike Tonkrüge suchte, der fand sie hier, in der Stadt an der Themse.

Ich war ein junges Mädchen von 18 Jahren, halb Kind, halb Frau. Unschuldig und voller Träume. Ich wartete auf einen Prinzen in strahlender Rüstung, der mein Herz im Sturm eroberte. Wie sollte ich ahnen, dass ich ihm in jener schicksalhaften Novembernacht tatsächlich begegnen sollte?

Die untergehende Sonne färbte den Himmel blutrot, als ich das westliche Stadttor in Richtung Westminster passierte. Fest presste ich die kleine Holzschüssel mit der Paste aus Johanniskraut und Baldrian an meine Brust. Ich atmete die beruhigend wirkenden Dämpfe ein, die Elisa in den Schlaf wiegen würden.

Der Heilkundler Phillip Collins war ein Freund der

Familie. Selbst zu später Stunde durften wir ihn in seinem kleinen Haus in der Nähe der Saint Paul's Cathedral aufsuchen, wenn wir seine Hilfe brauchten. Collins hatte mir seine „Wundersalbe“, wie er sie selbst nannte, mitgegeben, ohne eine Bezahlung zu verlangen! „Behalte deine Münzen, Kind, und kauf dir ein schönes Plissee mit Pelzeinsatz; der Winter wird kalt.“

Mein Atem hinterließ Spuren in der abendlichen Luft, die nach und nach immer mehr abkühlte. Collins hatte Recht, ein kalter Winter stand uns bevor. Dichter Nebel überzog die Wiesen und Felder. Wolkenlos stand der Mond am Himmel. Ich legte einen Schritt zu. In dieser Wildnis fühlte ich mich wie ein Reh, dem die vereinzelten Birkenwäldchen keinen Schutz vor Wölfen boten.

Ich keuchte. Martha hatte mir den Schnürleib viel zu eng gezogen. Schmerzhaft schnürte sich das Korsett in meine Taille und raubte mir die Luft. Doch Rücksicht auf meine gepeinigten Lungen durfte ich nicht nehmen. Elisa verließ sich auf mich. Sie brauchte meine Hilfe!

Erleichtert atmete ich auf, als ich endlich die beiden Haupttürme von Westminster Abbey in der Ferne erkannte. Jetzt war es nicht mehr weit. Die Qual würde ein Ende haben.

Am Waldrand saßen zwei Landstreicher auf einem umgekippten Baumstamm, nur hundert Schritte vom Stadttor entfernt. Ein Lagerfeuer brannte in ihrer Mitte. Während sich der eine in eine Wolldecke hüllte, wärmte der andere seine Hände über den rotzüngelnden Flammen. Vorsichtig näherte ich mich den Gestalten, die mir auf den ersten Blick nicht ganz geheuer waren.

„Verflucht, das wird eine verdammt kalte Nacht“, hörte ich den Mann mit den breiten Schultern sagen. Zischend zog er seine Hand zurück. Ein Funke hatte sich in seine Haut gesengt.

„Recht hast du, Jack. Recht hast du“, sagte das Geiergesicht neben ihm. Die Nase des dürren Wichts war krumm und erinnerte an den Schnabel eines Habichts. Ich entschied mich, einen Bogen um die sonderbaren Gesellen zu machen. Genau in diesem Moment entdeckten sie mich.

„He, Mädchen! Bleib doch mal stehen“, rief der breitschultrige Goliath und erhob sich eilig. Ich drehte mich um und spürte einen kalten Schauer meinen Rücken herunterlaufen. Er war wahrhaftig ein Riese. Ich reichte ihm nicht einmal bis zur Brust, als er in seiner vollen Größe vor mir stand. Goliath stank nach Alkohol und Schweiß. Eine Kombination, die Übelkeit in mir hervorrief. Dennoch machte ich gute Miene zum bösen Spiel; was blieb mir auch anderes übrig? Ich wollte die Männer doch nicht reizen.

„Mylady, meinem Freund Mortimer und mir ist es eine große Freude, Euch in dieser herrlichen, sternenklaren

Nacht zu begegnen. Wir haben viel zu selten das Vergnügen, Bekanntschaft mit der holden Weiblichkeit zu machen.“ Er deutete eine Verbeugung an. „Dürfen wir Euch an unser Lager bitten? Schlagt uns den Wunsch nicht ab, Mylady“, rief das Geiergesicht und machte eine einladende Handbewegung in Richtung Baumstamm. Sein Grinsen war dreckig. Ich schätzte, dass ihm die Hälfte seiner Zähne fehlte.

„Tut mir sehr leid, meine Herren, aber meine Schwester erwartet meine Rückkehr. So gern ich Euch auch Gesellschaft leisten würde.“

Eilig machte ich einen Schritt nach vorn. Ich wollte nur fort, so schnell wie möglich. Von den beiden Männern ging etwas Unheimliches aus. Sie waren läufig wie wilde Hunde. Die Gier in den Augen des Riesen war nicht zu übersehen. Er zog mich förmlich mit seinen Blicken aus.

Schon spürte ich eine kräftige Hand auf meiner Schulter, die mich nicht nur am Weitergehen hinderte, sondern sogar ein Stück in den Boden drückte. Ich hielt den Atem an.

„Aber, aber. Mylady, wo bleiben denn Eure Manieren? Ihr könnt unsere freundliche Einladung doch nicht einfach ablehnen.“

Der Geier erhob sich und schlich um mich herum wie ein Raubtier, das seine Beute umkreist. Ich spürte jeden seiner prüfenden Blicke. Seine Augen klebten an meinen Brüsten.

„Du bist ja eine Süße!", sagte er und streckte seine spindeldürren Finger nach mir aus. Sekundenlang konnte ich mich nicht regen. Ich war wie erstarrt. Seine Hand streichelte sanft über den Leinenstoff meiner Chemise, folgte den Wölbungen und packte plötzlich ohne Vorwarnung fest zu. Tief bohrte er seine Finger in mein Fleisch und lachte abscheulich.

„Sieh nur, Jack. Das gefällt der kleinen Metze. Ihre Knospe wird ganz steif."

„Lasst mich los, ihr verdammten Mistkerle! Ihr widerliches Pack."

Ich versuchte, nach dem Geier zu schlagen, doch Goliath riss meine Arme nach hinten, sodass mir die Holzschale aus der Hand fiel, und drückte meinen Oberkörper in horizontale Lage nach unten. Mein Kopf schwebte in unangenehmer Nähe direkt vor der ausgebeulten Hose des Geiers.

Mortimer packte mein Kinn und riss es ein Stück hoch, sodass ich gezwungen war, ihm in die Augen zu sehen. Gott, diese ekelhafte Gier ließ mich würgen.

„Ich habe langsam das Gefühl, wir sind dir nicht gut genug, Schätzchen. Hältst dich wohl für etwas Besseres. Aber eine feine Dame bist du auch nicht! Glaube mir, wir können's dir richtig besorgen. Schneller und härter als jeder andere Kerl in der Gegend. Du wirst vor Lust schreien!“

Panik stieg in mir hoch. Diese Schufte würden ihre Drohung doch hoffentlich nicht wahr machen. Ohne länger darüber nachzudenken, schrie ich, so laut ich nur konnte, um Hilfe. Mein eigener Schrei schmerzte in meinen Ohren.

„Halt der dummen Metze das Maul zu, sonst hört uns noch die Stadtwache“, keifte das Habichtgesicht, das sich offenbar von meiner Ablehnung persönlich beleidigt fühlte.

Mein Herz raste vor Angst, als die Hand des Riesen auf meinen Mund zuschnellte.

„Bringen wir sie in den Wald“, sagte Goliath, hob mich hoch und klemmte mich wie eine leblose Puppe unter seinen Arm.

Ich wusste, dass die beiden Männer in diesem Moment eine stumme Abmachung getroffen hatten. Sie verschleppten mich ins Unterholz. Äste peitschten mir ins Gesicht. Der Schmerz war unerträglich. Goliath rutschte auf dem feuchten Grund aus und stürzte. Dabei ließ er mich fallen, um sich mit beiden Händen abzufangen. Ich rollte gegen einen Baumstamm und blieb reglos am Boden liegen. Ich hörte nichts, außer meinem eigenem Atem. Schnell und unrhythmisch.

Ich konnte nicht die Kraft aufbringen, einfach aufzustehen und fortzulaufen. Meine Glieder waren wie gelähmt. Ich wusste, die Männer hätten mich mit Leichtigkeit wieder eingeholt. Nach dem langen Fußmarsch von London bis nach Westminster war ich viel zu erschöpft, um Gegenwehr zu leisten.

Zwei Gesichter beugten sich über mich. Ich sah das lüsterne Funkeln in ihren Augen und das schadenfrohe Grinsen auf den aufgesprungenen Lippen.

„Schreien hilft dir nicht, Goldlöckchen. Hier wird dich niemand finden", krächzte das Geiergesicht und zog ein dreckiges Messer aus seinem Hosenbund. Er hielt es mir vor das Gesicht und drehte es quälend langsam hin und her. Die Metallspitze drückte er auf meine Wange, bis ein Tropfen Blut aus der Wunde quoll. Wollte er mich entstellen? Ich biss mir auf die Unterlippe und hielt die Luft an. Erst als er die Waffe lachend wegnahm, atmete ich erleichtert auf.

„Bitte tut mir nichts …" Meine Stimme klang heiser. Ich konnte sie selbst kaum hören. Die Landstreicher ignorierten mein Flehen.

„Du bist wirklich sehr schön." Der Riese kniete sich zu mir und streichelte über meine schweißnasse Brust. Fast liebevoll fuhr er mit der Fingerspitze die Konturen meines Körpers entlang. Ich empfand nur Ekel. Angewidert biss ich die Zähne zusammen und warf den Kopf zur Seite. Ich wusste, was diese Mistkerle vorhatten. Instinktiv presste ich die Beine fest zusammen.

„Jetzt hab dich nicht so“, zischte das Vogelgesicht ungeduldig. „Mach sie auf!“

„Bitte nicht!“

„Das hast du dir alles selbst zuzuschreiben. Wärst du nicht so ungezogen gewesen, müssten wir dich nicht bestrafen.“

Ehe ich auch nur reagieren konnte, beugte sich Goliath über mich. Mit der einen Hand umfasste er meinen Hals, um mich am Boden zu halten. Mit der anderen drückte er meine Beine auseinander und griff in meinen Schritt. Seine Finger bahnten sich ihren Weg an den Stofflagen vorbei und gruben sich in meine Haare. Tränen stiegen mir in die Augen. Es tat so weh. Je mehr ich versuchte mich zu wehren, die Beine anzuziehen oder nach ihm zu treten, desto stärker wurde sein Griff um meinen Hals und das Reißen an meiner Scham.

„Zier dich nicht so, meine kleine Hure. Du willst es doch auch.“

„Natürlich will sie es, Jack. Alle Frauen wollen es. Hart und fest. Ohne Gnade.“

Plötzlich huschte ein dunkler Schatten durch das Labyrinth aus Bäumen. Laub wirbelte auf. Einzelne Blätter segelten durch die Luft. Die Männer hielten inne. Irritiert blickten sie in die Dunkelheit. Stand dort jemand im Schatten der dicken Buchen, die ihre blätterlosen Kronen wie Arme in den Himmel reckten?

„Zwei Männer gegen eine Frau. Alle Achtung meine Herren, ihr seid ganze Kerle."

Augenblicklich zückte Mortimer sein Messer und hielt es drohend in die Richtung, aus der die Stimme gekommen war. Schweiß stand ihm auf der Stirn. Sein Habichtgesicht glänzte im Licht des Mondes.

„Wer, zum Henker, ist das?", knurrte Jack und lockerte den Griff an meiner Kehle. Jetzt konnte auch ich die Gestalt im Dunkeln sehen. Schemenhaft. Ein Mann. Ja, zweifelsohne eine schlanke, große Gestalt. Der Nebel machte es mir schwer, sein Gesicht zu erkennen.

Schmatzend leckte der Geier mit der Zunge über die rostige Klinge. „Ich erledige das", sagte er zu seinem Kumpanen und lief festen Schrittes auf den Fremden zu. Dabei spielte er mit dem Messer in seiner Hand und wirbelte es geschickt durch die Luft.

Ich wollte meinen Retter warnen. Ihm zurufen, dass Mortimer bewaffnet war. Doch Goliath wusste das zu verhindern. Mit brachialer Gewalt presste er mir seine Hand auf den Mund. Ich glaubte, der Druck, den er auf mich ausübte, würde meinen Schädel zum Zerbersten bringen. Außer einem gequälten Stöhnen brachte ich nichts heraus. Innerlich verabschiedete ich mich von meinem Leben. Die Chancen, dass mein Retter ebenfalls bewaffnet war und den Kampf auch noch gewann, waren schwindend klein. Und selbst wenn es ihm gelang, das Geiergesicht zu überwältigen, so musste er noch gegen den Riesen antreten. Und Goliath war stärker und größer als ein normaler Mann. Sicherlich konnte er es mit drei ausgebildeten Kämpfern gleichzeitig aufnehmen.

Mortimer verschwand in der Nebelbank zwischen den Buchen.

„Wo ist dieser Feigling? Ich kann ihn nicht sehen. Zeig dich, du …"

Ein gellender Schrei durchbrach die Stille der Nacht. Wenige Augenblicke später stürzte der Geier zu uns zurück. Schwer keuchend presste er die linke Hand auf seinen Hals. Dann sackte er plötzlich neben mir auf die Knie. Ich sah das Blut, das zwischen seinen Fingern hervorquoll. Sein Brustkorb hob und senkte sich in einem ungesunden Rhythmus.

„Verflucht noch eins", schnaubte er.

Ich wagte nicht, mich zu regen. Noch immer lag die Pranke des Riesen auf meinem Mund. Ich konnte nur durch die Nase atmen.

„Oh mein Gott, Mortimer, was ist passiert?" Goliaths Stimme zitterte.

„Dieser Mistkerl hat mir fast den Hals zerrissen." Als Mortimer die Hand von der Wunde nahm, konnte ich die Klauenspuren an seiner Kehle erkennen. Vier tiefe Striemen. Ich zuckte vor Schreck zusammen. Eine solche Verletzung hatte ich nie zuvor gesehen!

„Das ist ein Tier!“

Mortimer hatte Glück gehabt, dass sein Angreifer nicht die Halsschlagader getroffen hatte.

„Lass die Dirne nicht aus den Augen, ich werde mich um unseren Freund kümmern.“ Goliath ließ von mir ab und schlug drohend die Faust in seine offene Hand.

„Nein! Lass uns gehen, Jack. Lass uns einfach gehen!“, flehte Mortimer. Als er aber sah, dass Jack nicht die Absicht hatte, sich wie ein Feigling zu verkriechen, packte er mich an den Haaren.

„Glaube nicht, dass du so einfach davonkommst“, zischte er und spuckte mir ohne Vorwarnung ins Gesicht.

Langsam glitt der Speichel über meine Wange. Was für ein widerliches Gefühl. Aber ich erduldete es und schwieg. Jeder Widerstand meinerseits hätte meine Situation verschlimmert. Die Nerven des Geiers schienen zum Zerreißen angespannt. Unruhig blickte er sich nach seinem Gefährten um. Doch der Nebel hatte ihn längst verschluckt.

„Jack, wo bist du nur? Wo steckst du?“

Ein animalisches Knurren war die Antwort, gefolgt von einem gequälten Stöhnen. Sämtliche Farbe wich aus Mortimers Gesicht. Geistesabwesend ließ er meine Haare los. Was für eine Befreiung. Dankbar rieb ich mir die schmerzende Kopfhaut.

„Jack?“, rief er verstört und rappelte sich auf. „Antworte

doch!“ Wieder raschelten Blätter.

Irgendetwas beobachtete uns. Es umkreiste uns wie ein hungriger Wolf seine Beute. Bereit, jeden Augenblick gnadenlos zuzuschlagen. Und plötzlich stand es hinter Mortimer. Wie aus dem Nichts war es aufgetaucht, als hätten die Schatten der Bäume es einfach ausgespuckt. Mein Herz blieb vor Schreck fast stehen, als ich die langen Eckzähne und die spitzen Nägel an den Fingern der Kreatur sah. Dieses Wesen erinnerte tatsächlich mehr an ein Tier als an einen Menschen. Selbst wilde Hunde hatten keine solchen Reißzähne! Der Anblick der Fänge rief alte Erinnerungen in mir wach. Mein Gott! Die Erkenntnis traf mich wie ein Schlag. Dieses Wesen war kein Tier. Es war ein Vampir!

Der Geier fuhr herum und blickte direkt in die gefährlich funkelnden Augen des Untoten. Erschrocken taumelte er einige Schritte zurück. Dann rannte er, so schnell seine Füße ihn trugen, in den Wald. Tiefer und tiefer hinein, bis er, genauso wie Jack zuvor, hinter einer dichten Nebelwand verschwand. Die Kreatur machte keine Anstalten, Mortimer zu folgen.

Oh Gott, dachte ich. Jetzt hat er es auf mich abgesehen! „Bitte, tut mir nichts“, flehte ich mit zitternder Stimme. Zur Antwort stieß der Vampir ein gefährliches Fauchen aus. Die dicken Adern an seinen Schläfen pochten wild, und der übergroße Kiefer erinnerte an das Gebiss eines Raubtiers. Ich wusste, er konnte das Blut, das heiß durch meinen Körper schoss, förmlich riechen. Nein, ein besseres Opfer als mich gab es nicht. Hilflos lag ich am Boden wie auf einem Silbertablett serviert. Unfähig mich zu wehren. Der schwarze Umhang flatterte durch die kalte Nachtluft, als sich der Vampir mir zuwandte. Wollte er mich töten? Instinktiv rollte ich mich zusammen, verbarg das Gesicht hinter meinen Händen und zog die Beine ganz nah an meinen Körper heran. Ich hatte mich nicht mehr unter Kontrolle und zitterte am ganzen Leib. Oh bitte, lieber Gott, ich will noch nicht sterben!

Jeden Augenblick würde er seine Reißzähne in meinen Hals bohren und mich meines Blutes berauben! Ich würde sterben! Oder selbst ein Vampir werden. Doch zu meiner Überraschung geschah nichts dergleichen. Stattdessen spürte ich eine Berührung. Sanft, vorsichtig, als fürchtete er, mir wehzutun.

„Du bist in Sicherheit", hauchte er mit engelsgleicher Stimme, die mir auf unheimliche Weise vertraut war. „Gehe heim, bevor diese Bastarde zurückkommen."

Ich traute meinen Ohren kaum. Es gab keinen Zweifel, ich kannte diese Stimme tatsächlich!

Einen solchen Zufall konnte es doch gar nicht geben! Ich nahm all meinen Mut zusammen und sah zu ihm auf. Er hatte sich von mir abgewandt. Die langen, blonden Haare tanzten durch die Luft, als besäßen sie ein Eigenleben. Die Gestalt war groß und schlank, in einen schwarzen Umhang gehüllt. Ich konnte ihn nur von hinten sehen. Trotzdem war ich mir plötzlich sicher. Mein Gefühl konnte mich nicht derart täuschen! Ich richtete mich auf, doch sogleich bemächtigte sich meiner ein unnachgiebiger Schwindel. Fest stemmte ich die Hände in den Waldboden, um Halt zu finden. Meine Finger bohrten sich in den kalten Sand.

„Warte, Jeremy!“, hörte ich mich da plötzlich selbst rufen.

Der Mann im Dunkeln blieb abrupt stehen. Regungslos verharrte er an dieser Stelle. Nur das Heben und Senken seiner Schultern verriet, wie schnell sein Atem ging. Ich hatte mich also nicht geirrt.

„Jeremy, ich bin es. Sophie Ashford. Erinnerst du dich nicht?“ Das Herz schlug mir bis zum Hals. Ich hatte diesen Vampir seit acht Jahren nicht mehr gesehen. War er noch immer derselbe? Konnte ich ihm vertrauen?

Langsam drehte er sich zu mir um. Das Mondlicht fiel auf sein bleiches Gesicht, das wieder menschliche Züge angenommen hatte. Seine Klauen und Zähne hatten sich zurückgebildet.

„Sophie?“ Er kam näher. Ungläubig musterte er mich, doch seine Stimme klang so wunderbar sanft und vertraut. „Du hast dich sehr verändert.“

Ich versuchte zu lächeln, aber der Schock saß mir noch immer in den Gliedern. Hätte das Schicksal uns nicht zusammengeführt, hätten mich diese lüsternen Kerle womöglich geschändet. Oder sogar schlimmer, auch noch ermordet!

Ekel befiel mich bei dem Gedanken. Ich spürte, wie er mir die Kraft raubte. Schützend hielt ich die Hände vor das Gesicht und schluchzte leise. Jeremy, mein alter Freund, sollte mich nicht so sehen. Aber die Gefühle übermannten mich. Ich konnte nichts dagegen tun. Er nahm mich in die Arme. Die unmenschliche Kälte, die von seinem Körper ausging, drang selbst durch sein Leinenhemd.

Obwohl ich Jeremy eine Ewigkeit nicht mehr gesehen hatte, kam es mir ganz natürlich vor, von ihm getröstet zu werden. Als wäre er nie fort gewesen, dachte ich. Er sah noch immer genauso aus wie damals, als Mutter und Vater ihm Einlass in unser Haus gewährt hatten. Die aristokratischen Züge, die hellblauen Augen, die wie ein Sternenmeer funkelten, und die bleiche Haut, auf der ein übernatürlicher Schimmer lag.

„Ich bin keine zehn Jahre mehr", sagte ich leise. Das Blut schoss in meine Wangen. Mir war in dem Alter gar nicht bewusst gewesen, wie attraktiv Jeremy war. Als Kind war er mir ein guter Freund gewesen. Plötzlich erkannte ich in ihm den Mann, der er war. Verführerisch, mächtig, geheimnisvoll …

„Du bist eine wunderschöne Frau geworden." Frau? Nie hatte jemand in mir eine Frau gesehen. Ein Mädchen – ja, aber keine erwachsene Frau.

Jeremy half mir auf. Gemeinsam gingen wir den Weg zurück. Ich hob die Holzschüssel auf und stellte erleichtert fest, dass die „Wundersalbe“ nur ein wenig Schmutz abbekommen hatte.

Zärtlich legte er den Arm um mich und führte mich nach Westminster, dem politischen Herzen Englands. Als der Wachmann in unsere Sichtweite kam, blieb ich irritiert stehen.

„Willst du dich nicht verbergen?“, fragte ich verwundert. Ich erinnerte mich, dass wir Jeremy in unserem Keller versteckt hatten, um ihn vor der Sonne und vor neugierigen Blicken zu schützen. Vater hatte ihm sogar einen Sarg gebaut, in dem er tagsüber schlief. Niemand hatte von seiner Existenz wissen dürfen. Doch nun bewegte er sich völlig frei, als wäre er wie jeder andere – ein Mensch.

Jeremy lachte heiser. „Ich lebe heutzutage sogar unter den Menschen. Sie erkennen mich nicht als das, was ich bin. Zumindest, solange ich mich nicht auf einen von ihnen stürze und ihnen das Blut aus dem Hals sauge. Früher war das anders. Ich hatte mein Vampir-Sein noch nicht begriffen und fürchtete mich vor der Welt dort draußen.“

Jeremy lebte unter den Menschen? Wieso hatte er uns nie besucht? Wir hatten ihm jahrelang ein Zuhause gegeben. Hatte er uns denn gar nicht vermisst?

Der Wachmann hob die Hand und nickte uns freundlich zu. Ich war verblüfft, wie selbstverständlich Jeremy zurückgrüßte, ohne eine Spur von Angst, erkannt zu werden. Als wir in den Kingsway einbogen, blieb Jeremy stehen und legte mir beide Hände auf die Schultern. Sein Blick war voller Zuneigung. Und trotzdem blieb er auf Distanz.

„Es hat mich sehr gefreut, dich wiederzusehen. Aber nun solltest du nach Hause gehen. Versprich mir, dass du besser auf dich aufpasst. Ich bin nicht immer da, um dich zu beschützen."

„Soll das ein Abschied sein?"

Er sagte nichts.

Wütend biss ich mir auf die Unterlippe. Ich bin nicht immer da, um dich zu beschützen, wiederholte ich seine Worte in Gedanken. Oh ja, das konnte man wohl sagen. Um genau zu sein, war er die letzten acht Jahre nicht da gewesen! Eines Nachts war er einfach verschwunden. Nur einen Abschiedsbrief hatte er hinterlassen. „Jeremy hat eine neue Aufgabe gefunden", hallten Mutters Worte in meinen Ohren. Wusste er überhaupt, wie sehr wir Kinder ihn vermisst hatten?

Jeremy hauchte mir einen Kuss auf die Stirn. Seine Lippen fühlten sich feucht und kalt an. Ohne ein weiteres Wort zu verlieren, wandte er sich von mir ab und verschwand mit wehendem Umhang in der Great Queen Street in Covent Garden. Fassungslos sah ich ihm nach.

Das war es also? Ein kurzes Wiedersehen, mehr nicht? Nein, das wollte ich nicht wahrhaben. Ich war wie besessen von der Idee, dass uns das Schicksal aus einem bestimmten Grund wieder zusammengeführt hatte. So durfte es nicht enden! Ich beschloss, ihm zu folgen. Es gab einfach noch zu viele offene Fragen. Seit wann lebte er in Covent Garden? Wieso waren wir uns nicht früher über den Weg gelaufen? Was hatte er in den letzten Jahren gemacht? Und warum streifte er ausgerechnet nachts durch die Wälder? Hatte das vielleicht etwas mit dieser ominösen Aufgabe zu tun, von der Mutter gesprochen hatte? Mutter ... Jeremy wusste vermutlich nicht einmal, dass sie zwei Jahre nach seinem Verschwinden an einer schweren Lungenentzündung gestorben war.

Geschickt folgte ich ihm durch die Straßen. Ich hielt mich bewusst im Schatten der Häuser und hatte Glück. Er drehte sich nicht einmal nach mir um.

Jeremy verschwand in einem Herrschaftshaus in der Limpin Charlie Lane. Woher nahm er das nötige Geld, um in ein vornehmes Wohngebiet zu ziehen? Neue Fragen taten sich auf. Jeremys Haus, das an eine italienische Palazzo erinnerte, faszinierte mich nicht nur wegen seiner Lage. In seinem Vorgarten befand sich eine Allee mit steinernen Dämonen und geflügelten Löwen, die links und rechts entlang des Sandweges aufgereiht waren. Den krönenden Abschluss bildeten zwei prachtvolle Erlen, welche die Fabelwesen teilweise verdeckten und nur erahnen ließen, wie kunstvoll sie gefertigt waren.

Ich atmete tief durch. Wir werden uns wiedersehen, Jeremy, versprach ich mir selbst. Er war mir die Antworten schuldig! Ich würde sie bekommen! Nun hatte aber erst einmal Elisa Vorrang. Ich hatte sie nun lange genug warten lassen.

Ich wusste nicht, wieso Jeremy Wellingham ein Haus in Covent Garden bezogen, noch wo er sich die letzten Jahre aufgehalten hatte. Er war mir fremd und vertraut zugleich, und das faszinierte mich. Mein kindliches Herz schlug schnell, wenn ich nur an ihn dachte. Als sich die Green Acres Road vor mir auftat, kreisten meine Gedanken noch immer um ihn. Nie hatte ich einen attraktiveren Mann gesehen! Ich fürchtete weder seine scharfen Reißzähne, noch seine Klauen, die wie aus dem Nichts zu wachsen schienen, wenn er wütend wurde. Im Gegenteil. Die Tatsache, dass er mit übernatürlichen Waffen ausgestattet war, verstärkte die Anziehungskraft nur noch mehr!

Das schreckliche Erlebnis im Wald versuchte ich, so gut es ging, zu verdrängen. Ich wollte weder Vater noch Elisa Kummer bereiten. Meine Schwester hatte ohnehin schon genug durchgemacht.

Aus dem Ashford's Pub, den wir seit Mutters Tod gemeinsam führten, drangen laute Stimmen. Als ich den

Schankraum betrat, schlug mir Tabakrauch entgegen. Die Tische waren bis zum letzten Stuhl besetzt. Vater stand an der Bar, während Martha, beladen mit zwei Schüsseln Eintopf, die Herren an den Tischen zu meiner Linken bediente.

Unsere fürsorgliche Schankmagd kam sofort auf mich zu. Mit einem Tuch wischte sie sich den Schweiß von der Stirn.

„Heute ist viel los", stellte ich fest. Das Geschäft lief gut. Wir konnten uns wahrhaftig nicht beklagen.

„Wem sagst du das, Kind. Dein Vater und ich haben alle Hände voll zu tun. Wie ich sehe, hat dir der gute Collins die Medizin gemischt?"

„Richtig. Wie geht es Elisa?"

„Sie ist eingeschlafen."

Ich atmete auf. Wenigstens hatte sie sich beruhigt. Wenn es unten im Schankraum voll wurde, schickte Vater sie immer auf ihr Zimmer. „Zu ihrem Schutz", wie er jedes Mal betonte.

Martha deutete mit den Daumen hinter sich zur Küchentür. „Ich könnte deine Hilfe gebrauchen. Brot mit Aufschnitt wurde bestellt."

Ich nickte. „Du kannst dich auf mich verlassen. Ich bringe nur schnell die Salbe nach oben."

Als ich wieder zurückkam, lief ich an der Bar vorbei, grüßte beiläufig Vater und schnappte mir eine Leinenschürze vom Haken. Aus der Vorratskammer, die mit unserer Küche durch eine Luke verbunden war, holte ich ein selbstgebackenes Weißbrot, frischen, hausgemachten Schafskäse und getrocknete Salami. Zufrieden brachte ich das Bauern-Abendbrot in den Schankraum. Martha nahm es mir mit einem dankbaren Lächeln ab und stellte es auf den Tisch in der hinteren Sitzecke. In diesem Moment betrat ein charismatischer Mann das Gästehaus, der meine Aufmerksamkeit ungewollt fesselte. Er war groß, hatte kräftige Schultern und trug einen Schlapphut, den er tief ins Gesicht zog. An seinem blanken Hals entdeckte ich eine merkwürdige Tätowierung. Ein Kreis, darin ein Kreuz und ein kleines, schwebendes Auge. An seine Seite trat ein Mann mit rundlichem Gesicht und verschwitzten, schwarzen Haaren, die förmlich an seiner Kopfhaut klebten. Die zwei Taschen, die er bei sich trug, waren ihm offensichtlich zu schwer. Schnaufend stellte er sie ab und klopfte sich auf die Brust, als bekäme er nicht genügend Luft.

Mein Vater ging auf den Fremden mit dem Schlapphut zu und reichte ihm die Hand.

„Guten Abend, die Herren. Mein Name ist William Ashford. Was kann ich für Euch tun?“

„Wir möchten uns für einige Tage einmieten, falls Ihr noch zwei Zimmer zur Verfügung habt, guter Mann.“

Der Fremde hatte einen merkwürdigen Akzent, den

ich nicht einordnen konnte. Fest stand nur, dass er kein Engländer war. Mein Blick glitt erneut zu seinem kleinen Begleiter, der gerade dabei war, die Taschen wieder aufzuheben. Jetzt erst bemerkte ich den Beutel, den er zusätzlich über der Schulter trug. Was waren das nur für merkwürdige Utensilien, die aus dem Lederverschluss herausragten? Spitz zugefeilte Hölzer? Eine Art Armbrust?

„Zwei Zimmer. Sehr gern. Wenn Ihr mir bitte folgen würdet?"

„Selbstverständlich."

Vater lief die knarrende Treppe hinauf, der schwer beladene Jüngling folgte ihm. Nur der Mann mit dem Schlapphut blieb einen Augenblick an dem Geländer stehen und musterte mich. Erschrocken wich ich seinem feurigen Blick aus.

Ein ungutes Gefühl beschlich mich. Wer waren diese Männer? Was wollten sie hier? Als ich wieder aufsah, war der Fremde verschwunden ...

Bis die letzten Gäste das Pub verließen, half ich Martha in der Küche aus. Danach schleppte ich mich die Treppe in den ersten Stock hinauf, öffnete die Tür und schlich mich auf leisen Sohlen ins Zimmer. Elisa saß mit angewinkelten Beinen in ihrem Bett und summte leise ein Lied.

„Ich dachte, du schläfst schon längst, meine Kleine."

Es war merkwürdig, so mit ihr zu reden. Elisa war die

Ältere von uns beiden. Bisweilen verhielt sie sich jedoch wie ein Kind.

Sie schüttelte nur den Kopf. Ich griff nach der Holzschüssel mit Collins Wundersalbe und setzte mich behutsam zu ihr auf die Bettkante.

„Hattest du wieder einen bösen Traum?“

„Ja.“

Ich streichelte ihren roten Schopf. Unter einer Haarsträhne verbarg sich die Narbe, die sie sich durch ihren Unfall zugezogen hatte. Ein unglücklicher Treppensturz, angeblich! Das hatte zumindest Calvin, Elisas Ehemann, behauptet. „Sieh nur, was ich dir mitgebracht habe. Komm, mach dich frei.“

Artig hob Elisa ihre Chemise hoch, sodass ich ihre prallen Brüste sehen konnte. Brüste, die ein Kind hätten stillen sollen, wenn es den Sturz überlebt hätte. Vorsichtig tunkte ich meine Finger in die Salbe und verteilte sie auf Elisas Oberkörper. Meine Schwester stöhnte leise, während sie die Dämpfe begierig einatmete.

Ich massierte sie, bis die Salbe ganz in ihre Haut eingezogen war.

„Schlaf gut“, hauchte ich, deckte sie zu und küsste sie auf die Stirn. Dann zog ich mich aus, ließ nur mein Leinenhemd an und legte mich in mein Bett. Was Jeremy wohl jetzt gerade machte? Ging er auf die Jagd? Wie vertrieb man sich die Nacht, wenn man am Tage schlief?

Die morgendlichen Sonnenstrahlen fluteten unser Zimmer. Der Tag versprach trotz der regnerischen Jahreszeit, schön zu werden. Verschlafen rieb ich mir die Augen und stellte verwundert fest, dass Elisa bereits aufgestanden war. Ich musste wie eine Tote geschlafen haben! Meine Verwunderung wurde größer, als ich schließlich angekleidet und frisiert in den Schankraum herunterkam und Elisa am Tisch der beiden Herrschaften von gestern Abend sitzen sah. Selten hatte ich meine Schwester so aufgeregt gesehen. Normalerweise interessierte sie sich nicht sonderlich für ihre Umgebung. Der Herr mit dem Schlapphut und sein untersetzter Begleiter hatten es ihr aber offenbar angetan.

Schlaftrunken wankte ich zu meinem Vater hinüber, der die hinteren Tische mit einem nassen Lappen abwischte.

„Guten Morgen, Sophie“, grüßte er mich und strahlte von einem Ohr zum anderen. Mein Vater gehörte zu den Menschen, die immer fröhlich waren. Selbst wenn er schlechte Laune hatte, fand sich ein Lächeln auf seinen Lippen. Nur in Ausnahmefällen verlor er die Beherrschung. Mutter hatte immer gesagt, dass Vater nur deshalb so ein umgänglicher Mensch war, weil er der einzige Mann unter Frauen in unserer Familie war.

„Wer sind denn unsere beiden neuen Gäste?“

Ich konnte es nicht leugnen, der Fremde mit dem Schlapphut hatte eine anziehende, gleichzeitig geradezu gefährliche Ausstrahlung.

„Ach, du meinst Mister Ignatius und seinen Begleiter Dango Perres?“

Die beiden waren die einzigen Gäste, die sich um diese Uhrzeit im Schankraum befanden. Zurzeit hatten wir keine anderen Zimmer vermietet.

„Sie sind nicht von hier?“

Vater zuckte nur die Schultern. Es war ihm egal, woher seine Gäste kamen, solange sie zahlten.

„Würdest du den Herren das Frühstück servieren?“ Vater deutete in Richtung Küche. „Martha hat schon alles vorbereitet.“

Ich nickte nur und lief an der Bar vorbei durch die kleine Hintertür und stieß fast mit Martha zusammen. Die gute Seele des Hauses, die uns seit dem Tod meiner Mutter unter die Arme griff, drückte mir lachend einen Brotkorb in die Hand.

„Für Mister Ignatius und …“

„Ich weiß, ich weiß.“

Ich glaubte meinen Ohren nicht zu trauen, als ich mich dem Tisch der Herrschaften näherte.

„Ihr seid sehr lustig, Samuel“, kicherte Elisa wie ein aufgeregtes Küken.

„Und Ihr seid bezaubernd, meine Werteste.“

Ignatius hauchte ihr galant einen Kuss auf die Hand. Ich blieb vor Schreck wie angewurzelt stehen. Was sich hier vor meinen Augen abspielte, konnte nur ein böser Traum sein. Elisa war sicher keine hässliche Frau. Aber welcher Mann interessierte sich für eine 20-Jährige, die sich wie ein kleines Mädchen verhielt?

Als Ignatius zu mir sah, setzte ich ein gespieltes Lächeln auf und stellte den Brotkorb auf seinen Tisch.

„Guten Appetit."

„Vielen Dank."

„Sophie, Sophie! Samuel erzählt mir ganz tolle Geschichten!", rief Elisa vergnügt und hob dabei beide Arme in die Höhe.

„Wackle nicht mit deinem Stuhl, sonst kippst du um", ermahnte ich sie. Ich begriff nicht, warum Vater nichts unternahm? Er war doch sonst auch immer der Erste, der Einspruch erhob, wenn Elisa mit Fremden redete!

„Entschuldigt, junge Miss", meldete sich ein zaghaftes Stimmchen. Dango Perres zupfte an meiner Schürze und sah mich mit seinen kleinen Schweineaugen verschmitzt an.

„Könnten wir noch zwei Becher Milch bekommen? Bitte?" Er lächelte verlegen, als wäre es ihm peinlich, eine Bestellung aufzugeben.

Ich nickte nur und beeilte mich, in die Küche zu kommen, denn ich wollte Elisa nicht länger als nötig mit diesen sonderbaren Männern allein lassen.

„Dieser Ignatius ist mir nicht ganz geheuer", sagte ich

zu Martha, während ich die frische Milch in zwei Becher füllte. Wie gut, dass Martha unsere „Emma" bereits heute Morgen gemolken hatte. Außer einer Kuh hielten wir uns im Hinterhof Hühner und Ziegen, die für unser leibliches Wohl sorgten.

Martha lachte nur. „Jetzt übertreibst du aber, Kind. Er ist doch ein sehr höflicher Mann."

„Hat er gesagt, warum er nach Westminster gekommen ist?" Ich erinnerte mich an die merkwürdigen Instrumente, die ich in Dangos Beutel gesehen hatte. Eine Armbrust ..., Holzpflöcke ..., wer wusste schon, was sich noch in der Tasche befand? Und was die zwei Männer damit vorhatten?

„Nein. Darüber habe ich nicht mit ihm gesprochen. Frage ihn doch einfach."

Ich seufzte. „Vater würde mir die Ohren lang ziehen, wenn ich unsere Gäste mit solchen Fragen belästige."

„Da könntest du Recht haben."

Ich verließ die Küche und steuerte ein weiteres Mal auf Ignatius und Dango zu.

„Das müsst Ihr mir genauer erklären, werte Elisa. Ihr habt schon einmal einen Vampir gesehen?"

Ich bekam einen riesigen Schreck! Ahnte Ignatius etwa, dass meine Familie einst einen Vampir beherbergte? Hatte Elisa ihn in unser Geheimnis eingeweiht? Ich musste reagieren. Und zwar schnell, bevor meine

Schwester noch mehr preisgab.

Ich stellte die Becher auf den Tisch, griff meine Schwester am Oberarm und zog sie von ihrem Stuhl.

„Komm mit, Elisa. Entschuldigt bitte, wenn sie Euch belästigt hat."

„Hör auf, hör jetzt auf!", protestierte sie wild gestikulierend.

„Aber nicht doch, junge Miss. Elisas Erzählungen sind sehr interessant", versicherte mir Ignatius.

„Da hörst du es!", sagte Elisa trotzig und ließ sich auf ihren Stuhl zurückfallen.

Ich musste zu einem Trick greifen.

„Martha braucht deine Hilfe. Sie kocht gerade einen Eintopf für das Mittagessen. Du kannst doch so gut die Hühner rupfen, willst du ihr nicht dabei helfen? Sie würde sich sehr darüber freuen."

Meine Schwester seufzte gedehnt, nickte dann aber und marschierte schnurstracks in die Küche. Ich atmete erleichtert auf. Wie konnte sie nur in Gegenwart von Fremden über unsere Familiengeheimnisse reden? Meine Eltern hatten Jeremy einst das Versprechen gegeben, seine Existenz geheim zu halten! Von klein auf hatte ich gelernt, zu niemandem ein Wort über unseren lichtscheuen Gast zu verlieren. Andererseits musste Ignatius nur eins und eins zusammenzählen, um zu erkennen, dass er auf das Wort meiner verwirrten Schwester nicht viel geben konnte. Vampire existierten nur in ihrer Phantasie. Das würde ich ihm zumindest sagen, wenn er unangenehme Fragen stellen sollte.

* * *

Tamara Malt packte die lose Blättersammlung auf einen Stapel und fuhr fast zärtlich die geschnörkelte Überschrift mit dem Zeigefinger entlang. „Dies sind die Memoiren von Sophie Langsdale, geborene Ashford“, las sie leise.

Die 30-Jährige lag nur mit String und Trägershirt bekleidet bäuchlings auf ihrem Bett. Das Fenster ihrer Dachgeschosswohnung stand weit geöffnet, doch die Luft, die träge ins Zimmer schwebte, war genauso schwül wie die im Raum. London lag seit Tagen unter einer Hitzeglocke.

Tammy wischte sich mit dem Handtuch, das auf ihrem Kopfkissen lag, die Schweißperlen von der Stirn und drehte sich schwungvoll auf den Rücken. Sie legte die Blättersammlung auf ihren Bauch und schloss die Augen.

Wer mochte ihr die Memoiren geschickt haben? Den Umschlag mit den handbeschriebenen Seiten hatte sie in ihrem Briefkasten gefunden, als sie von der Werbeagentur „Kensingtoner IdeaPool“ nach Hause gekommen war. Die Klimaanlage in der Agentur hatte am Nachmittag den Geist aufgegeben. Tammy entschloss sich, in ihre Wohnung zurückzukehren, um dort zu arbeiten. Sie hatte die Arbeit eingepackt, war mit der nächsten U-Bahn nach Paddington gefahren – und fand den Brief. Jemand hatte ihn eingeworfen, denn es befand sich keine Briefmarke auf dem Kuvert. Leider fehlte auch der Absender.

Ihr Kartäuserkater sprang auf das Bett und begann zu schnurren. Mit der Nase stupste er die Blätter auf Tammys Bauch an.

„Du möchtest auch wissen, wer uns die Memoiren geschickt hat, Grey?" Sanft kraulte Tammy ihren Kater, den sie nach ihrer Lieblingsteesorte Earl Grey benannt hatte. „Vielleicht hat jemand sie in die falsche Mailbox geworfen." Sie öffnete die Augen und lächelte. „Diese Sophie muss genauso verrückt gewesen sein, wie ihre Schwester Elisa. Vampire. Wer glaubt denn an solch einen Unsinn? Oder meinst du, das sind gar keine Memoiren, sondern ein Romananfang?"

Sophie Langsdale, geborene Ashford. Wer mochte die junge Dame aus dem 18. Jahrhundert gewesen sein? Ob ein Nachkomme bei Tammy im Mietshaus wohnte, der die Memoiren hätte erhalten sollen? Sie wollte lieber nicht an den Türen klingeln, um nachzufragen, denn sie hatte schon genug Ärger mit den Nachbarn.

„Die meckern aber auch bei jeder Kleinigkeit", beschwerte sie sich bei Grey. „Die ältere Dame im Erdgeschoss mosert, weil ich das Treppenhaus manchmal nicht putze, wenn ich an der Reihe bin. Das Ehepaar mit den zwei Kindern nebenan schlägt mit der Faust gegen die Wand, wenn ich um 23 Uhr dusche, dabei weckt ihr Geschrei die Kinder eher als die Duschgeräusche in meiner Wohnung. Ich arbeite nun mal lange."

Mit einem schlechten Gewissen schaute Tammy zu ihrem Laptop. Eigentlich sollte sie längst an dem Werbeslogan für „Hip Shoes" sitzen, aber bei dieser Hitze konnte sie nicht denken.

„Ausgerechnet heute muss ich mit meiner Familie essen gehen, in Soho, weil meine ausgeflippte Schwester Samantha auf die Sixties-Läden dort steht, dabei mögen weder Mom, Dad, noch ich die Restaurants auf der Carnaby Street. Dort geht man shoppen, nicht essen."

Grey miaute und schaute sie mit großen Augen an. Lächelnd setzte Tammy ihn auf den Boden und schlenderte zur Küche. „Das Wort ‚Essen' verstehst du immer", amüsierte sie sich und gab dem Kater Futter.

Sie ging zurück zum Bett, nahm das Handtuch und legte es sich in den Nacken. Dann stellte sie sich ans Fenster und schaute hinaus. Auf der Rasenfläche in der Mitte des Norfolk Squares lag ein Paar auf einem fliederfarbenen Laken und kuschelte. Wehmütig dachte Tammy an Sophie und Jeremy. Welch eine schicksalhafte Begegnung! Die 18-jährige Memoirenschreiberin schien hin und weg von diesem Mann zu sein. Tamara korrigierte sich in Gedanken. Von diesem Vampir. Tammy selbst hatte nie viel Glück gehabt in der Liebe. Die Männer lagen ihr nicht gerade zu Füßen. Und wenn sie nun zurückdachte an die wenigen vergangenen Liebschaften, so trauerte sie keiner hinterher. Tamara hatte eben nicht die Faszination empfunden, die sie an einem Mann suchte. Und so stürzte sie sich in die Arbeit. Darin war sie gut. Sie besaß mittlerweile einen Namen als aufstrebende Werbetexterin, aber eben keinen Freund. So befand sie sich in einem Teufelskreis. Weshalb sollte sie früh nach Hause kommen, wenn niemand auf sie wartete außer Grey? Sie konnte sich genauso gut die Nächte in der Agentur um die Ohren schlagen. Das erwartete man von einer Karrierefrau. Wollte sie das überhaupt sein? Sie verkörperte es nach außen, ja. Vielleicht weil das alles war, was sie sich hatte erarbeiten können. Dabei träumte sie vielmehr davon, sich in die Arme eines starken Mannes fallen zu lassen, eines Mannes, der so mysteriös und attraktiv war wie Jeremy.

Plötzlich hatte Tammy eine Idee. Sie hatte bisher nur die ersten Seiten der Memoiren gelesen und war auf bekannte Namen gestoßen.

„Wo war es denn noch? Wo stand es?“, murmelte sie und überflog die ersten Blätter. „Da! Covent Garden, ja, dort hat Jeremy gewohnt. Früher war Westminster eine eigene Stadt, heute ist es ein Bezirk Londons. Dort gibt es einige Häuser, die wie römische Palazzo aussehen. Das könnte passen. Sophie erwähnte doch auch einen Straßennamen. Ruhig, Tammy, nicht so aufgeregt.“ Sie begann verstärkt zu schwitzen, wischte sich mit dem Handtuch übers Gesicht und fand endlich den Abschnitt, den sie suchte. „Limpin Charlie Lane; diese Straße muss ich finden.“

Ohne weiter darüber nachzudenken, wusch sie sich in Windeseile und zog ein apricotfarbenes Minikleid aus Voile an und band die schulterlangen, blonden Locken zu einem Zopf. Bei der Hitze war sie froh, ihre kleinen, festen Brüste nicht in einen BH zwängen zu müssen, so wie Samantha, die ihre üppigen Rundungen immer und überall durch einen Push-up-BH und offenherzige Blusen in Szene setzte.

„Sie passt nach Soho“, sagte Tammy zu Grey, als sie das Fenster schloss und ihn zum Abschied streichelte. „Sammy Jo ist genauso oberflächlich.“

Die Sonne warf bereits tiefe Schatten, als Tamara die London Street entlangeilte. Sie überquerte die Pread Street und hastete die Treppenstufen zur Paddington Station hinunter, als würde sie zu einem Rendezvous hetzen. Dabei wusste sie nicht einmal, ob Jeremys Haus überhaupt existierte.

Sie betrat die U-Bahn und grinste. Jeremy konnte doch gar nicht wirklich gelebt haben, immerhin sollte er ein Vampir gewesen sein. Nein, das war unmöglich! Sicher würde sie nichts finden. Kein Haus. Keinen Jeremy. Erwartete sie tatsächlich, dass sie ihn antreffen würde? Als Vampir hätte er Sophie überleben und nun seit drei Jahrhunderten in dem Haus in der Limpin Charlie Lane wohnen können. Hatten sich die beiden eigentlich wiedergesehen, grübelte Tamara, oder war Jeremy nie zu Sophie zurückgekehrt, weil er ihr Blut nicht begehren wollte?

Tammy hatte das Gefühl, sich lächerlich zu machen. Einen Moment lang überlegte sie ernsthaft, direkt nach Soho zu fahren und die Läden zu durchstöbern, anstatt einem Phantom nachzujagen. Doch die Neugier und die Sehnsucht nach einer Liebe, wie sie sich zwischen Sophie und Jeremy anbandelte, brachten sie dazu, in Covent Garden auszusteigen.

Tammy kaufte sich am Schalter eine Stadtkarte, fand den gesuchten Straßennamen jedoch nicht. Daher fragte sie die Verkäufer nach der Covent Garden Palazzo und auch Passanten, aber niemand konnte ihr helfen. So leicht wollte Tammy nicht aufgeben! Sie lief durch die Straßen und Gassen, schaute sich die Straßenschilder an. Nichts.

Die Sonne versank hinter den Dächern. Zuerst entflammte der Himmel in gelb-roten Zungen, die am Horizont loderten. Doch bald überflutete tiefes Nachtblau das Firmament, wie eine gewaltige Welle, die den Tag fortspülte.

Traurig entschied Tamara, den Weg nach Soho anzutreten. Sie war einer Illusion erlegen. „Ich bin ein Narr“, schimpfte sie. Langsam spazierte sie den Weg zur U-Bahnstation zurück.

Auf einmal las sie: „Ole Limpin Lane“. Sie blieb wie angewurzelt stehen. Der Name hallte in ihren Gedanken wider. „Ich stehe längst auf der Straße. Natürlich! Die Namen haben sich seit dem 18. Jahrhundert verändert. Limpin Charlie Lane. Ole Limpin Lane. Es gibt sie wirklich!“

Sie konnte es kaum fassen. Aufgeregt drehte sie sich um die eigene Achse. Da bemerkte sie einen steinernen Flügel, der hinter einer großen, ausladenden Erle hervorlugte. Schnell rannte sie zu dem Vorgarten, in dem zwei Erlen rechts und links eines Sandwegs standen und das meiste des Hauses verdeckten.

„Die steinernen Dämonen!“, keuchte Tammy. „Es gibt das Haus wirklich.“ Konnte es tatsächlich sein, dass ein Mister Jeremy Wellingham hier um 1783 gewohnt hatte? Ja, es musste so sein. Aber war er nun Vampir oder Mensch?

„Ich werde es nie herausfinden, wenn ich hier stehen bleibe“, sagte Tammy und öffnete das Eisentor, das ihr bis zu den Knien reichte. Knarrend schwang es auf. Bei jedem Schritt auf das fremde Grundstück pochte ihr Herz lauter. Dabei musste sie sich eigentlich keine Sorgen machen. Einst hatte das Haus einen feudalen Eingang besessen, doch davon waren nur zwei Treppenstufen geblieben, die aussahen, als hätten die Dämonen sie angefressen. Die Fenster im Erdgeschoss waren mit Brettern zugenagelt. Der Kamin war eingefallen, und die Hausfassade bröckelte. Die geflügelten Löwen waren verschwunden. Lediglich zwei moosbewachsene Steinsockel erinnerten an sie.

Tamara sprach sich Mut zu, um im Hausinneren nach Hinweisen zu suchen. „Hier wohnt niemand."

„Noch nicht!", erklang eine tiefe Stimme hinter ihr.

Erschrocken fuhr sie herum. Nur eine Armlänge entfernt stand ein hochgewachsener Mann, der sie von oben bis unten musterte. Er betrachtete ihre langen, schlanken Beine und scheute sich nicht, seinen Blick an ihren Brustwarzen kleben zu lassen, die sich durch die Aufregung zusammengezogen hatten und wie Perlen gegen den Stoff stießen.

Der Mann setzte eine finstere Miene auf. „Dringen Sie immer ungebeten auf fremden Grundstücken ein?"

„Ich …", begann Tamara und stockte. Wieso nur ließ sie sich von diesem Kerl verunsichern? Sie hatte nichts Unrechtes getan. Und dennoch errötete sie. Er kommentierte dies mit einem erheiterten Lächeln, was sie wütend machte. Aber was sollte sie erzählen? Sie konnte ihm ja schlecht über den Vampir berichten, der hier einst gewohnt hatte. Aufmüpfig schaute sie ihm in die geheimnisvoll funkelnden Augen. Wie wunderschön sie waren! Schwarz wie die Nacht und genauso unergründlich.

Er verschränkte die Arme vor dem Körper und kraulte mit einer Hand nachdenklich das Kinn. Dann deutete er auf die Straßenkarte in ihrer Hand. „Sie sind Touristin und haben sich verlaufen? Aber in einem verkommenen Haus wollten Sie doch wohl nicht nach dem Weg fragen, oder?“

„Für wie dumm halten Sie mich eigentlich?“, entrüstete sich Tammy. Ihr fiel auf, dass der Windsorkragen seines anthrazitfarbenen Jerseyhemdes so intensiv gestärkt war, dass er jedem Sturm hätte standhalten können, und die Falte seiner ebenso dunklen Hose war äußerst akkurat gebügelt. Lässig lag der scharlachrote Kaschmirpullover über den Schultern und gab dem Fremden ein klassisches Aussehen.

Grinsend setzte er noch eine Unverschämtheit drauf. „Jetzt verstehe ich. Sie sind auf der Suche nach Arbeit und wollen mir Ihre Dienste als Putzfrau anbieten. In meinem neuen Haus gibt es ja auch viel zu tun, und Sie scheinen sich nicht gut artikulieren zu können. Unter diesen Voraussetzungen findet man keinen gut bezahlten Job.“

Plötzlich war Tammy rasend vor Wut. Immerhin arbeitete sie als Werbetexterin und leistete verdammt gute Arbeit. Sie trat näher an den Fremden heran. „Wenn ich nicht so gut erzogen wäre, würde ich jetzt weit ausholen und Ihnen eine Ohrfeige verpassen, die ein Feuermal auf der Wange hinterlässt, das Sie auch nächste Woche noch an mich erinnert!"

„Dann sorge ich lieber vor", antwortete er mit ruhiger Stimme. Blitzschnell nahm er ihre Hände und verschränkte sie hinter ihrem Rücken. Nun drückte sich ihr Oberkörper sanft gegen den seinen. Erhaben schaute er auf sie hinunter, und Tammy war zu erstaunt, um sich zu wehren.

„Sie sind eine hübsche Einbrecherin", sagte er milde.

Die Nähe zu diesem Mann raubte Tammy den Atem. Wie alt mochte er sein? Sie konnte es nicht sagen. Sein ebenholzfarbener Haarschopf besaß graue Schläfen und war trotzdem sehr füllig und glänzend.

Sie schluckte schwer und genoss den Duft von „Minotaure", der von seinem Hals ausströmte und nun auch sie umgab.

„Ich wollte nicht einbrechen", brachte sie mühsam hervor. Tamara hatte befürchtet, dass ihre Stimme zittern würde, aber sie war lediglich etwas dünn. „Mir gefielen die Dämonen. Ich wollte sie aus der Nähe betrachten."

„Hm", machte er provozierend. „Für mich sah es so aus, als wären Sie gerade dabei gewesen, in Richtung Haustür zu gehen."

Sie fühlte sich ertappt. Hin- und hergerissen zwischen Wut und Scham suchte sie nach einer ausweichenden Antwort. Die richtigen Worte fielen ihr nicht ein. Sie war noch nie gut gewesen, Ausreden zu erfinden, anders als ihre Schwester. Samantha war die Königin der Ausflüchte.

Auf einmal gab der Fremde sie frei. Tammy war erstaunt über sich selbst, denn sie war enttäuscht über die plötzliche Distanz zwischen ihnen beiden.

Er streckte ihr die Hand entgegen. „Mein Name ist Dorian Everheard. Ich führe das Gestüt ‚Ride through time' draußen in Richmond. Dieses heruntergekommene Haus hier habe ich gerade erst gekauft, als Investition sozusagen und Zweitwohnsitz in der City. Meinen Sie, der Kauf hat sich gelohnt?"

„Tamara Malt." Sie schüttelte seine Hand, die trotz der nächtlichen Wärme angenehm kühl und kräftig war. „Ob Sie das Geld in den Sand gesetzt haben … Ich weiß es nicht. Ich kenne ja die Zustände im Haus nicht."

Dorian lachte laut auf. Er ließ ihre Hand los, schlenderte um sie herum und flüsterte von hinten in ihr Ohr: „Netter Versuch, doch noch ins Haus zu gelangen." Er ging weiter und sah sie schmunzelnd von der Seite an. „Da müssen Sie schon die Waffen einer Frau benutzen, um mich rumzubekommen. Mädchenhafte Unschuld und gespielte Naivität bringen es bei mir nicht weit."

„Sie rumzukriegen?", prustete Tammy entrüstet. Sie sah, dass er sie herausfordern wollte, doch seine Dreistigkeit machte sie nur wieder wütend. Tamara schaute auf ihre Armbanduhr. Doch als sie bemerkte, dass sie gar keine trug, lief sie erneut rot an. Dorian Everheard machte sie nervös, und das bedeutete, sie musste weg von ihm!

„Sie sind wirklich einer der unverschämtesten Männer, die ich je in meinem Leben getroffen habe. Aber ich lasse nicht gerne auf mich herunterschauen, daher werde ich Sie nun mit Ihrer Traum-Immobilie allein lassen. Die Dämonen unterhalten sich bestimmt gerne mit Ihnen, denn die haben ein Herz aus Stein und es macht Ihnen nichts aus, wenn Sie auf ihren Gefühlen herumtrampeln, Mister Everheard."

Tamara machte kehrt, um das Weite zu suchen, doch Dorian hielt sie zurück. Seine Hand umschloss fest ihren Oberarm. Tammy versuchte sich loszureißen, aber er war unnachgiebig.

Er zog sie zu sich und sah ihr tief in die Augen. „Es tut mir leid, wenn ich Sie gekränkt habe. Ich bin zu weit gegangen, und dafür entschuldige ich mich. Bitte, Tammy. Darf ich Sie so nennen? Sie reizen mich. Sie schienen ein einfaches, ja, fast williges Opfer zu sein. Und ein wenig haben Sie mein Necken doch auch genossen, oder irre ich mich so sehr?"

Samtig weich klang seine Stimme, betörend und verführerisch. Tammy schmolz dahin. Sie verstand sich selbst nicht mehr. Es war, als würden ihre Sinne schwinden, wann immer sie so nah war, dass sie Dorians „Minotaure" riechen konnte. Er besaß eine starke Anziehungskraft auf sie und kontrollierte mit ihrer Hilfe das Spiel. Hatte er Tammy bereits am Haken und ließ sie mal an der langen, mal an der kurzen Leine?

Wie ein Vampir, schoss es ihr durch den Kopf, geheimnisvoll und mächtig. Ob Dorian Everheard ein Vampir war? Konnte es sein, dass er früher einmal das Leben von Jeremy Wellingham gelebt hatte? Nein, Vampire gab es nicht, redete sich Tamara ein und konnte sich nicht von Dorians unergründlichen dunklen Augen losreißen. Und Dorian sah so ganz anders aus, als Sophie Jeremy beschrieben hatte.

„Darf ich Sie zu Ihrem Hotel bringen?“, fragte er ernst. „Als kleine Wiedergutmachung. Mein Wagen steht gleich dort drüben.“ Er gab ihren Arm frei.

Tammy schüttelte den Kopf. „Ich bin keine Touristin. Machen Sie sich keine Umstände. Ich muss zur Carnaby Street und fahre mit der U-Bahn.“ An seinem heroischen Lächeln erkannte sie, dass er wusste, sie hatte ihm längst vergeben.

„Sie wohnen in Soho?“ Er hob fragend die Augenbrauen.

„Nein, ich bin dort verabredet.“

„Mit einem Mann?“

Erstaunt brauchte sie einen Moment und antwortete dann: „Ja.“ Nach einer Pause fuhr sie fort: „Mit meinem

Vater, aber meine Mutter und meine Schwester werden auch dort sein. Haben Sie sonst noch Fragen, Mister Everheard?"

Er legte lächelnd seine kühle Handfläche an ihre Wange und streichelte mit dem Daumen ihre Wange. „Dorian, bitte, nennen Sie mich Dorian. Darf ich Sie dann nach Soho fahren? Es würde mich freuen. Auf diesem Weg gewinne ich noch einige Zeit mit Ihnen."

Schon lange wurde Tammy nicht mehr hofiert. Sie hatte das Flirten fast verlernt, und so antwortete sie: „Das wäre unsinnig. Ich fahre extra mit der U-Bahn, weil ich der festen Meinung bin, dass ein Auto in London nicht notwendig ist. Zumindest in den inneren Bezirken ist das Verkehrsaufkommen viel zu hoch. Da wäre es unlogisch, nun ..."

„Keine Widerrede!", unterbrach er sie unnachgiebig. „Wenn wir in den Feierabendverkehr kommen, ist das umso besser für mich." Er zwinkerte ihr zu und schob sie in Richtung Eisentor.

„Bekommen Sie eigentlich immer, was Sie wollen?", fragte Tammy provokant.

„Ja", entgegnete Dorian kurz und blickte ihr beherrscht ins Gesicht.

Sie ließ sich von ihm zu seinem Wagen führen. Als sie einstieg, grübelte sie darüber nach, was für ein Mann dieser Dorian Everheard sein mochte. Spielte er nur den berechnenden Typ, oder stand er wirklich über den Dingen? Zumindest nahm man es ihm ab. Er wusste, was er tat und sprach bewusst. Ob Tammy ihn aus der Reserve locken konnte? Sie hatte sich zwar bisher in die Ecke drängen lassen, aber nun war der Überraschungsmoment vorüber. Es war Zeit zurückzuschlagen. Dorian reizte sie. Ihr ganzer Körper kribbelte elektrisiert. Seine Unverschämtheit forderte Tammy heraus. Er war genauso mit Pauken und Trompeten in ihr Leben getreten wie Jeremy in Sophies. Wie die Geschichte der beiden wohl weitergehen mochte? Gab es überhaupt eine Fortsetzung, oder hatten sich Sophie und Jeremy nach dieser Begegnung nie wieder gesehen? Was für ein Spiel dieser ekelhafte Ignatius wohl spielte? Ihr fielen die Armbrust und die Holzpflöcke ein, die sein Diener bei sich trug wie Vampirjäger in alten Hollywoodfilmen. Tammy machte sich ernsthaft Sorgen um Sophie. Wenn dieser suspekte Ignatius ein Jäger und Jeremy ein Blutsauger war, befand sich auch die 18-Jährige in Gefahr.

Einige Seiten von Sophies Memoiren warteten noch auf Tamaras Bett darauf, gelesen zu werden. Wenn Tammy den Absender herausfinden konnte, wäre sie dem Geheimnis um Sophie Langsdale und den Vampiren Londons ein gutes Stück näher. Doch genau an diese winzige Information zu gelangen, schien unmöglich zu sein.

Dorian fuhr los. Tammy schaute zu Jeremys ehemaligem Haus zurück, und plötzlich durchzuckte sie ein schrecklicher Gedanke. Konnten die Memoiren ein Vorbote des Unheils sein? War es nicht ein übles Zeichen, dass der Absender der merkwürdigen Sendung unerkannt bleiben wollte? Jeder aufrichtige Mensch würde doch seine Adresse auf den Umschlag schreiben oder Kontakt zu Tammy suchen. Tamaras Magen rebellierte, und sie wünschte, nicht zum Essen nach Soho, sondern nach Hause fahren zu können.

„Ist Ihnen kalt?", fragte Dorian und streichelte über ihre Oberarme. „Sie haben eine Gänsehaut. Tamara, Sie sind eine sonderbare Frau."

Sie zog die Augenbrauen hoch. Er sprach, wie so oft, in Rätseln. „Wenn jemand sonderbar ist, dann doch eher Sie."

Er feixte belustigt. „Ich habe mit meiner Bemerkung darauf angespielt, dass Sie frieren, obwohl es heute Nacht 30°C sein müssen. Aber bitte, klären Sie mich darüber auf, was an mir absonderlich ist. Ich bin sehr gespannt auf Ihre Ausführungen, denn ich mag Ihre Wortgewandtheit."

Diesmal reagierte Tammy besonnener. Er würde sie nicht erneut zur Weißglut bringen. Im Gegenteil! Sie wollte ihm die Stirn bieten. Nur wie? Sie konnte ja schlecht damit argumentieren, dass er sie an einen Vampir erinnerte. „Sie strahlen Gefahr aus", sagte sie schnippisch und war wenig zufrieden mit ihrem Konter.

„Gefahr?“ Er schmunzelte.

Offensichtlich amüsierte er sich prächtig. Tammy kochte, und gleichzeitig hätte sie in diesem Augenblick nirgendwo anders sein wollen als in Dorians Wagen.

Sie fuhr ihre Krallen aus. „Ja, Ihr Mundwerk ist gefährlich. Sie verletzen andere damit, bis diese innerlich bluten.“ Auf einmal fragte sie: „Mögen Sie Blut?“, und erschrak selbst, denn sie hatte schneller gesprochen als nachgedacht.

Dorians Grinsen erstarb. Während er an einer Ampel hielt, musterte er Tammy. „In der Tat, das tue ich“, antwortete er ernst. „Ich trinke es dreimal am Tag. Es versorgt mich mit allem, was der Körper braucht, und macht mich seit sehr vielen Jahren vital.“

Sekundenlang klebten ihre Blicke aneinander. Tammys Herz schlug ihr bis zum Hals. Sie wagte nicht, sich zu bewegen. War es möglich, dass Dorian ein Vampir war und Sophies Aufzeichnungen nicht nur ein übler Scherz oder eine Phantasiegeschichte? Zumindest vorstellen konnte Tamara es sich. Dorian war so verdammt erhaben und faszinierend. Er überraschte sie immer wieder, ließ sich nicht aus der Fassung bringen, und selbst seine breiten Schultern zeugten von körperlicher Stärke.

Dann lachte er laut auf und fuhr sich durch die schwarz melierten Haare. „Ich sagte doch, Sie sind ein dankbares Opfer.“

Tammy biss sich auf die Unterlippe. Er hatte sie schon wieder reingelegt. Blut, natürlich, es war ein Leichtes, auf das Thema Vampire zu kommen. Wer sonst konnte davon sprechen, Blut zu *mögen?* Sie hatte mit ihrer gedankenlosen Frage ein Eigentor geschossen. Wie dumm war sie gewesen, ernsthaft darüber nachzudenken, ob Dorian ein Vampir war!

Tamara verschränkte die Arme vor dem Körper und schaute aus dem Fenster. In Wahrheit versuchte sie ihre Enttäuschung zu verstecken. „Lassen Sie mich bitte an ‚Pete's Craft Studio' raus. Danke." Ihre Stimme klang frostig.

Dorian parkte am Straßenrand. Er nahm ihr Kinn und drehte ihr Gesicht in seine Richtung. „Sind Sie mir wirklich böse? Es täte mir unendlich leid, wenn wir im Streit auseinandergehen würden. So soll unsere Begegnung nicht enden, Tammy!"

Sein sanfter Ton brachte bereits das aufregende Kribbeln zurück. Was hatte dieser Fremde nur, dass er sie derart beeinflussen konnte? Er brachte es fertig, dass sie sich von einer Sekunde zur anderen schlecht fühlte und munterte sie im nächsten Augenblick schon wieder auf. Tammy fühlte sich klein in seiner Gegenwart. Ein wenig ängstigte sie seine sprachliche Geschicklichkeit, aber er faszinierte sie auch. Er erweckte Gefühle in ihr, die schon lange kein Mann mehr geweckt hatte. Außerdem war er irgendwie anders, geheimnisvoll, und manchmal beschlich sie sogar der Eindruck, dass er ihre Gedanken lesen konnte. Und sie wusste, er tat es genau in diesem Moment, denn er lächelte liebevoll. Wieso nur brachte sie in seiner Gegenwart kaum einen vernünftigen Satz zustande, wo sie doch täglich die ausgefallensten Werbeslogans zu Papier brachte und sich im harten Agenturalltag durchsetzte? Sie kam sich vor wie ein Backfisch, und er war der Angler. Er konnte sie an Land ziehen oder zurück ins Meer werfen. Es lag einzig und alleine in seinen Händen.

„Schauen Sie mich nicht so traurig an", flüsterte Dorian und streichelte ihren Hals. „Ihr Blick ist so voller Weltschmerz. Vergeben Sie mir, wenn ich zu weit gegangen bin. Ich mag Sie und habe nur aus diesem Grund mit Ihnen geflachst. Ich wollte Ihnen nicht wehtun." Er zog ihr Gesicht nah heran, sodass sie seinen Atem spürte.

Tammy war verblüfft. Er hatte sie wieder durchschaut. Ja, sie empfand eine Art Schmerz – Abschiedsschmerz, denn sie wollte nicht, dass der Abend mit Dorian schon vorbei war und sie auseinandergingen, ohne Hoffnung auf ein Wiedersehen.

„Ich bin nicht böse", hauchte sie und wusste, warum sie ihn nicht gehen lassen wollte. Er war ein Mann, der ihr die Stirn bot! Sie musste nicht die taffe Karrierefrau spielen, nicht die coole Freundin. Nein, sie genoss es, schwach zu werden.

Unerwartet küsste er sie. Ihre Lippen trafen sich und ihre Münder verschmolzen.

Wie töricht, mit einem fremden Kerl, den ich nicht einmal eine Stunde kenne, zu schnäbeln wie zwei Vögel im Frühling, dachte Tammy und öffnete den Mund weiter, um Dorian Einlass zu gewähren.

Er legte die kühlen Hände an ihre Wangen und hielt ihr Gesicht, während er den Kopf schräg legte, damit seine Zunge tiefer in ihren Mund eindringen konnte. Kaum hatte er den tiefsten Punkt erreicht, zog er sich wieder zurück, um sie zu necken. Tammy stöhnte leise zum Protest, und Dorian massierte ihre Lippen mit den seinen, bis diese wie elektrisiert kribbelnd nach mehr gierten. Alles in Tammy gierte nach mehr. Ihr Verlangen wuchs mit jedem Zahn, den seine Zungenspitze umschlängelte. Dorian erkundete ihre Mundhöhle einem Forscher gleich und hinterließ gleichzeitig seinen herrlichen Geschmack. Mehrmals knabberte und saugte er leicht an ihrer Oberlippe. Er fuhr mit der Zunge über die Stellen, als wollte er sie beruhigen, doch anstatt sie abzukühlen, heizte er ihnen erneut ein und machte die Münder außen genauso feucht wie innen.

Tamara wünschte, dieser Kuss würde nie aufhören, doch irgendwann hupten die Autos, deren Fahrbahn sie blockierten, und Dorian wischte mit dem Daumen die Nässe von Tammys Lippen. Er lehnte sich entspannt zurück. Dann schaute er sie wartend an. Die Autos hupten unaufhörlich. Tamara blieb nichts anderes übrig, als auszusteigen. Entschuldigend hob sie die Hand, doch die Autofahrer zeigten kein Verständnis. Nervös neigte sie sich hinunter und blickte in Dorians Wagen hinein.

Als er nichts sagte, warf sie wortlos die Autortür zu und winkte. Sie zwang sich zu lächeln, aber in ihrem Inneren hatte sie das Gefühl zu verbrennen. Dorian fuhr ab, und der Verkehr verschluckte ihn bald. Tammy schüttelte den Kopf. Warum hatte er ihr keine Visitenkarte gegeben? Wieso hatte er sie nicht gebeten, ihre Telefonnummer aufzuschreiben? Bis aufs Blut hatte er sie geärgert, um ihr als Entschuldigung zum Schluss einen der atemberaubendsten Küsse zu geben, die sie je erhalten hatte.

„Der Angler hat den Fisch zurück ins Wasser geworfen", stellte sie verbittert fest. Sie dachte an Jeremy, der vor Sophie geflüchtet war und Sophies unerfüllter Sehnsucht.

Tammy ballte die Hände zu Fäusten, um nicht laut zu schreien. Die Passanten schauten sie verwundert an, aber das war ihr egal. Dorian Everheard hatte mit ihr gespielt, und sie hatte sich lächerlich gemacht. Sie würde sich nicht einmal rächen können, denn er war aus ihrem Leben verschwunden!

„So ein Mistkerl!", schimpfte Tamara und machte sich zum verabredeten Restaurant auf.

Die Wut wich der Trauer. Da traf sie schon einmal einen außergewöhnlichen Mann, der ihr gefiel, und dann entpuppte er sich als Teufel. Wie ungerecht die Welt doch war! Und jetzt musste sie auch noch den Abend mit ihrer Familie verbringen, anstatt zu Hause weiter den Abenteuern von Sophie zu folgen. Hoffentlich würde die junge Frau wenigstens Jeremy wiedertreffen!

„Hallo Schwesterchen", begrüßte Samantha sie. „Hast du einen neuen Mann kennengelernt? Du siehst so enttäuscht aus."

„Für eine 21-Jährige bist du verdammt sarkastisch." Tammy saß noch nicht und bereute schon, sich nicht bei diesem Familienessen entschuldigt zu haben.

Ihr Vater begrüßte sie nicht einmal, sondern schob ihr gleich einige Skizzen und Papiere voller Daten zu. Aufgeregt schwatzte er drauflos, hin und wieder an seinem Ale schlürfend. „Lies mal. Du wirst es kaum glauben. Nach so langer Zeit habe ich endlich einen Investor gefunden. Kannst du das glauben? Es ist ein Wunder! Ich dachte schon, mein Traum von einer Restaurantkette würde nie wahr werden. Meinst du, ich bin ein Träumer? Deine Mutter hat es geglaubt – bis jetzt. Träume sind nichts anderes als Ziele …"

„Realistisch müssen sie sein, lieber George", fiel Elisabeth Malt ihrem Mann ins Wort, „und realistische Träume gibt es nicht."

Tammy verdrehte die Augen. Es war wie immer, wenn die Familie zusammenkam; alles drehte sich nur um Samantha oder Dads Pläne, aus dem Malt'schen Gourmettempel eine Restaurantkette zu machen.

Sie bemühte sich wirklich, ruhig zu bleiben, aber es fiel ihr nach dem durch Dorian versauten Abend schwer. „Reicht denn nicht *ein* Restaurant? Immerhin ist es in ganz London bekannt. Jetset und Adel gehen bei dir ein und aus, und selbst Prinz Andrew kam doch schon zum Speisen."

„Du stehst eben auf der Seite deiner Mutter. So war das schon immer", zeterte George Malt und nahm ihr die Unterlagen ab. „Deine Schwester versteht mich."

Samantha grinste siegessicher. „Es wird Restaurants wie das ‚That Delicious Bite' überall in Großbritannien geben. Der Name Malt wird bald über die Grenzen Londons bekannt sein."

„Und du wirst deine eigenen Wünsche in Erfüllung gehen sehen, nämlich im Blitzlichtgewitter der Klatschpresse zu stehen und deinen Lolitablick in der Rubrik ‚Die Reichen unter sich' wiederzufinden". Tammy wusste, dass sie gerade den Frust über Dorian an Sammy Jo ausließ, aber sie schaffte es einfach nicht, sich zurückzuhalten.

Samantha fauchte: „Du hast also doch einen Kerl kennengelernt! Ich sehe es dir an der Nasenspitze an, liebes Schwesterchen. Du bist mal wieder unglücklich verliebt.

Mir kannst du nichts vormachen. Na, komm, raus mit der Sprache! Kennen wir ihn?"

„Nein", knurrte Tamara und zog sich innerlich zurück. Sie würde einen Teufel tun und ihrer Schwester etwas über Dorian erzählen.

„Hast du ihn in der Agentur kennengelernt?", stocherte Sammy Jo weiter in der Wunde herum. „Warum liebt er dich denn nicht, wo du ihn doch so vergötterst?"

„Ich vergöttere niemanden", schrie Tammy und schaute sich schuldbewusst zu den anderen Gästen um.

„Bitte, streitet euch doch nicht immer", bat Elisabeth Malt beschwichtigend.

„Du bist zu spröde. Das ist dein Problem." Samantha fächerte sich mit einer lindgrünen Papierserviette Luft zu.

„Was weißt du über meine Probleme?"

„Männer mögen Frauen mit Leidenschaft, Frauen, die ganz Frau sind, weiblich eben", erklärte Samantha, als wäre sie, und nicht Tamara, 30 Jahre alt. „Männer wollen keine Karriereweiber, die um Mitternacht nach Hause kommen und todmüde ins Bett fallen ..."

„Es reicht!", sagte Tammy scharf und stand ruckartig auf. Ihr Stuhl fiel um. „Es ist Zeit zu gehen."

Ihre Mutter fasste zärtlich ihre Hand. „Aber du bist doch gerade erst gekommen, Liebling. Marcus wollte auch kurz vorbeischauen. Er wird traurig sein, dich nicht anzutreffen."

Marcus Livingston war George Malts langjähriger Sekretär und mittlerweile ein Freund der Familie. Tamaras schlechtes Gewissen meldete sich. Es war jedes Mal das Gleiche. Kein Wunder, dass sie sich schon früh entschieden hatte, nicht im „That Delicious Bite" zu arbeiten, sondern ihren eigenen Weg zu gehen. Sie galt ihre Schuldigkeit der Familie gegenüber ab, indem sie sich um das Marketing des Gourmet Tempels kümmerte. Sollte Samantha ruhig eines Tages die Leitung des Restaurants übernehmen. Tammy wollte nicht mehr damit zu tun haben als nötig. Um Marcus tat es ihr leid, aber sie würde ihn ja am Wochenende auf der Party im Haus ihrer Eltern sehen.

Sie hob den Stuhl auf und legte eine Hand auf ihren Bauch. „Mein Magen. Mir geht es schon den ganzen Abend nicht gut. Ich könnte eh nichts essen."

„Diese Hitze ist mörderisch." Elisabeth Malt nickte verständnisvoll. „Wir hätten eine Lokalität mit Klimaanlage aufsuchen sollen."

„Es ist wie immer alles meine Schuld, weil ich unbedingt in die Carnaby Street wollte", warf Sammy Jo ein.

Tammy gab ihrer Mutter einen Kuss auf die Wange und schenkte ihrem Vater ein aufmunterndes Lächeln. Als ihr Blick Samantha streifte, erstarb das Lächeln. Sie drehte sich um und verließ das Restaurant.

Verärgert rannte sie zur U-Bahn und fuhr zurück zur

Paddington Station. Ihr Schritt wurde immer schneller, als sie die London Street entlangging, denn sie konnte es kaum erwarten, sich wieder in Sophies Memoiren zu vertiefen – und ihren Gedanken über Dorian nachzuhängen. Es machte sie wütend, dass er immer noch ihre Gefühlswelt beherrschte. Sicherlich lag er längst in den Armen einer anderen Frau, die ihm die Leidenschaft schenkte, die er forderte.

„Sammy Jo hat dir einen Floh ins Ohr gesetzt", schimpfte Tamara mit sich selbst. „Von wegen spröde! In mir wartet so viel Lust und Leidenschaft darauf, entfesselt zu werden, dass ganz London beben würde." Sie schmunzelte und lachte plötzlich laut auf, sodass der Kioskbesitzer an der Ecke von seiner Zeitung aufsah.

Endlich kam sie im Norfolk Square an. Sie entspannte sich langsam. Erschöpft durch die vielen Streitigkeiten des Abends, schloss sie die Haustür auf und schleppte sich die Treppe zu ihrer Wohnung hinauf. Grey begrüßte sie maunzend.

Tammy nahm ihn auf den Arm und kraulte sein Köpfchen. „Du wirst es nicht glauben, Grey, aber ich bin ausgezogen, um einen Vampir zu finden, und mir ist tatsächlich einer begegnet. Dorian Everheard hat es doch tatsächlich geschafft, mir innerhalb einer halben Stunde meine Energie zu rauben. Dieser Mistkerl!" Sie setzte den Kartäuserkater auf den Boden und seufzte. „Ich würde ihn nur zu gerne wiedersehen.“

Ihr Blick fiel auf den Laptop. Sie hatte sich noch immer keine Gedanken über einen Werbeslogan für „Hip Shoes“ gemacht.

„Ich kann jetzt nicht darüber nachdenken“, murmelte Tammy. „Dorian blockiert meine Gedanken.“ Sie wollte lieber in die Welt von Sophie Langsdale eintauchen und legte sich auf das Bett neben die Memoiren.

Eine Weile schaute sie an die Zimmerdecke. Die Lichter Londons flackerten hin und wieder auf. Und Tamara sah doch nur Dorian vor ihrem inneren Auge. Sein Geschmack lag weiterhin auf ihrer Zunge, die mit einem Mal in lustvoller Erinnerung kribbelte. Sie roch noch das „Minotaure“, spürte die auffällige Kühle seiner Handfläche an ihren erhitzten Wangen. Die Sehnsucht quälte sie. Wieso konnte sie ihn nicht vergessen, wo er doch so ein Schurke gewesen war? Oder traf ihn gar keine Schuld? War es nicht ihr eigener Fehler gewesen, mehr in einen Kuss hineinzuinterpretieren, als da war? Ja, Samantha hatte Recht. Tammy alleine war das Problem. Sie suchte vergeblich nach einer festen Beziehung, die die Zeit überdauerte, einer starken Bindung, die allen Widerständen trotzte und so voller Leidenschaft war, dass die Erregung mit jedem gemeinsamen Tag wuchs. Aber so war der Alltag nicht.

„Darum widme ich mich lieber Sophie und Jeremy“, sagte Tammy seufzend zu Grey, der sich an ihre Füße gekuschelt hatte, und nahm die Blättersammlung in die Hand. „Und vielleicht finde ich doch noch raus, ob Jeremy tatsächlich ein Vampir war."

Tamara betete für Sophie, dass die 18-Jährige wenigstens glücklich geworden war, und las weiter.

* * *

Ich lugte durch den Türspalt nach draußen in den Hinterhof. Nachdem ich eine Stunde lang in der Küche gestanden, Brot gebacken und die bleichen Teiglaibe in den rauchenden Ofen geschoben hatte, brauchte ich dringend frische Luft.

Die Sonne war gerade erst aufgegangen, trotzdem war Elisa bereits auf den Beinen. Sie lief zu den Gehegen, schob ihre Hand unter die verwirrt gackernden Hühner und legte die Eier in einen Weidenkorb, den sie unter ihren Arm geklemmt hatte. Eigentlich hätte ich mich über ihren Eifer freuen müssen. Elisa hatte sich in den letzten Tagen stark verändert. Ihr Gesicht hatte eine frische Farbe angenommen, und stets umspielte ein Lächeln ihre schmalen Lippen. Für ihre plötzliche Wandlung gab es nur einen Grund. Und dieser gefiel mir ganz und gar nicht. Samuel Ignatius schob sich in mein Blickfeld. Stolz zeigte meine Schwester ihm jedes erbeutete Ei, woraufhin Samuel die Hände auf ihre Schultern legte und ihr Komplimente machte. Das vermutete ich zumindest, denn Elisa errötete und kicherte verlegen wie ein junges Mädchen, kurz nachdem es zum ersten Mal geküsst wurde. Wieso sah niemand außer mir, dass er ein falsches Spiel mit ihr trieb?

„Du solltest deiner Schwester das Glück gönnen", sagte Martha und rührte den Eintopf von gestern um. Eine Haut hatte sich auf der Flüssigkeit gebildet.

„Ich gönne meiner Schwester jedes Glück von Herzen. Aber dieser Ignatius führt irgendetwas im Schilde!"

„Du siehst Gespenster, Kind. Er ist sehr zuvorkommend und höflich zu ihr. Ich glaube, er hat sie wirklich gern. Denk auch daran, dass Elisa schon einmal verheiratet war. Für viele Männer ist sie nicht mehr interessant."

Skeptisch warf ich einen Blick nach draußen. Ignatius legte die Arme von hinten um meine Schwester und drückte sie an sich. Es war eine besitzergreifende Geste, doch Elisa lachte. Sie sah unbeschreiblich glücklich aus. Wenn Vater das gesehen hätte, hätte er Ignatius wohl in seine Schranken verwiesen.

Vielleicht wollte ich mir zu diesem Zeitpunkt nicht eingestehen, dass ich einsam war und mich, genauso wie Elisa, nach dem besonderen Menschen im Leben sehnte? Dem, der mich zum Lachen brachte und mir in schweren Zeiten Trost gab.

Am Abend ging ich auf mein Zimmer und zog die alte Holztruhe mit den eisernen Scharnieren unter meinem

Bett hervor. Hier hütete ich meinen größten Schatz: die Hinterlassenschaften unserer Mutter. Ich schob den Deckel zurück. Die Angeln quietschten wie eine kreischende Katze, der jemand aus Versehen auf den Schwanz getreten war. Stoffe, Tücher, Spitzen und Ringe aus Eisen, Kupfer und Zinn kamen zum Vorschein. Nichts, was materiellen Wert besaß, doch für mich dennoch unbezahlbar war. Auf diesen Schätzen lag ein zerknitterter Brief mit einem Siegel aus Wachs. Meine Mutter hatte ihn bei einem Schreiber aufgegeben. Bevor sie starb, hatte ich ihr das Versprechen abnehmen müssen, Jeremy ihre Nachricht zu geben, sollte er jemals zu uns zurückkehren. Der Augenblick war gekommen. Er war wieder in der Stadt. Mein dunkler Retter ging mir nicht mehr aus dem Kopf. Ich musste ihn wiedersehen! Und der Brief meiner Mutter bot mir die Gelegenheit!

Ich wartete, bis die letzten Lichter erloschen waren, und stahl mich heimlich aus dem Haus. Wie ein Wiesel huschte ich durch die regennasse Green Acres Road. Lautlos, im Schatten verborgen. Vorsichtshalber hatte ich mich in einen alten Mantel gehüllt und einen dicken Schal um mein Gesicht gewickelt, damit mich niemand erkannte und neugierige Fragen stellte. Die Entscheidung erwies sich als richtig, denn es war nicht nur eisig kalt, sondern es regnete auch noch in Sturzbächen. Dunkle Wolken überzogen den trüben Nachthimmel. Ich eilte, so schnell ich nur konnte, durch die düsteren Gassen, sprang über Pfützen und versuchte dem strömenden Regen, so gut es eben ging, zu entkommen. Die wenigen Menschen auf den nächtlichen Straßen beachteten mich nicht. Ein jeder hatte es eilig, schnell nach Hause zu gelangen oder einen Unterschlupf zu finden. Schließlich bog ich in die Limpin Charlie Lane ein und stand vor dem prachtvollen Gebäude, das Jeremy sein Heim nannte. Ehrfurchtsvoll blickte ich zu den Steindämonen im Vorgarten der Piazza. Dieses Haus war wahrhaftig einzigartig in Covent Garden. Zumindest hatte ich noch kein vergleichbares gesehen. Ich stand kurz vor meinem Ziel; jetzt durfte ich nur nicht den Mut verlieren. Entschlossen folgte ich dem gelben Sandweg, vorbei an den steinernen Kreaturen, die jeden meiner Schritte mit Argusaugen zu beobachten schienen, bis ich schließlich vor dem gewaltigen Eingangsportal stand. Wie würde Jeremy reagieren, wenn er mich sah? Würde er mich wieder fortschicken?

Die Vorstellung versetzte mir einen Stich ins Herz. Nein, er durfte mich einfach nicht zurückweisen. Ich zog an der Kordel zu meiner Linken. Eine Glocke erklang auf der anderen Seite der Tür. Wenig später schob sie sich quietschend zur Seite. „Jeremy!“, rief ich aufgeregt, öffnete meinen Mantel und riss mir den Schal vom Gesicht, damit er mich erkannte. Doch ich hatte mich zu früh gefreut. Ein Schrei entfuhr meiner Kehle, als ich plötzlich in das vernarbte Antlitz einer missgebildeten Kreatur blickte. Schnell presste ich beide Hände auf den Mund, um meinen eigenen Schrei zu unterdrücken. War dieses Wesen vor mir überhaupt ein Mensch? Nie zuvor hatte ich eine derartige Gestalt gesehen. Ein Buckel ragte über seinen Schultern auf, die Zähne in seinem Mund waren krumm und schief, und die Augen – unterschiedlich groß – blickten in verschiedene Richtungen. Die Dienerkleidung verriet seinen Status im Haus. Doch da kein Laut über seine Lippen kam, ergriff ich die Initiative. „Ich möchte zu Mister Jeremy Wellingham. Ist er wohl zu sprechen?", fragte ich leise. Bemüht, mir die Abscheu nicht allzu sehr anmerken zu lassen.

Der Diener sah mich lange an, dann kratzte er sich ein paar Hautschuppen aus den ausgehöhlten Wangen und fragte mit einer Grabesstimme, die mir durch Mark und Bein ging: „Wer seid Ihr?"

„Sophie Ashford. Mister Wellingham kennt mich."

Während er mich eingehend betrachtete, machte seine Zunge merkwürdig schmatzende Geräusche. Langsam ließ er sie über eine Reihe fauler Zähne gleiten. Täuschte ich mich, oder starrte mir dieser … Mann … die ganze Zeit gierig auf den Busen?

„Was wollt Ihr von ihm?"

„Ich habe eine wichtige Nachricht für Mister Wellingham." Eilig holte ich den Brief unter meinem Mantel hervor. Der Diener grunzte plötzlich, als er den Umschlag sah, und winkte mich mit einer ausholenden Armbewegung herein.

Ich folgte ihm durch die Eingangshalle bis zur Tür am Ende des Flurs. Zaghaft klopfte der Diener an. Einmal, zweimal, dreimal. Dann hörte ich Schritte. Gott, gleich würde ich ihm gegenüberstehen. Vor Aufregung klopfte mein Herz so wild, dass ich glaubte, jeden Augenblick ohnmächtig zu werden.

„Was gibt es denn, Gregory, wieso störst du mich?" Jeremy riss die Tür auf. Doch als er mich sah, hielt er in seiner Bewegung inne. Unerwartet bildete sich ein Lächeln auf seinen bisweilen starren Zügen.

„Sophie. Ich habe dich erwartet."

„Tatsächlich?" Verwundert sah ich ihn an.

„Schick Lucretia, sie soll meinem Gast Speis und Trank bringen."

Gregory verbeugte sich grunzend und hinkte den Weg zurück, den wir zuvor gekommen waren.

„Du nimmst meine Einladung doch an?"

„Sicherlich."

Ich folgte ihm verwirrt in den Raum. Vor dem wandgroßen Fenster, das eine herrliche Aussicht auf Covent Garden bot, stand eine kleine gedeckte Tafel. Täuschten mich meine Augen, oder lagen dort tatsächlich zwei geköpfte Hühner auf einer silbernen Platte? Nein, kein

Zweifel. Die Tiere waren blutleer. Ihre Körper wirkten merkwürdig eingedellt. Bei dem Anblick krampfte sich mein Magen zusammen. Wenigstens hatten sie ihre Federkleider noch an.

Jeremy wischte sich mit einer bestickten Serviette über die Lippen. „Verzeih, ich habe schon gegessen. Setz dich doch."

Ich tat, wie mir geheißen.

„An deinem entsetzten Gesichtsausdruck sehe ich, dass dir mein Abendmahl weit weniger appetitlich erscheint als mir. Dabei beköstigten mich bereits deine Eltern mit frisch geköpften Hühnern. Was denkst du denn, wie sie mich so lange ernähren konnten?"

„Das wusste ich nicht", gab ich zu. Mama hatte uns in solchen Augenblicken immer auf unser Zimmer geschickt.

Mein Gastgeber nahm mir gegenüber Platz, stützte die Ellenbogen auf der Tischplatte ab und faltete die Hände unter dem Kinn. Sein kalter Blick war eindringlich. Ich hatte das Gefühl, er würde mir tief in die Seele schauen.

„Wieso hast du mich erwartet? Du konntest doch nicht wissen, dass ich dich besuche." Ungeduldig rutschte ich auf meinem Stuhl hin und her. Meine Finger krallten sich in den Umschlag. Ich brauchte etwas, an dem ich mich festhalten konnte.

„Glaubst du wirklich, ich hätte nicht gemerkt, wie du

mich verfolgst?“ Er lachte leise. Doch es war kein böses, vielmehr ein ehrlich amüsiertes Lachen.

Ich hingegen senkte peinlich berührt den Blick. In der Tat hatte ich mir genau das eingebildet.

„Aber warum hast du dann nichts gesagt?“

„Ich wollte dir die Entscheidung überlassen, Sophie.“

„Welche Entscheidung?“

„Ob wir uns wiedersehen oder nicht. Und ob du glaubst, einen Vampir bändigen zu können.“ Ein seltsames Funkeln trat in seine Augen. In diesem Moment öffnete sich die Tür, und eine junge Magd kam herein. Sie hatte eine ausgeprägte Stirn, die ihr ohnehin schon kleines Gesicht um noch einiges winziger wirken ließ. Die giftgrünen Augen schienen einen Hauch zu weit auseinander zu stehen, und rote Striemen zierten ihre blassen Arme. War sie eine Art lebende Nahrungsquelle für Jeremy? Ritzte sie sich die Haut ein, damit er ihr Blut trinken konnte, ohne dabei zu riskieren, sie dabei in einen Vampir zu verwandeln?

Das Mädchen stellte ein Holzbrett mit Weißbrot vor meine Nase. Dazu etwas Aufschnitt und einen Becher Milch. Ich wusste, ich würde nichts herunterbekommen. Die Aufregung schnürte mir förmlich den Magen zu.

„Verzeiht, Herr. Doch etwas anderes hatten wir nicht im Haus.“ Ihre Stimme klang seltsam weich. Es war vielmehr ein Hauchen.

„Ich danke dir, Lucretia. Bitte räume den Tisch ab, bevor du gehst", sagte Jeremy. Die Magd verbeugte sich, schnappte sich die beiden toten Hühner und eilte nach draußen.

„Du hast äußerst merkwürdige Diener."

„In der Gesellschaft war kein Platz für sie. Menschen wie Gregory werden auf Jahrmärkten ausgestellt. Und Lucretia wurde von ihrem Ehemann geschlagen, weil sie ihm keinen Sohn schenken konnte."

Ich schluckte. Ich hatte ja überhaupt keine Ahnung gehabt, welch tragische Schicksale sich hinter den irren Fassaden verbargen.

„Sie dienen mir und bewachen mich am Tag, wenn ich mich in die Kellergewölbe zurückziehe. Dort unten kann es manchmal sehr einsam werden." Er hob den Kopf und sah mich an. Ein stilles Verlangen lag in seinem Blick.

Verlegen wich ich ihm aus und sah auf meine Hände. Der Brief! Gott, wie hatte ich ihn nur vergessen können? Er war der Grund, warum ich hier war.

„Ich habe hier etwas für dich, Jeremy. Von meiner Mutter."

„Marie?"

Ich nickte. „Sie gab mir diese Nachricht, kurz bevor sie starb."

Langsam erhob ich mich, lief um die Tafel herum und reichte ihm das Schreiben. Ich wusste, dass Mama ihn einst geliebt hatte. Ich hatte schwören müssen, Papa nie ein Wort zu sagen. Und doch glaubte ich, dass ihm die heimlichen Blicke nie entgangen waren.

Seufzend legte Jeremy den Brief zur Seite, ohne ihn zu öffnen. „Deine Mutter – Marie – und ich kannten uns, lange bevor ich ein Vampir wurde."

„Wie bist du ein Vampir geworden?", redete ich ihm ins Wort. Die Neugier war schon ein Laster. Ich hätte mir in diesem Moment am liebsten auf die Zunge gebissen. Jeremy gab mir keine Antwort. Er schüttelte nur den Kopf.

„Wir können das Vergangene nicht ändern", sagte er schließlich. „Du bist Marie wie aus dem Gesicht geschnitten. Ich bin froh, dass du heute hier bist, Sophie."

Jeremy konnte nicht ahnen, dass es mir genauso ging! Ich hatte fest damit gerechnet, dass er mich zurückschicken würde. Nun war ich umso erleichterter, dass er es nicht getan hatte.

Er richtete sich zu seiner vollen Größe auf, sah einen Augenblick lang auf mich herab, als versuchte er zu verstehen, was in mir vorging, und nahm schließlich meine Hand. Gott, seine Finger fühlten sich so unmenschlich kalt an.

Wie in Trance folgte ich ihm durch eine kleine Seitentür in das Musikzimmer. Ein weißer Flügel stand am Fenster. Nahe der Sitzecke entdeckte ich eine Harfe, die herrlich golden schimmerte. Gold, Perlmutt, Creme – helle Farben, so strahlend wie der Tag. Ein roséfarbener Teppich. Nur die dunklen Samtvorhänge an den Fenstern bildeten einen starken Kontrast zu dem wunderbaren Farbenspiel.

„Dieses Zimmer ist wunderschön."

„Nichts ist so schön wie du."

Jeremys Stimme klang weich und samtig, dennoch bestimmt. Er meinte es ernst. Beim Klang seiner Worte bekam ich eine Gänsehaut.

„Wann hast du das Haus bezogen?"

„Erst kürzlich. Ich habe es seinem Vorbesitzer abgekauft. Glücklicherweise traf die Einrichtung meinen Geschmack. Ich musste nur wenig verändern."

Er drehte mich plötzlich zu sich. Wieder sah ich dieses Verlangen in seinen strahlend blauen Augen. Ein Verlangen, das auch Sehnsüchte in mir weckte.

„Darf ich dich berühren?"

„Was?"

„Schließe die Augen."

„Warum?"

„Vertraust du mir, Sophie?"

„Ja, aber ..."

Sein sehnsüchtiger, doch gleichzeitig fordernder Blick ließ mich dahinschmelzen. Ich tat, was er verlangte. Da spürte ich plötzlich eine kalte Hand an meinem Mund.

„So weich, so zerbrechlich …“, flüsterte er und zeichnete meine Lippen mit seinem Zeigefinger nach. Ich spürte seinen spitz zulaufenden Nagel, der zart in mein Fleisch stach. Wie ein junger Spund, der das erste Mal die Liebe entdeckt und einen fremden Körper erforscht, so erforschte er mein Gesicht. Sanft streichelte er meine Augenbrauen, meinen Nasenrücken, meine Wangen und schließlich meinen Hals.

„Ihr Sterblichen seid wunderschön … und so warm.“

Ich verkrampfte mich, als er mit dem Handrücken meine Halsschlagader berührte. Er musste spüren, wie mein Herzschlag schneller wurde, wie das Blut heiß durch meine Adern schoss. Schneller und schneller.

Nur einen Spalt öffnete ich die Augen, sodass er es nicht merkte. Ich musste wissen, was er tat. Würde er mich beißen? Gierte er nach meinem Blut? Sein Blick haftete vollkommen fasziniert auf meinem Hals. Wenn er seine Zähne in mein Fleisch bohrte, war es aus! Ein Biss genügte, um einen Menschen in einen Vampir zu verwandeln. Die Gefahr war herrlich erregend. Ich hätte fliehen können, doch ich tat es nicht. So seltsam es auch war, ich fing an, es zu genießen. Er beugte sich zu mir herab und presste seine Lippen an meinen Hals. Zärtlich saugte er an meiner weißen Haut, ohne seine Zähne einzusetzen. Ich war mir der tödlichen Gefahr bewusst, doch ich konnte ihr nicht widerstehen.

Gänsehaut überzog meinen ganzen Körper, als Jeremys Lippen meiner Schlagader folgten. Tiefer und tiefer wanderten sie hinab, bis ihm der Leinenstoff den Zugang zu meinen Brüsten verwehrte.

„Folge mir, nimm meine Hand. Aber öffne deine Augen nicht", hörte ich ihn plötzlich sagen. Ich presste die Lider zusammen und ließ mich von ihm durch den Raum zu der Couch führen.

„Mach es dir bequem." Verwirrt folgte ich seiner Anweisung. Was hatte er jetzt bloß mit mir vor?

Ich erschrak, als seine Lippen die meinen verschlossen. Sanft schob sich seine Zunge in meinen Mund. Was für ein aufregendes Gefühl! Ich konnte nicht genug von diesem feuchten Kuss bekommen. Mit einem Seufzen gab ich mich dem süßen Spiel hin.

Meine Brustwarzen richteten sich auf, als kalte Finger sie kneteten. Lustvoll streckte ich ihm meinen Oberkörper entgegen. Jetzt spürte ich, wie seine Hände meinen verhüllten Busen umschlossen. Zärtlich massierten sie meine prallen Äpfel, mal sanfter, mal fester. Der Stoff rieb sich an meinen Knospen.

Ich hörte seinen Atem. Das Spiel erregte ihn, genauso wie es mich erregte.

Ein Finger strich über mein Hemd, den Bauch entlang, weiter nach unten. Ich erzitterte innerlich, dankbar dafür, dass ich heute keinen Schnürleib angelegt hatte. Seine

Hand wanderte nun unter meinen Rock und verwöhnte die Innenseite meiner Oberschenkel mit sanften Streicheleinheiten. Stöhnend warf ich den Kopf in den Nacken, als seine flinken Finger auf meine Liebesfrucht zusteuerten. Doch kurz bevor er sie erreichte, hielt er plötzlich inne. Nein! Hör nicht auf! Ich biss mir auf die Unterlippe, bis ein Blutstropfen aus der Wunde quoll. Dem süßen Spiel konnte er doch kein solch grausames Ende bereiten!

Ich öffnete die Augen und sah, dass es meine eigene Hand war, die kurz vor meiner Scham Halt gemacht hatte. Jeremy saß mir gegenüber und lächelte mich geheimnisvoll an. War alles nur Illusion gewesen? Hatte er mich überhaupt berührt? Oder waren die unsichtbaren Finger in Wirklichkeit meine eigenen gewesen?

„Ich konnte deine Sehnsüchte spüren", sagte er und erhob sich von seinem Sessel. Langsam kam er auf mich zu. Himmel, was für eine elegante, aristokratische Erscheinung. Er kniete vor mir nieder, um mir die Perle aus Blut von der Unterlippe zu lecken.

„Du hast mich beobachtet, während ich mich selbst berührte?"

„Ich habe nur das getan, was du dir tief in deinem Innersten gewünscht hast, Sophie. Und ich bin bereit, es wieder zu tun. Wenn du es möchtest."

Ich wusste nicht, was ich antworten sollte. In mir war etwas erwacht, das mich ängstigte, aber auch erregte.

„Hast du es nicht genossen?“

Doch, das hatte ich. Das kurze Spiel war sehr betörend gewesen. Selbst jetzt glaubte ich seine sanften Hände überall auf meinem Körper zu spüren …

Jeremy begleitete mich nach Hause. Ich dachte lange über seine Worte nach und kam zu dem Schluss, dass ich in dieser Nacht wahre Freiheit erfahren hatte. Nun lag ich in meinem Bett und dachte an ihn, während ich mich selbst streichelte, um erneut jene Nähe zu spüren.

* * *

Enttäuscht drehte Tamara die letzte Seite um, mit der Hoffnung, dass auf der Rückseite eine Fortsetzung oder ein Hinweis stehen würde. Nichts.

„Unfassbar! Ich habe nur einen Ausschnitt der Memoiren, und die Liebesgeschichte zwischen Sophie und Jeremy fängt jetzt erst richtig an“, stellte sie angesäuert fest.

Sie legte die Blättersammlung auf den Nachttisch und drehte sich auf die Seite. Obwohl es schon spät war, grölten im Norfolk Square noch ein paar Jugendliche. Dadurch, dass die Rasenfläche von drei Häuserreihen umgrenzt war, hallten ihre Sprechgesänge wie in einem Hinterhof.

Tamara fieberte mit Sophie mit, als wären sie Freundinnen. Am liebsten hätte sie ihr zugerufen: „Geh nicht in Jeremys Haus. Diese Gestalten sind zu düster und sicher gemeingefährlich.“ Aber Tammy trennten drei Jahrhunderte von der mutigen 18-Jährigen. Mutig, das war die junge Frau! Weil sich Sophie zu Jeremy hingezogen fühlte, hatte sie sich ein Herz gefasst und war in die Höhle des Löwen gegangen; immerhin hätten die Diener Vampire sein und über sie herfallen können. Tamara dagegen zog sich bei Liebesproblemen lieber auf die Insel der Arbeit zurück oder igelte sich in ihrer Dachgeschosswohnung ein. Im Berufsleben hatte sie Biss. In privaten Dingen flüchtete sie lieber, weil sie zu sensibel war, um ein Gefühlschaos zu überstehen.

Ihre Arbeitskollegin und Freundin Sally Thomas, eine begnadete Webdesignerin, konnte das nicht nachvollziehen. „Du hast zwei Seelen in deinem Brustkorb wohnen, Schätzchen“, hatte sie mal gesagt, und Tammy fiel nichts anderes ein, als zu erwidern: „Vielleicht ist mir nur noch nicht der richtige Mann über den Weg gelaufen, für den es sich zu kämpfen lohnt.“

Dorian. In diesem Augenblick schlich er sich in ihre Gedankenwelt zurück. Es gab keine Möglichkeit, ihn wiederzutreffen, anders als bei Sophie und Jeremy. Oder doch? Immerhin wusste sie, dass er das Gestüt „Ride through time“ leitete. Es lag im gleichen Londoner Bezirk Richmond-up-Thames wie das Haus ihrer Eltern.

Tammy stand auf und schloss das Fenster, um endlich

zu schlafen. Es war schon spät, und sie musste früh raus, zumal sie den Werbeslogan für „Hip Shoes“ nicht einmal ansatzweise fertig hatte.

Sollte sie Dorian auf dem Gestüt aufsuchen? Nein! Niemals! Diese Blöße wollte sie sich auf keinen Fall geben, nicht, nachdem er sie auf der Carnaby Street derart kalt abserviert hatte. Sie musste ihn vergessen!

„Das wird wohl das Beste sein“, murmelte sie, als sie sich wieder ins Bett legte und die Augen schloss. Doch sie konnte nicht einschlafen. Immer wieder sah sie Dorian in ihren Träumen. Das führte sie zu Jeremys Haus in Covent Garden zurück und ihrem misslungenen Versuch, einen Fuß ins Hausinnere zu setzen.

In den folgenden Tagen konnte Tamara auch nicht besser schlafen. Unruhig wälzte sie sich in ihrem Bett von einer Seite auf die andere, sodass Grey lieber auf dem Sessel schlief. Sie grübelte selbst tagsüber darüber nach, ob sie in dem römisch anmutenden Gemäuer wohl einen Hinweis auf Sophie oder sogar die restlichen Seiten der Memoiren finden würde. Jeremys Haus in der Ole Limpin Lane war der einzige Hinweis, den sie besaß. Und eines Tages, als Sally sie um Mitternacht mit den Worten „Willst du dein komplettes Leben hier verbringen?“, aus der Werbeagentur rauswarf, fuhr Tammy nicht zur Paddington-Haltestelle, sondern stieg in die U-Bahn nach Covent Garden, bewaffnet mit der Taschenlampe des Hausmeisters der Agentur.

Sie näherte sich unauffällig Jeremys Haus, das nun Dorian gehörte, als wäre sie eine mitternächtliche Spaziergängerin. Tammy versuchte auszumachen, ob jemand sie vom Fenster der Nachbarhäuser aus beobachtete, aber alle schienen zu schlafen. Schnell sprang sie über das kniehohe Eisentor. Wie gut, dass sie einen Minirock trug! Auch die gewürzfarbene Tunikabluse ließ ihr genügend Platz, um sich geschmeidig wie eine Katze zu bewegen. Eine Weile stand sie im Schutz der Erlen.

Im Vorgarten werde ich keine Hinweise auf Jeremy und vielleicht sogar Sophie finden, rügte sich Tamara im Stillen und schlich an den steinernen Dämonen vorbei zur Haustür. Leise rüttelte sie an der Tür. Verschlossen. Natürlich! Was hatte sie erwartet? Sie verzog das Gesicht und schlich zu einem der Fenster. Sie waren alle mit Brettern zugenagelt, aber als Tammy versuchte, mit der Taschenlampe zwischen dem Holz hindurch ins Hausinnere zu leuchten, sah sie, dass die Nägel rostig waren. Sie machte die Lampe aus, steckte das Ende zwischen zwei Bretter und hebelte eins der Hölzer aus der Verankerung. Der verrostete Nagel gab nach. Tammy grinste und nahm auf diese Weise die ersten drei Bretter ab. Das Glas dahinter war zerbrochen, sodass sie hineintasten und das Fenster am Griff öffnen konnte. Das Fenster ging nicht zur Seite auf, sondern sie musste es nach oben schieben. Geschickt schlängelte sie sich durch die schmale Öffnung und hoffte, dass vor dem

Morgengrauen, wenn sie längst weg sein würde, niemand den Einbruch bemerkte.

„Bin drin“, flüsterte sie stolz.

Neugierig begann sie, die Kommoden und Schränke zu untersuchen, immer bedacht darauf, mit der Taschenlampe nicht direkt auf die Fenster zu leuchten. Im Haus war es stockdunkel. Tamara stolperte über einen zusammengerollten Berberteppich und erschrak im nächsten Moment über einen mit weißen Laken bedeckten Garderobenständer. Sie gruselte sich plötzlich. Immerhin hatte hier einmal ein Vampir gelebt. Und welcher normale Mensch stellte sich Dämonenskulpturen in den Vorgarten? Die Luft im Haus war stickig, noch wärmer als draußen. Staub lag in einer dicken Schicht auf den Kisten und Truhen, und Spinnfäden hingen in den Zimmerecken. In diesen Räumen lebte schon lange niemand mehr. Trotzdem hielt sich Tammys Gänsehaut hartnäckig. Sie musste verrückt sein, mitten in der Nacht in ein Vampirhaus einzusteigen! Und selbst wenn es gar keine Vampire gab, war es immer noch ein Einbruch in fremdes Eigentum.

Tamara beschloss, sich zu beeilen. Nun war sie schon einmal hier, jetzt konnte sie auch den ersten Stock noch schnell absuchen. Sie stieg die Treppe hinauf. Die Stille war gespenstisch! Der erste Stock hieß sie mit Finsternis willkommen, obwohl die Fenster nicht mit Brettern vernagelt, sondern nur mit schweren Samtvorhängen verschlossen waren. Eifrig suchte Tamara die Schränke ab. Sie stieß auf ein Teeservice, bleiches Porzellan, handbemalt mit gelben Wildrosen, die das Herz eines jeden Antiquitätenhändlers hätten höher schlagen lassen, und alte vergilbte Dokumente, die in einer fremden Sprache verfasst worden waren.

Auf einmal zitterten ihre Hände. Unter einer Hutschachtel kam ein Buch hervor! Vorsichtig zog Tammy es heraus. Sie legte es auf einen Kirschholztisch, der nicht abgedeckt war und leuchtete auf den Ledereinband. In das Leder war eingestanzt: „Dies sind die Memoiren von Sophie Langsdale, geborene Ashford." Tammy konnte ihr Glück kaum fassen. Jetzt glaubte sie es endlich! Sophie hatte wirklich gelebt. Dies war Jeremys Haus. Und wenn das alles der Wahrheit entsprach, wie konnte es anders sein, als dass Jeremy Wellingham tatsächlich ein Vampir gewesen war?

Da wurde Tamara die Taschenlampe aus der Hand geschlagen! Das Licht fiel zu Boden. Das Glas der Lampe zerbrach. Der Schein erstarb. Nichts als Dunkelheit umgab Tammy. Und ihr blieb fast das Herz stehen! Sie hätte schreien sollen, aber ihre Zunge klebte am Gaumen. Der Kloß in ihrem Hals ließ sich nicht herunterschlucken. Tamara blinzelte in die Finsternis, um wenigstens Umrisse des Angreifers zu erkennen, aber es drang so gut wie kein Licht der Straßenlaternen in den Raum. Sie hörte Schritte.

Er ging um sie herum, umkreiste sie wie ein Panther seine Beute. Warum griff er nicht an? Es schien fast, als wäre er in der Lage, sie zu sehen, und würde beobachten, wie sie mit sich kämpfte. Sollte sie einfach loslaufen? Nein, ohne Sophies Buch würde sie nirgendwo hingehen. Aber sie konnte nicht gegen einen Feind kämpfen, den sie nicht sah.

„Was wollen Sie …", begann Tammy. Da legte der Angreifer ihr von hinten eine Hand auf den Mund, die andere griff um ihre Taille und drängte sie gegen eine Wand. Nun war sie gefangen zwischen Mauer und Körper. Ein Mann, es war eindeutig ein Mann. Ihre Angst nahm zu. Panik übernahm die Kontrolle. Auf einmal wehrte sie sich mit Händen und Füßen. Sie versuchte sich mit aller Kraft freizukämpfen, doch der Fremde hatte sie fest im Griff. Nach einer Weile hielt sie erschöpft inne.

„Psst", hauchte er ihr ins Ohr.

Tamara lauschte angestrengt. Langsam ebbte die Panik ab, und sie konnte klarer denken. Mit beiden Händen riss sie an seiner Hand, die ihren Mund verschloss. Alle Bemühungen waren umsonst. Er war wie ein Stein, den sie nicht zur Seite rollen konnte –, und genauso kalt. Plötzlich fiel es ihr auf! Seine Hand war kühl, so kühl wie das alte Mauerwerk, gegen das er ihren Busen drückte.

Dorian!, schoss es ihr durch den Kopf. Der Gedanke lähmte sie. Wollte er ihr Böses oder hatte er lediglich vor, einen Einbrecher zu stellen? Tammy schloss die Augen. Sie konnte ja eh nichts sehen und wusste nicht einmal, ob es wirklich Dorian war, der sich eng an ihren Rücken schmiegte. Angestrengt versuchte sie, sich auf den Mann hinter sich zu konzentrieren. „Minotaure" – roch sie es wirklich, oder spielte die Wahrnehmung ihr einen Streich?

„Ich werde die Hand erst wegnehmen, wenn du dich beruhigt hast", flüsterte er.

Das lüsterne Timbre seiner Stimme ließ sie erschaudern. Sein Atem kitzelte ihren Nacken. Oh, sie wünschte sich, dass es Dorian war, und wusste gleichzeitig, sie würde die versprochene Ohrfeige nachholen, wenn tatsächlich er es war, der sie so erschreckt hatte. Aber warum gab er sie nicht frei? Er führte etwas im Schilde, und diesmal war es kein Necken. Das spürte sie mit jeder Faser ihres angespannten Körpers. In diesem Augenblick fiel ihr wieder ein, dass sie sich in Jeremys Haus befanden – Jeremy, der Vampir. Was würde Dorian mit ihr machen, wenn er auch ein Blutsauger war?

Ängstlich schob Tammy ihren Körper zur Seite, um dem Angreifer zu entkommen. Doch der Fremde drückte sie härter gegen die Wand, um sie noch mehr zu fixieren.

„Du forderst mich immer wieder heraus", spöttelte der Mann. „Weshalb tust du nicht einfach, was ich dir sage? Würdest du dir einen Zacken aus der Krone brechen, Tammy?"

Er kannte ihren Namen! Tamara blieb wie versteinert stehen. Sie konzentrierte sich darauf, sich zu entspannen, damit er endlich von ihr abließ. Doch auf bizarre Weise erregte sie das Spiel. Sie war sich immer sicherer, dass es Dorian war, dessen Lenden sie an ihrem Po spürte. Jetzt brauchte sie nur noch einen Beweis. Sie würde ihn ohne Umschweife fragen, sobald er die Hand von ihrem Mund nahm.

Tatsächlich tat er das auch. Und Tammy? Sie japste nach Luft, denn der Gedanke, Dorian so nah zu sein, raubte ihr den Atem. Zärtlich streifte er ihren Hals mit seinen Lippen. Er leckte mit der Zunge über ihren Nacken und blies kühlen Atem auf die feuchte Stelle. Tamara erschauderte wohlig. Sie seufzte und erschrak, weil es in der Stille der Nacht recht laut klang. Sein leises Lachen erfüllte den Raum.

Bitte, lass es Dorian sein, flehte Tammy das Schicksal an.

Er küsste sie auf die Schläfe und knabberte an ihrem Ohrläppchen. Tammy schmolz dahin. Sie hatte das eigenartige Gefühl, von ihm an viel intimeren Körperstellen berührt zu werden, und sie ermahnte sich, ihm nicht über den Weg zu trauen.

Auf einmal legte er die Hand unter ihr Kinn und zwang sie, den Hinterkopf gegen seinen Brustkorb zu legen. Feucht strich er mit der Breitseite seiner Zunge über ihren Hals. Dann spürte sie seine Zähne an ihrer Haut.

„Nein", presste sie verzweifelt hervor.

Er lachte. „Du weißt doch, dass ich mich von Blut ernähre, Tammy, und genau in diesem Augenblick spüre ich die Begierde nach Blut, köstliches, warmes Menschenblut."

Jetzt hatte sie ihren Beweis! Es war wirklich Dorian Everheard, der erneut eine sinnliche, fast berauschende Wirkung auf sie hatte. Tamara fürchtete sich vor ihm, und sie glaubte ihm jedes Wort, und doch sehnte sie sich gleichzeitig nach seinen starken Armen. Er war wie eine Droge –, Sucht und Zerstörung gingen Hand in Hand.

Schwungvoll drehte er Tammy um und drängte sie mit dem Rücken gegen die Wand. Ihre Arme drückte er über ihrem Kopf gegen die Mauer. Dann folgten Minuten des Wartens und Zitterns. Es schien, als würde er sie beobachten, während Tammy selbst aufgrund der Dunkelheit blind war. Sie fragte sich, ob Vampire nachts wie Katzen sehen konnten.

Tamara zwang sich, etwas zu sagen, um die quälende Stille zu durchbrechen. „Ich bin ein leichtes Opfer. Du hattest Recht."

„In der Tat, immerhin bist du freiwillig in mein neues Heim eingedrungen", antwortete er. „Du bist eine Einbrecherin, und ich als Hauseigentümer werde dich nun richten."

„Richten?“, fragte sie ängstlich.

Er hauchte ihre Lippen an. Nun wusste sie, wie nah er ihr war. Heißkalte Schauer liefen ihren Rücken hinab.

„Du wirst es genießen, Tammy“, erwiderte er, gleichsam lustvoll und drohend.

Unerwartet griff er unter den Minirock und riss ihren String fort. Sie sog hörbar Luft ein. Nun stand sie mit entblößtem Schoß vor ihm, und das Schlimmste war, es gefiel ihr.

„Psst“, säuselte er wie zuvor und stieß sein Knie zwischen ihre Schenkel.

Tamara versuchte, ihre Arme loszureißen, schaffte es aber nicht einmal, sie ein Stück zu bewegen.

Dorian presste seinen Oberkörper gegen ihren Busen und flüsterte in ihr Ohr: „Lust ist ein animalischer Instinkt, Leidenschaft ein Geschenk der Natur. Lebe sie aus, Tammy, denn es ist Sünde, dieses Präsent zurückzuweisen.“

Ja, wollte sie schreien und blieb doch stumm. Was hielt sie davon ab sich ihm hinzugeben? Sie begehrte Dorian und hatte doch vor einigen Tagen noch getönt, sie könnte London zum Beben bringen. Gleichzeitig fürchtete sie sich vor ihm. Was würde geschehen, wenn er wirklich ein Vampir war?

Zaghaft fragte sie: „Wieso hast du das mit dem Blut gesagt?“

Dorians benetzte Zunge stieß in ihre Ohrmuschel. Er saugte an ihrem Ohrläppchen und küsste sie auf den Hals, genau auf die Stelle, an der seine Zähne sich in ihre Haut hatten bohren wollen.

„Das weißt du ganz genau", sprach er drohend. „Fordere mich nicht heraus, Tammy."

Sie schluckte. Führte er sie wieder aufs Glatteis? Machte er sich lustig über sie? Sie wagte nicht nachzufragen, sondern beließ es dabei.

„Lass deine Hände oben!", befahl er und gab ihre Arme frei.

Geschmeidig öffnete er die ersten Knöpfe ihrer Tunikabluse. Tamara wollte ihn instinktiv abwehren.

Er raunte: „Tu, was ich dir sage! Du weißt, was sonst geschieht."

Sie zuckte zusammen und stellte sich das saugende, schmatzende Geräusch vor, das entstehen würde, wenn er seine Zähne in ihr Fleisch bohren und das Blut wie durch Strohhalme trinken würde. Artig hielt sie die Arme wieder hoch.

Seine Hand glitt in ihre Bluse. „Ich mag, dass du keinen BH trägst. Das ist wie eine Aufforderung für mich." Fast beiläufig berührte er ihre Brustwarze und zog sich sogleich zurück.

Tamara zuckte erneut. Sie hatte die Berührung ja nicht kommen sehen. Schnippisch sagte sie: „Es ist angenehmer für mich, besonders bei der Hitze zurzeit. Ich gehe nicht ohne BH, um euch Männer zu reizen."

Nun umschloss er einen Busen mit der ganzen Hand, als würde er ihm gehören. „Du sollst auch nicht *andere* Männer verlocken!"

Sachte begann er die Brust zu massieren. Sie stöhnte leise auf und räkelte sich an der Wand, als würde sie auf einem Bett liegen. Hatte sie nicht noch vor einigen Tagen davon geträumt, von Dorian genommen zu werden? Er strahlte solch eine Kraft aus, eine animalische, fast aggressive Erotik. Gewiss konnte er jede Frau haben, aber heute Nacht begehrte er Tammy.

Behutsam rieb er ihre Brustwarze zwischen Zeigefinger und Daumen, als würde er kostbare Perlen hin und her rollen. Er legte seine Finger unter ihren Busen und schob ihn nach oben, ja, er quetschte ihn zusammen wie einen Push-up-BH. Tamara befürchtete, ihre prallen Brüste könnten unbeschreiblich vulgär aussehen, und doch genoss sie diesen Hauch von Verruchtheit. Es sah ja niemand. Im Raum war es stockfinster. Warum nur hatte sie dann immer wieder das Gefühl, von Dorian betrachtet zu werden? Er war doch gar nicht in der Lage dazu oder?

Sein Mund begann zärtlich mit ihrer rechten Brustspitze zu spielen. Erst nuckelte er daran wie ein Säugling, dann saugte er kräftig, bis Tammy ein leises „Autsch" hervorbrachte und spuckte sie aus, als wäre sie ein Kern.

Rot wie eine Kirsche musste die Brustwarze hervorstehen, sich Dorian wollüstig anbietend, und er griff erneut zu, indem er den Busen sanft zusammendrückte und die gesamte Spitze in seinen Mund aufnahm. Tamaras Brüste fühlten sich herrlich straff an. Kräftig saugte Dorian an ihnen wie eine Melkmaschine, wechselte von der einen zur anderen und zurück. Tammy hatte plötzlich Angst, dass er seine Zähne in ihren Busen stoßen und das Blut aus ihr zapfen könnte. Obwohl sie die zunehmende Feuchtigkeit zwischen ihren Schenkeln bemerkte, nahm sie die Hände herunter und schob Dorian ein Stück von sich fort.

„Du befolgst meine Befehle nicht. Nun lebe mit den Konsequenzen“, knurrte er und warf sie über die Schulter.

Bevor Tammy einen klaren Gedanken fassen konnte, ging er zum Fenster hinüber. Er riss den Vorhang zur Seite und öffnete es. Die Glasscheibe ließ sich nach oben schieben. Würde er sie hinaus in den Vorgarten werfen? Verzweifelt wehrte sie sich, zappelte mit den Beinen und schlug wild um sich. Dorian packte sie im Nacken und zwang sie, den Oberkörper hinauszulehnen. Dann zog er die Glasscheibe wieder hinunter, sodass Tamara zwischen Fensterbank und Scheibe gefangen war. Ihr blanker Busen war außerhalb des Hauses und präsentierte sich den Nachbarn und jedem nächtlichen Spaziergänger, der zufällig die Ole Limpin Lane entlangschlenderte. Lediglich die Finsternis und die zwei Erlen boten ihr Schutz. Ihr

Unterleib steckte im Hausinneren. Während Tammy sich am Sims abstützte, dachte sie mit Schrecken daran, wie sich in diesem Moment ihre Pobacken verlockend Dorian entgegenstreckten.

Panisch klopfte sie gegen die Fensterscheibe. „Lass mich rein. Bitte, ich entschuldige mich. Das war dumm von mir."

„Willst du, dass die Nachbarn aufwachen?", fragte er spöttisch. „Ich wäre an deiner Stelle leiser."

Sie hörte, wie er den Ohrensessel, der unter dem Fenster gestanden hatte, geräuschvoll über das Parkett zu sich zog. Er stellte ihn zwischen ihre Beine, den einen Fuß neben die rechte und den anderen neben die linke Armlehne und spreizte ihre Schenkel damit. Als sie gerade versuchen wollte, diese wieder zusammenzubringen, nahm er schwungvoll in dem Sitzmöbel Platz, sodass einige defekte Sprungfedern vibrierten. Nun war ein Schließen der Beine unmöglich. Dorian hockte gemütlich im Sessel, die rechte Hand gegen ihre Pobacke gestemmt. Mit der Linken zog er die Glasscheibe nach unten, um Tamara fixiert zu halten. Der Schein der Straßenlaternen erhellte seine Sicht auf ihre rasierte Scham. Sie wusste, er betrachtete in diesem Augenblick ausgiebig und in Ruhe ihre Öffnungen, die sich ihm aufreizend feilboten, die Falten, die ihre Spalte wie rote Rosenblätter umschlossen, und den glitzernden Nektar, der köstlich duftend aus der Mitte floss.

Ihre Hilflosigkeit machte Tammy rasend, gleichzeitig verfiel sie der Faszination seiner Überlegenheit.

Nach einer ganzen Weile spürte sie seinen Atem auf ihrer Haut. Er blies stoßweise gegen die Innenseite ihrer Schenkel, bewegte sich hinauf zu ihrem Schoß, der auf das samtige Gefühl rhythmisch pochend antwortete. Feucht küsste er sie auf die linke Pobacke. Er öffnete den Mund weit und biss zärtlich zu. Tammy erschauderte, doch kein Blut floss ihr Hinterteil hinab. Mit seinen Lippen massierte er ihr Gesäß. Er wanderte von rechts nach links, saugte ihre Haut wie eine Saugglocke an und ließ sie wieder los. Er umzüngelte ihren Anus, um kurz darin mit der Zungenspitze einzutauchen und ließ diese dann vom höchsten Punkt ihre Spalte hinuntergleiten.

Tammy stöhnte auf. So lange schon hatte sie kein Mann mehr intim berührt. Jetzt entfachte jede sanfte Berührung ein Feuerwerk in ihr. Doch sie wollte es Dorian nicht zu sehr zeigen. Sie fürchtete sich vor dem, was er mit ihr anstellen könnte. Er war zu allem fähig, und er hätte alles mit ihr tun können, wenn sie nur ein bisschen Mut gehabt hätte, ihm ihre Erregung mitzuteilen. Aber sprach ihr Körper nicht eine deutliche Sprache, indem er die Pfütze zwischen ihren Schenkeln zu einem Fluss anschwellen ließ?

Dorians Zunge tauchte in Tammy ein. Seine Feuchtigkeit verschmolz mit ihrer Nässe. Selbst in ihrer Vagina spürte sie noch, wie seine Zunge sich bewegte, züngelnd vorwärts kroch und dann zuckte wie ein Stromkabel, das außer Kontrolle geraten war. Auch Tamara verlor die Kontrolle. Sie hatte nicht mehr die Kraft, sich zusammenzureißen. Ihre Finger krallten sich am Sims fest, und sie biss sich auf die Unterlippe, um nicht zu stöhnen. Leise jammerte sie, als er sich ihr entzog und an der inneren Schamlippe saugte. Er zog sie lang, ließ sie behutsam seine Zähne spüren und wanderte in Richtung Klitoris, ohne ihre Labie ein einziges Mal freizugeben. Pulsierend schoss das Blut hinein. Die Schamlippe wuchs, wurde umschwemmt und willig.

Dorian widmete sich der gegenüberliegenden Labie und drückte dabei Tammys Schenkel weiter auseinander. Seine Zunge schnellte vor und zurück und ließ ihre Schamlippe flattern wie ein Bettlaken im Sturm. Mit einem Mal wurde Tamara heiß, als würde sie in der Mittagshitze ein Sonnenbad nehmen. Schweißperlen liefen zwischen ihren Brüsten hinab. Ihr Mund fühlte sich ausgetrocknet an. Sie öffnete ihn, nach Luft japsend. In diesem Moment kreiste Dorians Zungenspitze um ihre Klitoris, betont langsam, quälend. Tamara entfloh ein tiefer Seufzer. Sie biss sich auf die Zähne, war aber machtlos gegen die Lust, die in ihr aufstieg und ihr die Sinne raubte. Dorian nahm ihre Knospe zwischen seine Lippen und nuckelte sanft an ihr. Tammy schloss die Augen. Sie fuhr sich mit der Zunge über die

Lippen und dachte nur an Dorian, voller Begierde, bereit zur Zügellosigkeit, willig in die Höhe getragen und hinaus ins Meer geschwemmt zu werden.

Da schob er die Glasscheibe nach oben und holte ihren Oberkörper zurück ins Hausinnere. Tammy hatte vermutet, dass er sie mit seinem Stachel aufspießen würde, doch er war noch komplett angezogen. Ihr war schwindelig. Dorian stützte sie für einen Augenblick, und sie legte ihren Kopf gegen seinen Brustkorb. Warum nur hatte er aufgehört? Er war also doch ein Schuft!

Sie wollte ihm in die Augen sehen; immerhin drang nun ein wenig des Straßenlichts in das Zimmer. Als Dorian jedoch bemerkte, dass sie sich erholt hatte, schloss er den Vorhang und drückte sie mit dem Rücken gegen die Wand neben dem Fenster. Seine Hand legte er auf ihren Hals, um sie zu fixieren, achtete aber darauf, sie nicht zu strangulieren. Tammy wusste nicht, wie ihr geschah. Konnte er tatsächlich im Dunkeln sehen und wollte beobachten, wie sie unter seinem Kommando zu Wachs wurde?

Er öffnete ihre Schenkel mit seinen Beinen. Sein Mittelfinger drang ohne Umschweife in sie ein, dann stieß der Zeigefinger hinzu, und der Ringfinger folgte bald, während sein Daumen die Nässe über ihre Klitoris verteilte. Tamara hielt sich an seinen breiten Schultern fest. Überwältigt von ihrer eigenen Erregung schmolz sie unter seiner Berührung. Ihre Scham drängte sich gegen seine

Hand, wollüstig und ohnmächtig vor Lust. Es gab nur ihn und sie. Alles andere war unwichtig. Die Welt trat in den Hintergrund. Sie wollte ihm gehören, wollte durch seine Fingerfertigkeit fliegen und seine Aufmerksamkeit besitzen. Und endlich erhob sie sich in die Lüfte. Sie hielt sich an ihm fest, nach Atem ringend, und verzog das Gesicht, als würde sie leiden, dabei hatte ihr Leid ein Ende, als sich ihr ganzer Körper verkrampfte. Wie in ein Vakuum gehüllt fühlte sie sich für Sekunden, die sie wie Minuten empfand. Sie hörte nichts. Sie sah nichts. Es gab im ganzen Universum nur Dorian und sie. Dann brach Tammy zuckend wie ein Aal zusammen. Entkräftet, aber glücklich nahm sie wahr, dass Dorian sie in die Arme schloss. Einen Moment lang verharrten sie eng umschlungen, hielten inne, um das Nachglühen zu genießen und abzukühlen. Dann nahm Dorian ihr Gesicht in die Hände und küsste sie liebevoll. Er ließ sie los und verschwand so plötzlich in der Finsternis, wie er aufgetaucht war.

„Dorian, bist du noch da?“, rief Tamara leise. „Bitte, sag etwas. Geh nicht.“

Keine Antwort. Tränen schossen in ihre Augen. Sie schluckte sie hinunter und entschloss sich, die Taschenlampe zu suchen. Dorian war fort, hatte sie allein gelassen. Wieso nur? Er war eben doch ein Schurke, und von denen sollte sich ein gutes Mädchen fernhalten. Aber sie war eine 30-jährige Frau, die viel nachzuholen hatte und

Dorian hatte nicht nur ihren Schoß erobert, sondern auch ihr Herz. Schade nur, dass er nicht genauso empfand.

Sie ging auf die Knie und kroch über das Parkett, bis sie die Lampe gefunden hatte. Schnell knipste Tammy sie an. Das Glas war zerbrochen, aber das Licht funktionierte glücklicherweise noch. Tamara leuchtete erwartungsvoll durch das Zimmer, aber Dorian war nicht mehr dort. Tief enttäuscht suchte sie ihren Slip. Sophies Memoiren lagen noch auf dem Tisch, doch ihr Höschen konnte sie nicht finden. Ob Dorian es mitgenommen hatte, als Jagdtrophäe oder Andenken?

„Besser einmal von Dorian Everheard geliebt zu werden, als nie in den Genuss gekommen zu sein", versuchte sie sich aufzumuntern.

Tamara spürte die cremige Nässe zwischen ihren Schenkeln. Sie schritt zu einer verhüllten Truhe, Dorian verfluchend, und wischte sich mit dem Laken den Schoß trocken. Hektisch schnappte sie sich das Buch mit dem Ledereinband, denn sie wollte mit einem Mal nur fort von diesem Ort. Sie fühlte sich beobachtet, als würde Dorian sie aus irgendeinem geheimen Winkel aus anstarren.

Als Tammy die Ole Limpin Lane entlang lief, fühlte sie sich sichtlich unwohl. Die Brise, die durch ihre schnelle Gangart entstand, wehte unter ihren Faltenrock. In einer Hand hielt sie die Taschenlampe, mit der anderen versuchte sie den Rock zu halten, wo er war. Das Lederbuch hatte sie unter den Arm geklemmt. Obwohl die Nacht angenehm warm war, fühlte sich der Luftzug zwischen ihren Schenkeln kühl an und erinnerte sie ständig an Dorians Zungenkünste.

In der U-Bahn waren ungewöhnlich viele Menschen. Ob es bereits drei Uhr morgens war und sie zur Arbeit fuhren? Tammy schämte sich zu Tode, und gleichzeitig erregte sie ihre Blöße. Sie spürte, wie sie erneut feucht wurde. Ob wohl jemand ihr süßes Geheimnis erkannt hatte?

Sie entspannte sich erst, als sie ihre Wohnung im Norfolk Square betrat und Grey in die Arme schloss.

„Was für cine Nacht!“, sagte sie und seufzte. „Vielleicht sollte ich anfangen, Tagebuch zu schreiben, ähnlich wie Sophie.“

Am Ende ihrer Kräfte und völlig übermüdet legte sie sich nach einer kurzen Dusche schlafen und kam auch am nächsten Tag nicht dazu, die aufkeimende Liebe zwischen Sophie und Jeremy zu verfolgen. Die Party in der Villa ihrer Eltern stand an, ein Pflichttermin, den Tammy nur zu gerne umgangen hätte.

Aber als „braves Mädchen aus gutem Haus“ machte sie sich am nächsten Abend fertig, um als Vorzeigetochter herzuhalten. Natürlich würde sie zu spät kommen, wie immer, denn sie hatte sich in der Werbeagentur nicht losreißen können. Sie war nach Hause gehetzt, hatte geduscht und ein vanillefarbenes Chiffonkleid angezogen. Schnell legte sie noch die tropfenförmigen Diamantohrringe, Erbstücke ihrer Großmutter Gwyneth, an, schminkte sich die Lippen in Schokobraun und band ihre schulterlange Lockenpracht zu einer Hochsteckfrisur. Die kleine Reisetasche war geschwind gepackt, denn sie wollte in der Villa ihrer Eltern übernachten, da am nächsten Tag ein Meeting angesetzt war. Sophies Buch fand auch einen Platz in der Tasche. Dann eilte sie zur Paddington Railway Station. Mit Schrecken sah sie auf die Uhr am Bahnsteig.

„Acht Uhr." Sie seufzte. „Die Party hat vor einer halben Stunde angefangen, und ich werde noch eine halbe Stunde mit dem Zug fahren. Zum Glück holt Marcus mich vom Bahnhof ab". Ihr Dad würde mit den Augen rollen, ihre Mom versuchen, ihn abzulenken, und Sammy Jo selbstverständlich in die gleiche Kerbe schlagen wie ihr Vater. Nur Marcus, der gute alte Freund der Malts, würde sich vor sie stellen, um allen Unmut abzuwehren.

„Das wird ja wieder ein toller Abend." Widerwillig stieg sie in den Zug und wünschte, es sich im Bett gemütlich zu machen, mit Grey zu kuscheln und Sophies Memoiren weiterlesen zu können … oder von Dorian zu träumen. Letzteres tat sie unentwegt, sodass ihr Chef in der Agentur sie schon nach Hause schicken wollte, weil er dachte, ihre geistige Abwesenheit wäre ein Zeichen von Krankheit. Nur Sally erkannte es an Tammys Trauermiene, dass es Liebeskummer war.

Der Zug bummelte durch die Vororte im Südwesten Londons. Kurz dachte Tamara daran, an der Haltestelle Kews Gardens auszusteigen und lieber durch den königlichen Botanischen Garten zu spazieren, anstatt weiter nach Richmond-up-Thames zu fahren, doch sie blieb sitzen. In St. Margarets wartete Marcus Livingston schon auf sie. Lässig lehnte er gegen sein Sportcoupé. Er war braun gebrannt, als käme er frisch von einem 3-Wochen-Urlaub auf Kuba. Das zitronengelbe Polohemd unterstrich seinen Teint, ebenso die neuen blonden Strähnchen in seinem kastanienbraunen Haar. Er war ein richtiger Sunnyboy, doch Tamara fand, dass dieses Image nicht zu einem Geschäftsmann passte.

Als er Tammy sah, kam Marcus lächelnd auf sie zu. Er breitete seine Arme aus, und sie ließ sich hineinsinken. Er duftete köstlich nach grünem Tee und Bambus, ein sehr frisches Aftershave.

„Meine Traumfrau“, hauchte er.

Tamara knuffte ihn in die Seite. „Red nicht immer solch einen Unsinn.“

„Dann verstecke ich eben meine Gefühle für dich wieder und tue so, als wärst du nur die Tochter meines Chefs“, säuselte er gespielt und zwinkerte.

Sie schüttelte den Kopf und verdrehte die Augen. Marcus überschüttete sie immer mit Komplimenten, wohl der einzige Mann in ihrem Leben, doch sie konnte ihn nicht ernst nehmen. Er machte aus allem einen Spaß. Weshalb er nach all den Jahren noch immer keine Frau an seiner Seite hatte, verstand sie nicht!

Sie stiegen ein und fuhren am Marble Hill Park vorbei. In der Ferne sah Tammy die Orleans House Gallery. Vier Schulausflüge hatten sie und ihre Klasse in die öffentliche Kunstgalerie geführt, und jedes Mal hatte sie davon geträumt, im bekannten Octagon Raum ihr Mädchenzimmer zu haben.

Ihr Blick streifte Marcus. Er starrte sie an.

„Schau nach vorne", ermahnte sie ihn lächelnd. „Wenn wir an einen Baum fahren und nicht auf dieser dämlichen Party ankommen, bin ich geliefert." Sie klappte den Sonnenschutz herunter und betrachtete ihr Gesicht im Kosmetikspiegel. „Ist mein Lippenstift verschmiert oder mein Mascara verlaufen?"

„Wie kommst du darauf?"

„Weil du mich angaffst." Fragend hob sie die Augenbrauen.

Marcus schnalzte. „Es ist nur ... nun ja."

„Was?" Tammy rutschte nervös auf ihrem Sitz herum. „Los, sag es, bevor wir am Domizil meiner Eltern ankommen und es alle Gäste sehen."

„Nun gut", antwortete er. „Aber es war deine Entscheidung. Es ist wegen der Sache, die ich nicht sagen darf."

Jetzt begriff Tammy! Sie blinzelte ihn argwöhnisch an. Mit den Fäusten trommelte sie gegen seinen Oberarm und lachte laut auf. „Du hast mich reingelegt."

Marcus streichelte mit dem Handrücken sanft ihre Wange. „Nein, aber du hattest mir ja verboten zu sagen, dass du toll aussiehst."

„Und ich hatte mir Sorgen gemacht, in der Eile Mist gebaut zu haben", grummelte sie und genoss es, durch die mondbeschienene Landschaft von Richmond-up-Thames zu fahren. Sie mochte Marcus. Er brachte sie zum Lachen. Genau das hatte sie nach dem Gefühlschaos der vergangenen Tage gebraucht und fühlte sich gleich besser.

Da fiel ihr auch die altbewährte Willkommenszeremonie in der Malt'schen Villa gleich leichter. Während ihr Vater sie zur Seite nahm und eine leise Standpauke wegen der Verspätung hielt, unterbrochen von den Beschwichtigungsversuchen ihrer Mutter, sah sie einfach in Marcus' strahlendes Gesicht und nickte, als würde sie sich bei ihrem Vater entschuldigen. In Wahrheit hörte sie nicht einmal zu.

Erst Samantha rammte ihr ein Messer in den Rücken. Sie klopfte Tammy energisch auf die Schulter, bis diese sich zu ihrer Schwester herumdrehte. Dann hob sie feierlich ein Glas Champagner in die Höhe, als wäre sie Queen Elisabeth persönlich, und betrachtete Tamara von der Hochsteckfrisur bis zu den lackierten Zehenspitzen.

„Kommst du doch noch? Ich dachte schon, du würdest unseren Ehrengast verpassen. Wie peinlich! Der Malt Clan muss sich ja für dich schämen. Was soll der neue Investor unserer Restaurantkette nur von uns denken? Mister Dorian Everheard, wir sind nicht so unzuverlässig wie meine Schwester. Sie ist das schwarze Schaf der Familie."

Tammy blieb die Spucke im Hals stecken, als Dorian hinter der Säule hervortrat. Er lächelte, doch sie konnte nicht ausmachen, ob es milde oder abfällig gemeint war. Als wäre sie zu Stein erstarrt, blieb sie stehen. Sie bewegte sich erst, als er ihr die Hand reichte. Sein Händedruck war kräftig. Tammy musste zweimal unauffällig an ihrer Hand ziehen, bevor er sie losließ. Wie umwerfend er aussah! Genauso wie bei ihrem ersten Treffen war er klassisch elegant, jedoch nicht langweilig oder gar konservativ gekleidet. Die ersten Knöpfe seines cremefarbenen Baumwollhemdes standen offen, und der vage Blick auf seinen Brustkorb ließ den Wunsch in ihr aufkommen, mit den Fingern unter das Hemd zu gleiten und seine feinen dunklen Härchen zu kraulen. Die Bundfaltenhose besaß einen dunkelbraunen, fast schwarzen Farbton, wie starker Espresso, passend zu den glänzenden Slippern und dem Ledergürtel. Bei dem Anblick seines Reißverschlusses liefen ihr heißkalte Schauer über den Rücken.

„Es freut mich, Sie kennen zu lernen", brachte sie mühsam heraus.

„Ich dachte, wir duzen uns“, sagte Dorian provokant.

Sammy Jo trippelte unruhig auf der Stelle herum. „Ihr kennt euch?“

Dorian lehnte sich gegen die Säule und verschränkte die Arme vor dem Oberkörper. „Erzähl du, wie wir uns trafen, Tammy.“

Das Blut schoss ihr in die Wangen. Sie dachte an die leidenschaftliche Nacht, die sie miteinander verbracht hatten. „Es war Zufall.“

„Ich glaube nicht an Zufälle“, widersprach er, und die Genugtuung, sie in eine peinliche Situation gebracht zu haben, stand ihm ins Gesicht geschrieben. „Kismet. Das Schicksal bestimmt unser Leben. Wärst du nicht in mein neues Haus eingebrochen, hätten wir uns nie kennengelernt.“

„Eingebrochen?“, wiederholte Elisabeth Malt ganz erschrocken.

„Nein, nein, so war es nicht“, stammelte Tamara und fürchtete sich erneut vor Dorians sprachlicher Fertigkeit, ihr alle Wörter im Munde herumzudrehen. „Ich bin nur in seinen Vorgarten gestiegen, weil ich dachte, in diesem verfallenen Haus lebt niemand. Und, nun ja, diese steinernen Dämonen im Garten, ich meine Vorgarten, sehen recht hübsch aus.“

„Etwas verwirrt, die Gute“, warf Samantha ein und rümpfte die Nase. „Verzeihen Sie ihr, Mister Everheard.

Sie hat Liebeskummer.“

„Samantha!“, schrie Tammy zornig auf.

Aber ihre Schwester ließ sich nicht beirren und fuhr fort: „Sie hat einen Mann kennengelernt. Uns will sie ja nichts erzählen, aber ich kenne meine Schwester und weiß es …“

„Halt sofort den Mund“, blaffte Tamara.

„… aber es scheint Probleme zu geben. Wahrscheinlich erwidert er ihre Zuneigung nicht. Durch so was wird mein Schwesterherz immer zickig. Ist nicht das erste Mal.“

Tammy schlug Samantha das Glas aus der Hand und eilte an ihr vorbei, um den nächsten Zug nach Hause zu nehmen. Da packte Dorian sie am Oberarm und hielt sie fest. Sie versuchte, seine Hand abzustreifen, doch sein Griff war fest, fast schmerzhaft.

„Lass uns tanzen“, sagte er bestimmend und zog sie auf die Tanzfläche in die hinterste Ecke, wo sie niemand sehen konnte, der bei dem Streitgespräch dabei gewesen war.

Tammy war den Tränen nah. Sie ließ sich von Dorian führen und vermied es, ihn anzusehen. Wie peinlich die ganze Situation war! Und das Schlimme war, Samantha hatte ins Schwarze getroffen.

„Bitte lass mich gehen“, sagte sie leise, weil sie befürchtete, loszuheulen.

Dorian zog sie näher an sich heran, sodass ihre Oberkörper sich aneinander schmiegten. „Ich denke gar nicht daran." Dann legte er die Hand unter ihr Kinn und zwang sie, ihn anzusehen. „Beruhige dich."

„Ich will nur nach Hause." Sie wich seinem durchdringenden Blick aus.

Er ließ ihr Kinn los und flüsterte drohend: „Wenn du dich jetzt nicht beruhigst, werde ich dich mitten auf der Tanzfläche übers Knie legen und dein süßes Hinterteil versohlen."

Schockiert sah sie ihn an.

Er grinste herausfordernd. „Du glaubst, ich würde das nicht tun?"

„Oh doch." Sie nickte. „Ich traue dir alles zu."

Dorian wurde ernst. „Das ist weise."

Plötzlich war der Zorn verflogen. Ein Kribbeln durchströmte ihren Körper, und sie war froh, nicht gegangen zu sein. Sie hatte Dorian nicht nur wiedergetroffen, sondern lag erneut in seinen starken Armen. Kismet. Konnte das Schicksal es wirklich so gut mit ihr meinen? Oder war das dritte Treffen *ein* Zufall zu viel?

Tief sah sie ihm in die dunklen Augen, als könnte sie in ihnen seine wahren Absichten lesen, aber sie waren so unergründlich wie seine Handlungen. Plötzlich erinnerte sie sich daran, dass er vielleicht ein Vampir war. Noch immer fand sie den Gedanken lächerlich, und doch hatte er ihr mehrmals bestätigt, Gier nach Blut zu verspüren. Die

Chance bestand, dass er sich lustig über sie machte. Aber wohnte er nicht immerhin in Jeremys Haus?

Tammy fragte sich, warum ausgerechnet Dorian in die Restaurantkette um das „That Delicious Bite“ investieren wollte. Wieso nur beschlich sie ständig das Gefühl, Dorian nicht trauen zu können? Ihr schnürten diese Ahnungen den Hals zu. Sie bekam kaum Luft. Dorian zog die Schlinge enger, er kreiste die Familie Malt ein. Oder erzeugte das Lesen von Sophie Ashfords Memoiren negative Gedanken in ihr? Vielleicht sollte sie alles über die Vampire Großbritanniens vergessen und ihr Leben weiterleben wie zu der Zeit, bevor der anonyme Brief mit der Blättersammlung in ihr Haus flatterte. Davor war alles einfacher gewesen – aber auch langweiliger. Tamara konnte Dorian nicht aus ihrem Leben wegdenken. Sie wollte ihn nicht verlieren. Selbst wenn er Gefahr bedeutete, würde sie lieber in den Flammen umkommen, als nie zu brennen.

Das Lied war viel zu schnell vorbei. Wieder hatte Tammy nicht den Mut gefunden, Dorian direkt auf ihre Fragen anzusprechen. Nun war es zu spät, denn er verabschiedete sich.

Er küsste ihren Handrücken und führte sie an den Rand der Tanzfläche. „Es tut mir wirklich leid, aber ich muss zurück zu Sam.“

„Sam?“, fragte Tamara erstaunt. Das klang so vertraut.

„Wir haben viel zu bereden, schließlich werde hauptsächlich ich euer Familienprojekt finanzieren, und wie deine Schwester berichtete, soll sie die englandweite Leitung übernehmen."

Das hörte sie zum ersten Mal. Sie traute Samantha solch eine verantwortungsvolle Position nicht zu, denn Sammy Jo war viel zu verspielt, um lange ernsthaft an einer Sache zu arbeiten. „Sei vorsichtig. Sie hat spitze Krallen."

Erheitert lachte Dorian leise. „Oh ja, sie ist eine kleine Hexe, aber du weißt doch, dass ich nicht auf Unschuldslämmer stehe." Dann ließ er sie einfach stehen.

Fassungslos schaute sie ihm hinterher, bis die Menge ihn verschluckte. „Dieses Miststück hat ihn schon am Haken."

„Samantha probiert es bei jedem Mann." Marcus stand auf einmal neben ihr.

Glücklich, dass er da war, schmiegte sich Tammy an ihn. „Ich dachte nur, dass Dorian Everheard mehr Grips hat, aber er scheint auf sie hereinzufallen wie alle anderen auch."

„Glaub mir, er durchschaut ihr Spiel und ist weitaus gefährlicher als sie." Liebevoll schlang er die Arme um Tammy und streichelte über ihren Nacken. „Hüte dich vor ihm. Ich kenne seine Sorte Männer. Sie wirken anziehend auf Frauen, stürzen sie aber nur ins Unglück."

Sie sah ihn verwundert an. „Kennst du Dorian schon länger?"

„Lass uns ein wenig im Garten spazieren gehen“, schlug er vor und küsste sie auf die Stirn. „Was kann es Romantischeres geben, als mit einer schönen Frau im Mondschein zu lustwandeln?“

Aber Tammys Laune war auf dem Nullpunkt. Sie schüttelte den Kopf. „Lieb von dir. Du versuchst immer, mich aufzubauen, doch ich ziehe mich jetzt lieber zurück.“

Sie wollte sich den Anblick von Dorian und Samantha, wie sie sich in eine Nische zurückzogen, die Köpfe zusammensteckten, mit Champagner anstießen und herzhaft lachten, ersparen. „Ich bin wirklich müde. Der Tag war furchtbar, und ich sehne mich nur noch nach Ruhe.“

Marcus hatte wie immer Verständnis für alles, was sie tat. Und so stahl sich Tammy ungesehen an ihren Eltern vorbei, huschte die Treppe ins Obergeschoss hoch und verriegelte ihr Zimmer, um sich dort in eine andere Welt zu flüchten – die von Sophie Langsdale.

* * *

Endlich war die Dunkelheit angebrochen; bald würde es Zeit für mich zu gehen. Den lieben, langen Tag hatte ich an nichts anderes als an Jeremys zärtliche Berührungen denken können. Ich war süchtig nach seinen sanften Händen und seinen feurigen Küssen. Die Leidenschaft, die in mir wuchs, machte mich wahnsinnig, wie sie mich gleichermaßen verwirrte. Und immer waren da auch Zweifel. Tat ich das Richtige? Sündigte ich, wenn ich mich meiner Wollust zügellos hingab? Vater musste es ja nicht erfahren!

Eigentlich hatte ich mich für die Ehe aufheben wollen, doch das Verlangen, das Jeremy in mir geweckt hatte, wollte gestillt werden. Wie kam es nur, dass ich so plötzlich alle Konventionen außer Acht ließ? Stimmte es, was er gesagt hatte? Hatte er mir lediglich meine innersten Wünsche erfüllt, oder hatte mich sein vampirisches Charisma dazu gebracht, alles zu tun, was er wollte? Stand ich unter seinem Bann?

Die ersten Gäste betraten das Pub. Bekannte Gesichter. Warzig, verkrustet und unrasiert. Die Männer waren fast jeden Abend hier, um dem Alkohol zu frönen und ihrer Lieblingsbeschäftigung nachzugehen, dem Kartenspiel. Nach und nach kamen immer mehr Gäste, und ich verabschiedete mich von der Vorstellung, die Nacht in Jeremys Armen zu verbringen. Vater brauchte meine Hilfe, ich konnte ihn nicht im Stich lassen. Doch das Schicksal meinte es auch diesmal gut mit mir.

„Ich schlitze dir die Kehle auf, du Haderlump!“, brüllte einer der Männer plötzlich und packte seinen verdutzten Mitspieler am Kragen. Drohend hob er die Faust, um sie in das Gesicht seines Kontrahenten zu schlagen.

Vater konnte in seiner Taverne keine Schlägerei dulden und hatte seine Mühe, die Burschen zu beruhigen. So schnell er nur konnte, eilte er an den Tisch und versuchte mit ausgestreckten Armen dazwischenzugehen. „Hey, hey. Beruhigt euch!“, rief er. Seine Worte blieben ungehört. Schon flog der Gauner im hohen Bogen durch die Luft, ohne dass Papa etwas hatte ausrichten können, stürzte auf einen Tisch und riss ungewollt die Becher und Krüge von der Holzplatte. Martha erstarrte vor Schreck und presste die Hand sekundenlang auf ihr wild schlagendes Herz. Nachdem sie sich endlich beruhigt hatte, beugte sie sich hinunter und kümmerte sich um den Verletzten. Vater hingegen reagierte schnell, packte den aggressiven Schläger, der noch dazu viel größer war als er selbst, am Kragen und warf ihn eigenhändig aus der Schenke.

Obwohl nun allmählich wieder Ruhe einkehrte, zogen es die meisten Gäste vor, zu zahlen und das Pub schnell zu verlassen.

„Es würde mich nicht wundern, wenn Mister Skykes den Kerl bezahlt hat, damit er hier Unruhe stiftet.“

Mister Skykes? Diesen Namen hörte ich zum ersten Mal.

„Konkurrenz belebt das Geschäft“, erwiderte Martha.

„Besonders dann, wenn man die Konkurrenz ausschaltet. Skykes ist ein Schlitzohr, das wir nicht unterschätzen sollten. Er ist hinter dem Ashford’s Pub her und hat mir bereits ein Angebot gemacht. Aber eines sage ich euch, das Gästehaus verkaufe ich nur über meine Leiche."

Steckte Vater in Schwierigkeiten, von denen ich nichts wusste?

Innerhalb kurzer Zeit hatte sich der Schankraum geleert. Martha sammelte das Geld von den Tischen und warf es in einen kleinen Tonkrug, den sie bei sich trug. Vielleicht würden heute Abend noch weitere Gäste kommen, aber bis dahin, so hoffte ich, war ich längst bei Jeremy! So hatte der Tumult zumindest für mich etwas Gutes.

„Benötigst du meine Hilfe noch?", fragte ich scheinheilig.

Vater drehte sich zu mir um und hob verblüfft beide Augenbrauen.

„Im Moment nicht. Warum fragst du?"

„Oh. Ich wollte gern noch einen Spaziergang machen. Die Luft ist heute so herrlich frisch. Wenn du nichts dagegen hast?"

Ich spürte, wie mir das Blut allmählich in die Wangen schoss. Eine gute Lügnerin war ich noch nie gewesen. Er hatte mich sicherlich längst durchschaut.

Martha, die die leeren Krüge unterdes in die Waschschüssel legte, kam lachend zu uns zurück und stieß Vater in die Seite. „Ich glaube, deine Tochter hat einen neuen Verehrer!"

„Ist das wahr?" Er sah mich fragend an. In seinem Blick

lag ein Schmerz, den ich schon einmal gesehen hatte, nämlich zu dem Zeitpunkt, als Elisa die Familie verlassen hatte, um zu heiraten.

Ich seufzte gedehnt. Warum musste Martha sich auch einmischen? Was für eine peinliche Situation! Mein Gesicht sah wahrscheinlich schon wie eine Tomate aus!

„Da haben wir's. Er macht ihr den Hof." Martha zwinkerte mir zu.

Vater lief unzufrieden auf und ab. Ich kannte seine Einstellung. Eine anständige junge Dame traf sich nicht zu nächtlichen Spaziergängen mit fremden Männern!

„Ich hoffe, dein Verehrer ist ein Gentleman. Die jungen Burschen von heute haben es nur auf das eine abgesehen. Sie wollen die Mädchen verführen. Und um ihr Ziel zu erreichen, ist ihnen jedes Mittel recht. Erst machen sie dir schöne Augen, dann umschmeicheln sie dich mit charmanten Worten, und ehe du dich versiehst, stehst du allein da mit einem unehelichen Balg an deiner Hand. Ich hoffe, dein Galan weiß sich einer jungen Dame gegenüber zu benehmen?"

Ich schluckte. Vater hatte ungewollt mit seiner Beschreibung ins Schwarze getroffen. In seinen Worten erkannte ich Jeremy wieder. Er hatte mich verführt, mich berührt und beinahe zum Äußersten gebracht. Bedeutete das, dass er nur seiner eigenen Fleischeslust frönte und ich ihm in Wirklichkeit egal war?

„Nein, er ist anständig, Vater“, sagte ich wenig überzeugt.

„Willst du uns den jungen Herrn nicht bald einmal vorstellen?“

„Sicherlich, Papa. Das mache ich, versprochen. Aber jetzt muss ich los, sonst komme ich wirklich zu spät.“

Ich sah ihn flehend an. Es hätte zu lange gedauert, ihm alles zu erklären.

„Also gut, nun geh schon. Man hat es mit zwei erwachsenen Töchtern wahrhaftig nicht leicht ... Aber bleibe nicht zu lange aus, hörst du? Und achte darauf, dass der Bursche seine Hände bei sich behält!“

„Ich habe dich vermisst“, sagte Jeremy, als ich sein Domizil betrat, und legte von hinten die Arme um mich.

Oh ja, ich war glücklich, endlich wieder bei ihm zu sein. Aber meine Freude wurde schwer getrübt, denn die Worte meines Vaters hallten noch immer in meinen Ohren. War Jeremy ein solcher Verführer, wie Papa sie beschrieb? Trieb er seine Spielchen nur mit mir, um seine eigene Lust zu befriedigen? War ich ein willenloser Spielball für ihn? Ich wollte ihn zur Rede stellen, wusste aber nicht, wie. Schon lenkten mich die sanften Küsse auf meiner Schläfe ab. Zärtliche Finger glitten durch mein Haar. Ein Kitzeln an meinem Nacken verschaffte mir die höchsten Glücksgefühle. Jeremy wusste seine Zunge einzusetzen.

Als er mich schließlich die Treppe hinauf in sein Gemach führte und die blutroten Vorhänge über seinem Bett zuzog, wusste ich, dass er heute Nacht eine Revanche verlangte.

War ich dazu bereit? Mich quälte die Vorstellung, dass er womöglich nur meinen Körper begehrte!

Wir saßen auf seinem Himmelbett und blickten uns tief in die Augen. Das Licht des Mondes fiel schwach durch die seidenen Vorhänge, die sein Bett verhüllten. Ohne dass ich fähig war, ihm Widerstand zu leisten, führte er meine Hand zu den Knöpfen seines schwarzen Rüschenhemdes, das ihm diesen unwiderstehlichen, aristokratischen Charme verlieh. Ich wusste, was er von mir verlangte. Vorsichtig öffnete ich den untersten Knopf. Ich hätte es genossen, wären da nicht diese furchtbaren Zweifel gewesen! Weiße Haut kam zum Vorschein.

„Unterdrücke nicht das Tier in dir, meine Schöne."

Er streichelte meine Wange. „Lass es frei, Sophie."

Vielleicht musste ich alle Bedenken einfach beiseiteschieben und mich ganz auf ihn konzentrieren? Ich wollte ihn doch nicht enttäuschen. Oder schlimmer, verlieren! Sicherlich erwartete er von mir, dass ich mich ihm bedingungslos hingab, ihm jeden Wunsch von den Augen ablas. Nun, ich wollte mein Bestes geben, wurde wagemutiger und beugte mich zu ihm vor, um die restlichen Knöpfe mit den Zähnen abzureißen. Zu meinem Pech zeigte sich, dass das gar kein leichtes Unterfangen war. Fest umschlossen meine Zähne die hölzerne Scheibe, da rutschte sie mir unerwartet in die falsche Kehle. Ich hatte das Gefühl zu ersticken! Erschrocken beugte ich mich vor, hustete, versuchte verzweifelt den Knopf aus meinem Rachen zu stoßen, bis ich ihn schließlich hochwürgte und er im hohen Bogen auf einem Seidenkissen landete.

Eine kalte Hand schob sich unter mein Kinn und hob es an, sodass ich gezwungen war, ihm in die Augen zu sehen. Sein amüsiertes Grinsen konnte er nicht verbergen. Doch anstatt sich über mich lustig zu machen, beugte er sich zu mir vor, hauchte mir einen Kuss auf die Stirn und flüsterte in einem samtigen Ton: „Ich spüre deine Angst. Was macht dich so nervös, Sophie?“

Konnte ich mich ihm anvertrauen? Sollte ich ihm von meinen Zweifeln erzählen? Machte ich damit nicht diesen wunderschönen Moment kaputt?

„Sei ehrlich zu mir.“

Ich atmete tief durch. Nein, es gab kein Zurück. Ich musste ihn fragen. Hier und jetzt. „Liebst du mich?“, kam es über meine zitternden Lippen.

Jeremy sah mich lange an, dann lächelte er geheimnisvoll und gab meinen Kopf wieder frei.

„Ich spüre deine Sehnsüchte. Wir sind eins, Sophie.“

Diese Antwort genügte mir nicht. Zugegeben, die Vorstellung war schön. Eins sein mit dem Mann, den ich liebte.

Aber erwiderte er meine Gefühle? Empfand er das Gleiche wie ich?

„Ich werde es dir beweisen, mein wunderschöner Engel. Ich möchte dich glücklich machen.“

Mit diesen Worten bettete er mich auf Kissen aus Seide. Ich ergab mich meinem Schicksal mit der Frage, wie weit er dieses Mal gehen würde?

Jeremy beugte sich zu mir herunter und begann meine Knospen durch den dünnen Stoff meines Leinenhemds mit seiner Zunge zu verwöhnen. Durch sein Lecken wurden sie hart und richteten sich auf. Sanft umschlossen seine kühlen Lippen meine rechte Brustwarze. Ein Schauer jagte durch meinen ganzen Körper, als er plötzlich an ihr zu saugen begann. Gott, ich konnte sogar seine Zähne durch den Stoff spüren! Er setzte sie nicht ein. Doch ihr freches, forderndes Pieken machte Lust auf mehr. Seine linke Hand schob sich unter mein Oberteil und wanderte zu meiner linken Brust, um sie zärtlich zu massieren. Kreisende Bewegungen, auf und ab. Mal heftiger, mal so zärtlich, dass ich sie kaum spürte und fast wahnsinnig dabei wurde. Wie heiße Lava schoss das Blut durch meine Adern und konzentrierte sich in meinem Schoß. Nie zuvor hatte ich derart intensive Gefühle verspürt. Alle Zweifel waren vergessen. Nur der Augenblick zählte. Mein leises Stöhnen verriet meine Erregung. Kein Mann hatte je solche Gefühle in mir geweckt.

Als Jeremy von meinem Busen abließ und sich aufrichtete, verspürte ich eine zerreißende Sehnsucht nach seinen Berührungen. Wie ein Raubtier kauerte er über mir, doch er brachte weder seine Krallen noch seine gefährlichen Reißzähne zum Einsatz. Ohne Vorwarnung riss er mir das Leinenhemd vom Leib, legte sich auf mich, um erst meinen Hals und dann meinen ganzen Körper mit Küssen zu bedecken. Sekundenlang presste er seine kühlen Lippen auf meine Haut, saugte an ihr, nur um sich dann langsam, Stück für Stück, herunterzuarbeiten. Hör bloß nicht auf! Seine Zunge brachte mich allmählich um den Verstand! Ich stöhnte leise, als er sie um meinen Bauchnabel kreisen ließ. Jedes Mal zuckte ich am ganzen Leib, als würde mich ein Hagel aus kleinen Blitzen treffen. Seine kalten Hände fuhren die Kurven meines Körpers entlang. Sie wanderten zu meinen Brüsten, massierten sie, glitten wieder nach unten zu meinem Bauchnabel, hin zu meinen Hüften und wieder zurück. Jedes noch so winzige Härchen an meinem Körper richtete sich vor Erregung auf. Mein Schritt brannte wie Feuer. Doch als Jeremy meinen Rock zurückschob, stieg die Panik in mir hoch. Erschrocken kniff ich die Beine zusammen. Vielleicht, weil ich an das Erlebnis im Wald denken musste. Vor allem aber, weil ich in dieser Nacht nicht den letzten Schritt gehen wollte! Wieder befielen mich Zweifel. War ich eine Hure, wenn ich ihn jetzt liebte? Jeremy merkte sofort, dass etwas mit mir nicht stimmte. Besorgt sah er mich an. Ich schüttelte nur den Kopf und hoffte, dass er mich verstand.

„Fürchte dich nicht, ich lasse dir deine Unschuld." Er versuchte seiner Stimme einen beruhigenden Klang zu verleihen, doch es war nicht zu überhören, wie sehr er außer Atem war.

Verunsichert ließ ich mich auf die Seidenkissen zurücksinken. Plötzlich spürte ich seine Hand zwischen meinen Beinen. Ich wollte protestieren, da zerrissen seine Hände meine Unterwäsche. Nein, aufhören!, dachte ich. Aber ich wusste längst, dass es kein Zurück gab. Und dass ich insgeheim auch gar nicht zurück wollte. Er knetete mein Kätzchen mit beiden Händen. Die Erregung trieb mir das Blut in die Schamlippen. Sie schwollen an. Oh, was tat er mir nur an! Ich konnte mich nicht gegen die erwachende Leidenschaft wehren. Bereitwillig hob ich mein Becken und bewegte mich instinktiv in einem Rhythmus, der meine Lust steigerte. Jeremy hob meine Beine auf seine Schultern und zog mich näher zu sich heran. Ich japste vor Schreck nach Luft. Doch schon im nächsten Augenblick hatte ich mich an diese Position gewöhnt. Vorsichtig schob er meine großen Schamlippen auseinander und legte die Quelle meiner Lust frei, um sie mit seiner Zungenspitze zu berühren. Ein heftiger Schmerz durchzuckte meinen heißen Unterleib. In meiner Unerfahrenheit wusste ich nicht, wie empfindlich dieser kleine Knopf war, und hatte auch nicht mit einer solch starken Reaktion meines Körpers gerechnet. Auch die nächsten Male, als seine Zunge über meine Perle glitt, verspürte ich ein unangenehmes Ziehen. Doch das legte sich, als die Bewegungen seiner Zunge schneller wurden. Immer schneller und schneller. Ich keuchte. Nun war mir alles egal. Ich wollte nur noch eines! Meinen Körper von dieser süßen Qual erlösen!

Fordernd drückte ich meinen Unterleib an sein Gesicht, sodass es aussah, als würden meine Schamlippen ihn ganz und gar verschlingen. Jeremy verstand die Aufforderung und verstärkte seine Bemühungen. Seine Zunge machte mich wahnsinnig! Er ließ einen Augenblick von mir ab, um mich in eine andere Lage zu bringen. Sein Atem ging hastig, seine Wangen waren vor Anstrengung gerötet und mein süßer Saft klebte auf seinen Lippen. Ich setzte mich auf, spreizte die Beine und reckte ihm meinen süßen Honigtopf entgegen. Jeremy schnaufte leise. Mein fordernder Blick gefiel ihm offenbar, denn er verschwand sofort wieder zwischen meinen Schenkeln. Erneut bewies er, wie geschickt er mit seiner Zunge umgehen konnte. Die Vorhaut meiner Perle schob sich vor und zurück. Mein süßer Saft tropfte in seinen Mund. Ich stöhnte vor Wollust, und meine Hände krallten sich wie von selbst in sein blondes Haar. Mit sanfter Gewalt drückte ich ihn fest an mich. Gleich! Gleich würde ich kommen! Ich geriet in Ekstase! Presste meinen Unterleib immer stärker an seinen süßen Mund, bewegte mich auf und ab im Takt, den seine flinke Zunge vorgab. Jeremys Fingernägel bohrten sich in meine Oberschenkel. Mach jetzt bloß nicht schlapp, dachte ich. Aber er setzte sogar noch eins drauf. Ich unterdrückte einen Schrei, als ich in einer gewaltigen Explosion kam. Mein ganzer Körper verkrampfte sich, nur um wenige Augenblicke später in völlige Entspannung zu versinken. Ich schmiegte mich in die Kissen und verbarg meine Liebesfrucht unter meinem Rock.

Erschöpft kroch er auf allen vieren zu mir, legte sich neben mich und schlang besitzergreifend seinen Arm um meinen Oberkörper. Ich wandte mich ihm zu und sah ein Lächeln auf seinen feuchten Lippen.

„Glaubst du mir nun, dass ich dich liebe?"

Ich konnte nicht anders, packte sein Gesicht mit beiden Händen und küsste ihn leidenschaftlich. Einen schöneren Liebesbeweis hätte er mir nicht machen können.

Wie lange wir ineinander verschlungen lagen und unsere gegenseitige Nähe genossen, weiß ich nicht. Ich wusste nur, ich konnte nicht mehr ohne ihn sein.

„Vertraust du mir?", fragte ich ihn schließlich und dachte daran, dass er mir die gleiche Frage selbst schon einmal gestellt hatte.

„Ja, das tue ich."

„Dann komm mit mir.“ Ich zog mein Leinenhemd über, knöpfte es zu und kletterte aus dem Bett.

Jeremy starrte mich verwirrt an. „Wohin?“

„Vater möchte dich wiedersehen.“

Die letzten Gäste hatten das Ashford's Pub gerade verlassen, als Jeremy und ich den Schankraum betraten. Der Rauch von Tabak schwebte wie eine Dunstwolke in der Luft und reizte meine Lungen. Hektisch wedelte ich mir frische Luft zu.

Jeremys kalte Finger umschlossen meine Hand. Ich glaube, er war nervös. Jahre lagen zwischen ihrem letzten Aufeinandertreffen. Ich war mir selbst nicht sicher, wie Vater auf ihn reagieren würde.

In diesem Moment kam er aus der Küche, seinen dicken Bauch vor sich hertragend und einen Topf in der Hand, den er mit einem Tuch auswischte. Er blieb inmitten seiner Bewegung stehen. Fassungslos blickte er zu uns herüber, als glaubte er nicht, was er sah.

„Er scheint sich nicht zu freuen, mich zu sehen“, sagte Jeremy. Zur Antwort drückte ich seine Hand.

„Oh, das ist wohl der junge Gentleman, der …“ Martha hielt neugierig den Kopf durch den Türspalt. Aber Vater winkte sie mit einer einzigen Handbewegung in die Küche zurück. Vaters Laune war heute nicht gerade die beste. Er glaubte, sein Gegenspieler Mister Skykes intrigierte gegen ihn, um ihn so zum Verkauf seines Gästehauses zu zwingen. Zu allem Überfluss war jetzt auch noch ein Schatten aus der Vergangenheit aufgetaucht, den Vater allem Anschein nach am liebsten für immer verbannt hätte. Vor ihm stand der Mann, den meine Mutter über alles geliebt hatte.

Vater straffte die Schultern, atmete tief durch und blies sich dabei wie ein Gockel auf. Langsamen Schrittes kam er auf uns zu und musterte Jeremy abschätzend.

„Ist er das? Dein Verehrer?"

Ich nickte nur eingeschüchtert.

„William, es freut mich, dich wiederzusehen", sagte Jeremy. Aber Vater antwortete nicht. Nur sein Mundwinkel zuckte.

„Wir sollten uns setzen und in Ruhe über alles reden!", schlug ich vor und versuchte, Jeremy zur Sitzecke zu ziehen. Doch er leistete Widerstand.

„Kommt nicht in Frage. Ich werde deinen liebestollen Adonis eigenhändig an die Luft setzen, wenn er seinen piekfeinen Arsch nicht selbst hier rausschwingt."

Meine Kinnlade klappte runter. So hatte ich meinen Vater noch nie erlebt! Es war erschreckend, wie viel Hass aus ihm sprach. Verunsichert blickte ich zu Jeremy, der Vater ruhig und kontrolliert gegenübertrat.

„Wie … wie kannst du nur so mit ihm reden? Er gehört doch zur … Familie", stammelte ich vollkommen aufgelöst.

„Dass ich nicht lache." Vaters Gesicht wurde puterrot vor Zorn. Er kämpfte sichtlich mit sich selbst, um nicht die Beherrschung zu verlieren.

„Sprich dich ruhig aus, William." Noch immer klang Jeremys Stimme freundlich. Ich bewunderte ihn, dass er selbst in einer solchen Situation die Kontrolle behielt. „Ich möchte wissen, was du mir vorwirfst."

„Was ich dir vorwerfe? Oh, das will ich dir sagen, Jeremy! Du bist der undankbarste Bastard, den diese Welt je gesehen hat! Unsere Gutmütigkeit hast du schamlos ausgenutzt, doch was hast du je für uns getan? Nichts! Rein gar nichts! Wir nahmen dich in unserer Mitte auf, gaben dir ein Zuhause, schützten dich vor dem grellen Tageslicht und vor den neugierigen Blicken Fremder! Nie haben wir ein Dankeschön erhalten. Stattdessen hast du dich eines Nachts klammheimlich davongeschlichen, um dich dieser zwielichtigen Vereinigung anzuschließen!"

„Die ‚Vampirloge Condannato' folgt ihren eigenen Gesetzen, die für euch Menschen schwer zu verstehen sind. Sei vorsichtig mit deinen Worten. Du verurteilst etwas, das du nicht kennst."

Condannato? Diesen Namen hörte ich zum ersten Mal. Und was, um alles in der Welt, war eine Vampirloge?

„Du wirst mir vielleicht nicht glauben", fuhr Jeremy fort. „Doch ich verstehe deinen Zorn. Du solltest wissen, dass ich nicht immer ein Vampir war. Ich führte ein normales Leben und träumte davon, eines Tages eine Frau zu finden, sie zu heiraten und eine Familie mit ihr zu gründen. Dieses Glück war mir nicht vergönnt. Mein Vater gehörte einer Bruderschaft an, in die er mich schon in jungem Alter einwies. Ich rede von einer Organisation, die sich selbst ‚Orden des heilbringenden Lichts' nennt und seit Jahrhunderten überall auf der Welt Krieg gegen die Geschöpfe der Dunkelheit führt. Mein Schicksal stand seit meiner Geburt fest. Ich sollte in die Fußstapfen meines Vaters treten. Die Weihe erhielt ich mit 21 Jahren. In weiteren fünf Jahren bildeten sie mich zu einem Jäger aus und lehrten mich, wie ich Vampire aufspürte und vernichtete. Ich besaß das nötige Wissen, doch nicht die Erfahrung. Mein hohes Maß an Selbstüberschätzung führte dazu, dass ich einem Untoten in die Falle ging.

Dieser Vampir wusste, wer ich war, und er wollte meinen Tod. Er lockte mich in eine dunkle Gasse nahe der Saint Paul's Cathedral und fiel aus dem Hinterhalt über mich her. Als er seine Zähne in meinen Hals grub, wusste ich, dass ich meinen letzten Atemzug getan hatte.

Doch es kam anders. Ein Seemann, der in einer billigen Absteige ganz in der Nähe untergekommen war, hörte meinen Schrei und eilte mir zu Hilfe. Es gelang ihm, den Vampir zu vertreiben. Für mich kam jede Hilfe zu spät. Die Wandlung hatte längst eingesetzt. Ich wusste nicht, wohin ich mich wenden sollte.

Zwar hatten die Jäger meiner Zunft in ihren Schriften über die Natur des Feindes berichtet, doch niemand hatte die Veränderung am eigenen Leibe erfahren. Ich befand mich in einem Zustand der Zerstreutheit, fühlte mich krank und verstand nicht, was mit meinem Körper geschah. Warum sich meine Augen nur langsam an das Licht einer Fackel gewöhnten, wieso ich diese Gier nach Blut verspürte. Ein Verlangen, das mich fast um den Verstand brachte. Ich war weder tot noch lebendig. Doch ich atmete. Meine Haut war totenbleich, und ich fror. Die Kälte in mir war so stark, dass ich mich fast vor mir selbst fürchtete."

Jeremy sah meinem Vater ins Gesicht, erwartete wohl etwas Verständnis. Doch Papa zeigte keine Emotionen.

„Glaube mir, ich war euch immer dankbar für eure Großzügigkeit und euer freundliches Herz. Trotzdem fühlte ich mich stets wie ein Fremder. Es kostete mich viel Überwindung, den Schutz eures Hauses zu verlassen und durch die Nacht zu streifen, denn ich fürchtete stets, erkannt zu werden. Ich hasste mein Dasein. Steckte ich doch nun selbst im Körper des Feindes. Und als ich nach all den Jahren den Vampir, der mich zu dem gemacht hatte, was ich war, unverhofft wiedertraf, erwachte meine Rache. Ich konnte ihn überzeugen, mich zu seiner ‚Loge' zu führen, denn ich hatte Informationen über die Bruderschaft, die sie nicht hatten! Wenn ich erst einmal in ihren Hallen war, würde jeder Einzelne von ihnen meine Rache zu spüren bekommen. Durch meinen Mentor lernte ich die Gesetze der Vampire kennen und war erstaunt darüber, wie sie lebten. Ich musste einsehen, sie waren nicht die Bestien, für die ich sie gehalten hatte. Im Gegenteil, sie hatten es sich zur Aufgabe gemacht, die Menschen vor feindlichen Zirkeln zu schützen. Ich bekam Zweifel, dass sie meine Rache verdienten. Instinktiv spürte ich, dass mein Platz bei ihnen war. Nicht hier, bei euch Menschen. Ich war einer von ihnen."

„Aber wieso lebst du dann mitten unter uns? In einem so großen und auffälligen Haus?"

„Weil ich einen Auftrag habe, Sophie. Mein Leben in Westminster ist nur Tarnung."

„Da hörst du es, Sophie. Er hat einen Auftrag! Er bringt dich doch nur in Schwierigkeiten. Halte dich von ihm fern."

Jeremys Griff um meine Hand verstärkte sich, als hätte er Angst, mich zu verlieren. Und auch ich wollte unter keinen Umständen von ihm getrennt werden.

„Papa, wir lieben uns!", platzte es plötzlich aus mir heraus.

Vater schüttelte nur den Kopf und hielt sich den Bauch vor Lachen. „Sophie, mein Kind. Wie naiv bist du nur? Seine Geschichte ist tragisch, ohne Zweifel. Aber eure Liebe ist für ihn nicht mehr als ein Spiel. Marie war ihm verfallen! Ich bin nicht blind, ich sah eure heimlichen Blicke. Ihr konntet eure Gefühle füreinander nicht vor mir verbergen. Euch verband weit mehr, als es den Anschein hatte. Stark war das Band zwischen euch, das ihr in euren Jugendjahren knüpftet. Doch nicht stark genug! Deine Mutter liebte ihn, und er ließ sie zurück. Genauso, wie er eines Tages dich zurücklassen wird. Sieh der Wahrheit ins Gesicht."

„Das ist eine infame Lüge! Ich würde Sophie niemals im Stich lassen", protestierte Jeremy und zerquetschte mir in seiner Wut fast die Hand. Äußerlich sah man ihm nicht an, wie aufgewühlt er war. Ich konnte nur hoffen, dass er nicht jeden Augenblick wie ein Vulkan explodierte und in seiner Wut über meinen Vater herfiel.

„Ist es nicht wahr, dass du mir meine Frau genommen hast?", schrie mein Vater ihn ebenso von Zorn zerfressen an. „Ihr Körper war hier, doch ihr Herz gehörte dir, du elender Schuft! Du kannst dir nicht im Geringsten vorstellen, wie sehr ich litt! Auch ich habe Marie geliebt! Und nun verschwinde! Aus meinen Augen. Du willst einen Keil zwischen mich und meine Tochter treiben? Das wird dir nicht gelingen."

Vater packte mich am Arm und riss mich von Jeremy los. Erschrocken taumelte ich ihm hinterher. Die Küchentür sprang auf, er stieß mich hinein und wies Martha an, auf mich aufzupassen.

„Nein! Papa, bitte tu mir das nicht an!“ Aber Vater kannte keine Gnade, mein Flehen blieb ungehört.

„Du hast einen Fehler gemacht, William. Stell dich nie gegen die Dunkelheit, sonst verschlingt sie dich.“ Jeremys Stimme überschlug sich fast im Zorn. Dann knallte eine Tür. Ich wusste, er war auf und davon. Würde ich ihn wiedersehen? Tränen stiegen mir in die Augen. Es war ein Fehler gewesen, ihn hierher zu bringen. Aber Vater hatte nun einmal meinen Verehrer kennen lernen wollen. Schützend legte Martha beide Arme um mich, und ich vergrub mein Gesicht in ihrem üppigen Busen.

„Ruhig, Kind. Es wird alles wieder gut. Glaube mir.“

Wie sollte es wieder gut werden? Mein Vater hatte soeben meinen Geliebten aus dem Haus gejagt! Und Jeremy hatte ihm gedroht. Wie sollte je wieder Frieden zwischen ihnen herrschen?

„Aufhören, aufhören. Ihr weckt das Baby“, vernahm ich plötzlich eine andere Stimme. Sie kam von draußen. Martha und ich lugten durch den Türspalt und entdeckten Elisa, die am Fuß der Treppe stand und ein kleines Bündel in den Armen hielt, das sie liebevoll hin und her wog. Wie lange hatte sie das Streitgespräch schon mit angehört?

Vater wischte sich mit der großen, klobigen Hand über das Gesicht und lief auf Elisa zu. „Verzeih mir, mein Goldstück. Jetzt geh wieder ins Bett. Es ist alles in Ordnung.

Mach dir keine Sorgen." Mit sanfter Gewalt schob er sie von dem Geländer weg und brachte sie in unser Zimmer zurück.

Der Anblick meiner Schwester zerriss mir fast das Herz. An ihrer Brust lag kein Baby. Es war nur die schmutzige Wäsche von gestern, die sie in ihrem Wahn zusammengerollt hatte und nun in ihren Armen wog, als wäre es ein Kind.

Ich fragte mich, was aus Elisa geworden wäre, wenn sie einen anderen Mann geheiratete hätte? Wäre sie glücklich? Hätte sie Kinder? Calvin Stanisforth hatte England, kurz nachdem der Unfall passierte, verlassen. Elisa war mit ihrem Schmerz allein zurückgeblieben. Hochschwanger war sie die Treppe in Calvins Salon heruntergestürzt und hatte dabei ihr Kind verloren. Calvin sagte, sie wäre gestolpert. Aber Vater und ich glaubten, er hatte sie gestoßen! Einen aggressiven Mann wie Calvin hätte ich nie geheiratet, aber die Liebe hatte Elisa blind gemacht.

Martha zog sich in ihr Zimmer zurück, und ich setzte mich an einen der vorderen Tische. Seufzend vergrub ich das Gesicht in den Händen. Nun kannte ich Jeremys Geschichte. Nichts hatte sich an meinen Gefühlen für ihn geändert. Im Gegenteil, ich hatte Angst, ihn nie wiederzusehen. Vater war nicht gerade zimperlich mit ihm umgesprungen. Obwohl ich auch ihn verstand. Mama hatte seine Liebe nie erwidert.

Ich erschrak, als sich plötzlich ein Schatten über mich schob.

„Guten Abend, Miss Sophie. Könnt Ihr bei diesem Lärm auch nicht schlafen?“ Ignatius lächelte auf abscheuliche Weise. Die zusammengebundenen Haare gaben den Blick auf seine Tätowierung frei. Ein kleines Auge, das über einem Kreuz schwebte, umgeben von einem Kreis.

„Ich hoffe, es ist noch etwas Milch übrig? Ohne kann ich nämlich nicht einschlafen. Bemüht Euch nicht! Ihr habt doch nichts dagegen, wenn ich mich bediene?“

„Natürlich nicht. Ich wünsche Euch eine angenehme Nacht“, sagte ich und ging zu Bett.

* * *

Tamara seufzte. Die arme Elisa! Was für ein schreckliches Schicksal! Kein Wunder, dass Sophies Schwester verrückt geworden war.

Sie legte das Buch mit dem Ledereinband auf den Zimmerboden, erhob sich vom Bett und ging ins angrenzende Bad. Dort nahm sie ein Kosmetiktuch, schnäuzte sich die Nase und wusch sich mit eiskaltem Wasser das Gesicht.

Die Klimaanlage der Malt'schen Villa lief auf Hochtouren. Der Unterschied zur Hitze draußen war groß. Deshalb fröstelte es Tammy nun, und sie eilte wieder ins Bett unter die dünne Decke.

Sie schloss die Augen und dachte an Sophie, die sich nicht nur um Elisa kümmern, sondern auch um Jeremy sorgen musste. Was kann es Schlimmeres geben, als dass die Eltern den Geliebten hassen? Es machte eine Beziehung unmöglich. Dabei hatten Sophie und Jeremy doch schon genug Probleme, denn Mensch und Vampir waren von der Natur nicht dazu geschaffen, zusammenzuleben, genauso wenig wie Maus und Katze.

Und Dorian? Gab es für sie eine Zukunft mit ihm? Tammy fühlte sich elendig. Vielleicht brütete sie eine Krankheit aus. Oder es war doch so, wie Samantha gesagt hatte. Liebeskummer. Wie Tamara dieses Wort verabscheute! Sie hatte es satt, zu leiden. Sie wollte auch einmal glücklich sein und die Männer im Sturm erobern. Doch während Tammy erfolgreich im Beruf war, schien Sammy Jo in Liebesangelegenheiten die Nase vorn zu haben.

„So auch bei Dorian", sagte sie zu sich selbst und fühlte einen Stich im Herzen.

Tammy drehte sich auf die Seite und zog die Decke bis unters Kinn. Sie vermisste Grey. Einige Kuscheleinheiten hätten ihre Stimmung verbessert. Aber er war weit weg; Dorian amüsierte sich bestimmt blendend mit Samantha, und so entschied Tamara zu versuchen, schnell einzuschlafen.

Aber das Partygelächter machte es ihr schwer. Die Musik war dezent, jedoch penetrant, weil Tammy alles an ihre Eifersucht erinnerte. Irgendwann schaffte sie es dennoch einzunicken.

Am Morgen wachte Tammy gerädert auf. Sie hatte von lüsternen Vampiren geträumt, die Sophie durch das London des 18. Jahrhunderts verfolgten. Weil sie sich davor fürchtete, erneut einzuschlafen und diesmal selbst von Blutsaugern im Traum gejagt zu werden, stand sie lieber auf. Nach einer ausgiebigen Dusche ging sie nach unten. Der Frühstückstisch auf der Terrasse war reichlich gedeckt. Als wäre auf der Party nichts vorgefallen, begrüßte sie ihre Eltern und drückte Marcus von hinten. Offensichtlich hatte er ebenfalls in der Villa übernachtet, weil am heutigen Tag einige Gespräche bezüglich der neuen Restaurantkette anberaumt waren. Ob Dorian auch kommen würde? Schmetterlinge flatterten vor Vorfreude durch ihren Magen.

Aber anstatt nach dem Mann ihrer Begierde zu fragen, nahm sie Platz und sagte: „Schläft Samantha noch?“ Ihr Interesse an Dorian sollte ja nicht zu offensichtlich sein, daher zäumte sie das Pferd von hinten auf.

Elisabeth Malt antwortete stolz: „Oh, nein. Noch vor wenigen Tagen wäre Sammy nach einer Party nie vor 12 Uhr aufgestanden, aber Mister Everheard hat einen positiven Einfluss auf sie.“

„Ach ja?“ Tammy versuchte gelangweilt zu klingen, doch ihre Hand zitterte, als sie sich Pfefferminztee eingoss und die Tasse zum Mund führte.

„Dieser Dorian Everheard hat irgendetwas an sich", pflichtete George Malt seiner Frau bei, während er einen Toast mit Marmelade schmierte. „Faszinierender Mann! Mit ihm wird unsere Restaurantkette ein sicherer Erfolg."

„Wir sollten nicht zu viel Hoffnung in ihn setzen. Er hat seine eigenen Vorstellungen und scheint mir recht stur in seinen Ansichten zu sein", gab Marcus zu bedenken.

Tammy räusperte sich. „Und Samantha?"

Strahlend berichtete ihre Mutter: „Die Renovierungsarbeiten an Mister Everheards neuem Haus in Covent Garden beginnen bald. Er hat den exquisiten Geschmack deiner Schwester bemerkt und sie gebeten, das Stadtdomizil einzurichten."

Tamara spuckte den Tee auf ihren Teller. „Ich hab mir die Zunge verbrannt", entschuldigte sie sich und stellte geräuschvoll die Tasse auf den Unterteller. Ihr war jeglicher Appetit vergangen. „Dann hat Sammy Jo es mal wieder geschafft."

„Oh, nein." Elisabeth Malt schüttelte heftig den Kopf. „Er hat sie gefragt. Ich war dabei. Warum denkst du nur immer schlecht von deiner Schwester?"

Weil meine Schwester schlecht ist, dachte Tammy und biss sich auf die Zunge. Sie hatte Mühe, die Tränen zu unterdrücken. Krampfhaft versuchte sie sich zu beruhigen und tupfte mit der Stoffserviette den Tee von ihrem Teller. Dorian hatte Sammy Jo gefragt. Tamara konnte an nichts anderes mehr denken. Dabei hatte er doch eine leidenschaftliche Nacht mit ihr verbracht. Vielleicht war das ihr Todesstoß gewesen. Mit der Liebesnacht war sein Interesse gestorben. Nun lag ihr Slip in einer Schublade mit vielen anderen Höschen, und Dorian war längst auf der Jagd nach dem Nächsten. Sollte sie Samantha vor ihm warnen? Sie würde ihr eh nicht glauben, sondern sich lustig über sie machen, besonders, wenn sie ihr von der Vermutung berichtete, dass er ein Vampir war. Wie lächerlich das klang! In der Nacht konnte man sich vieles vorstellen, was im Hellen absurd erschien. Da fiel Tamara etwas ein! Tageslicht war doch tödlich für Vampire. Wie konnte Dorian dann mit Samantha am helllichten Tag in Einrichtungshäusern unterwegs sein?

Vorsichtig fragte sie: „Gehen die beiden denn auch zu Harrods?"

Marcus schnaubte, zerknüllte seine Serviette und warf sie auf den Tisch. „Samantha wird sich dort umschauen, aber sie trifft Dorian erst abends zum Essen, um ihm ihre ersten Ideen zu präsentieren."

„Danach kommen sie hierher, damit du ihm deine Marketingstrategie erklären kannst", fügte George Malt hinzu.

Tammy runzelte die Stirn und betrachtete Marcus.

Wieso reagierte er nur so heftig? Er war doch sonst die Ruhe selbst. Anscheinend mochte er Dorian nicht besonders gut leiden. Eine Ahnung beschlich sie. Marcus musste Dorian von irgendwoher kennen! Auf der Party war er ihrer Frage ausgewichen. Diesmal würde er das nicht schaffen!

Sanft legte sie eine Hand auf die seine. „Der Morgen ist jung, die Luft noch angenehm frisch. Wenn die Sonne erst im Zenit steht, wird es wieder schwül werden. Magst du mich auf einem kleinen Spaziergang an der Themse begleiten?"

„Gerne", antwortete Marcus. Seine Augen leuchteten.

Gemeinsam gingen sie in den Garten und schlenderten in Richtung Fluss. Das Rauschen des Wassers schwoll an. Vögel zwitscherten in den Sträuchern und Baumkronen, und ein Eichhörnchen kreuzte ihren Weg. Tamara saugte die Idylle in sich auf, denn sie fühlte sich urlaubsreif. Mit Schrecken dachte sie daran, am Abend Samanthas Gurren ertragen zu müssen. Sollte Dorian sich auf ihr Spiel einlassen und im Beisein aller mit ihr flirten, überlegte Tammy, sich in die Themse zu stürzen.

Sie hakte sich bei Marcus ein und grübelte, wie sie die Wahrheit über ihn und Dorian am besten aus ihm herauskitzeln konnte.

Da sagte er: „Ich mache mir Sorgen um dich. Du isst zu wenig."

„Ja, das stimmt. Schuldig."

„Gestern auf der Party hast du keinen Bissen zu dir genommen und heute Morgen nur Tee getrunken."

„Die Arbeit stresst mich sehr. Ich komme nicht zum Essen."

„Unsinn!" Marcus stellte sich ihr in den Weg und blickte ihr tief in die Augen. „Du bist nicht in der Agentur. Dies ist deine Freizeit. Belüg dich nicht selbst. Irgendetwas stimmt nicht. Hast du Ärger?"

Stumm schüttelte sie den Kopf.

„Ich sehe dir an der Nasenspitze an, dass du Probleme hast. Etwas belastet dich. Lass mich dir helfen."

„Wie lieb von dir! Du warst immer mehr für mich da als meine eigene Familie." Dankbar umarmte sie ihn. Er war wie der Fels in der Brandung. Sie fühlte sich wohl in seiner Nähe. „Du schaffst es, mich zum Lachen zu bringen, wenn ich das Gefühl habe, die Welt geht unter."

Auf einmal wurde sein Blick verträumt. „Das höre ich gerne. Ich kann das Kompliment nur zurückgeben. Wenn ich dich sehe, geht die Sonne für mich auf."

Tammy bemerkte die Veränderung bei Marcus. Seine Stimme war weicher, seine Berührungen sanfter. Anstatt zu frotzeln, warf er mit Schmeicheleien nur so um sich. Ihr wurde das zu viel. Sie versuchte, sich aus seiner Umarmung zu lösen, doch er hielt sie fest.

„Bitte, lass mich los, Marcus."

„Wenn du es wünschst.“

„Ja“, antwortet sie kurz. Sie wollte ihn nicht vor den Kopf stoßen; immerhin waren sie Freunde. Dabei sollte es auch bleiben.

Widerwillig gab er sie frei und murrte: „Liegt es an Dorian Everheard?“

„Wie bitte?“ Sie hatte nicht gewusst, wie sie das Gespräch geschickt auf Dorian hatte lenken können, und nun machte Marcus den Anfang.

„Du magst ihn. Habe ich Recht?“, fragte er ohne Umschweife.

Tammy schluckte. Eigentlich wollte sie ihn ausfragen und nicht ihre Gefühle preisgeben. „Woher kennst du ihn?“, lenkte sie von sich ab. „Und sag mir jetzt nicht, du hättest ihn das erste Mal durch das ‚That Delicious Bite‘ getroffen! Ich spüre doch, dass du mehr über ihn weißt.“

„Nicht mehr als du, vermute ich“, knurrte er.

„Was soll das heißen?“

Fest griff er ihre Schultern. „Du musst unbedingt etwas essen, Tammy! Sich als Mensch ausschließlich von Blut zu ernähren ist tödlich.“

Sie erstarrte und traute ihren Ohren nicht.

„Tu nicht so erstaunt. Vor mir musst du nicht die Unschuldige spielen. Die ‚Loge‘ gibt uns Anwärtern zwar den Befehl, als Vorbereitung auf unsere spätere Wandlung bereits im Vorstadium täglich einmal Blut zu trinken. Aber, herrje, Tammy, ansonsten musst du normal weiteressen."

„Sonst ...?"

„Sonst stirbst du, bevor sie dich in den Kreis der Auserwählten aufnehmen und zum Vampir machen", führte er ihren Satz zu Ende.

Tamara hielt sekundenlang die Luft an. Dann atmete sie geräuschvoll aus und brachte es auf den Punkt. „Dorian ist ein Vampir."

„Du wusstest es nicht", keuchte Marcus, der begriff, dass er ein Geheimnis ausgeplaudert hatte. Er ließ Tammys Schultern los und schlug sich mit beiden Händen unentwegt gegen die Stirn.

„Hör auf damit!", schrie sie und klammerte sich an seine Arme, damit er sich nicht weiter wehtun konnte.

Jetzt hatte sie den Beweis. Dorian hatte ihr die ganze Zeit, als er von seiner Gier nach Blut gesprochen hatte, die Wahrheit erzählt. Und sie dachte, er wollte sich lustig über sie machen. Die vergangenen Tage schossen in Gedanken wie ein Film an ihr vorbei. Seine Zähne, er hatte sie beinahe in ihren Hals gebohrt, ihr Busen hatte sich an ihnen gerieben, als er an ihren Knospen saugte, doch anstatt sie zu beißen, hatte er sie geliebt. Weshalb verschonte er sie? Aber was war mit Samantha?

„Ich muss meine Schwester warnen!"

„Er wird ihr nichts tun." Marcus nahm Tammy in die Arme und presste sein Gesicht an ihren Hals wie ein

Kind, das sich hemmungslos weinend an seine Mutter klammert.

„Was hat er vor? Was will er von der Familie Malt?“

„Ich weiß es nicht“, schluchzte er. Dann richtet er sich auf, nahm ihr Gesicht in beide Hände und bettelte: „Du darfst niemandem etwas erzählen, ja? Bitte. Ich flehe dich an. Die ‚Loge Condannato‘ wird Übles mit mir anstellen, wenn sie erfahren, dass ich …“

Sie unterbrach ihn. „Gehört Dorian ihr auch an?“

„Er ist der Anführer und sein Gestüt ‚Ride through time‘ in Wirklichkeit das Vampirhaus. Bitte, Tammy. Du musst dich höllisch in Acht nehmen vor ihm. Er ist mächtig, sehr mächtig, denn er lebt schon seit mehreren Jahrhunderten und ist gereift wie Wein, der nun würzig schmeckt, fast zu kräftig, um ihn zu mögen. Versprich mir, dich von ihm fern zu halten.“

Sie nickte und wusste gleichzeitig, dass sie das Versprechen nicht einhalten konnte. Die Wahrscheinlichkeit, dass Dorian ihr Sophies Memoiren zugespielt hatte, war hoch. Der Wunsch, mehr über Sophie und Jeremy zu erfahren, war zu groß. Außerdem musste sie herausfinden, was er im Schilde führte. Tammy wollte ihre Familie schützen. Ihr eigenes Schicksal war dabei unwichtig. Aber wie sollte sie gegen einen Mann kämpfen, der ihr überlegen war und sie mit einem einzigen liebevollen Blick in die Knie zwingen konnte?

„Du bist ein Vampir-Anwärter?“, fragte sie Marcus ungläubig. „Wie konntest du nur dort hineingeraten?“

„Genauso wie du, durch Zufall, und dieser heißt Dorian“, antwortete er trocken und küsste sie auf den Mund.

Bestürzt riss Tammy die Augen auf. Sie versuchte ihn abzuwehren, trommelte gegen seine Schultern und riss an seinen Haaren. Aber erst als sie ihm mit aller Kraft auf den Fuß trat, ließ er von ihr ab.

„Ich dachte, wir sind Freunde“, rief sie aufgebracht. Sie ohrfeigte ihn, bereute das im nächsten Augenblick, weil er sie anschaute wie ein begossener Pudel, und rannte zum Haus zurück.

Den ganzen Tag verschanzte Tamara sich in ihrem Zimmer, mit der Ausrede, an verschiedenen Werbekonzepten für die geplante Restaurantkette zu arbeiten. In Wahrheit brauchte sie Zeit, die neuen Informationen zu verdauen und sich einen Plan zurechtzulegen, wie sie von nun an vorgehen wollte. Dorian mochte keine Unschuldslämmer. Nun, Tammy war keins mehr, und damit würde er erst einmal fertig werden müssen. Doch sie durfte sich nicht zu weit aus dem Fenster lehnen. Behutsam wollte sie die Nuss knacken, die Dorian Everheard hieß. Dafür war sie gezwungen, über ihren eigenen Schatten zu springen und sich Dorian wieder zu nähern. Sie musste Samantha ausstechen, Dorian zeigen, dass er nur sie wollte und sich unauffällig interessant machen.

„Das wird nicht einfach“, sprach sie zu sich selbst und schaute auf das zimtfarbene Seidenkleid, das sie heute trug. Ihr kleiner, blanker Busen zeichnete sich zwar darauf ab, aber es war bis oben geschlossen, und mit Speck fing man bekanntlich Mäuse. Wie hatte sie denn ahnen können, dass sie ausgerechnet Dorian in der Villa ihrer Eltern wiedertreffen würde. Die Ereignisse überschlugen sich, und Tammy kam nicht mit. Aber von nun an würde sie stark sein, so taff wie im Arbeitsalltag – hoffte sie.

Doch als sie Dorian am Abend im „That Delicious Bite“, das sich inmitten des Marble Hill Parks in der Nähe des Stegs für die Ausflugsschiffe befand, gegenüberstand, schwand ihr Kampfgeist. Er sah so verdammt gut aus! Und sie konnte ihre Lust nicht unterdrücken. Sie begehrte diesen Mann, und die Gefahr, die er bedeutete, machte ihn nur attraktiver.

Tammy breitete ihre Entwürfe auf dem Tisch aus, der in einer verwinkelten Ecke des Restaurants stand und von den übrigen Gästen schwer einsehbar war. „Das sind wirklich nur erste Ideensammlungen. Jede Partei hat ihre eigenen Vorstellungen. Es wird schwierig werden, diese unter einen Hut zu bringen.“

Dorian und alle anderen Anwesenden schauten sich die Entwürfe kritisch an; George Malt, Samantha und Marcus prüften die Vorschläge.

„Das kannst du besser, Tammy“, sagte Dorian barsch

und warf den Stapel Blätter auf den Tisch.

Sie wiederholte schnippisch: „Das sind nur erste Ideen …“

„Die nicht verwendbar sind“, unterbrach er sie. „Ich weiß, dass du bessere Arbeit leisten kannst. Ich habe viele Kampagnen von dir gesehen.“

„Du hast alles über die Familie Malt recherchiert, denn gut vorbereitet, ist halb gewonnen, nicht wahr?“, entgegnete sie selbstbewusst und kniff argwöhnisch die Augen zusammen. Sie erwartete, dass Samantha in die gleiche Kerbe hieb wie Dorian, doch sie verfolgte das Szenario lediglich mit Genugtuung.

Verwundert sah er sie an. Sein Blick glitt zu Marcus, der prompt in die Hocke ging und seinen Schnürsenkel neu band. Als Dorian Tammy wieder fixierte, stand seine Zornesfalte hervor. Hatte er ihre Anspielung verstanden? Plötzlich war ihr unwohl zumute. Vielleicht war sie doch nicht so stark, wie sie gedachte hatte. Denn als er um den Tisch herum zu ihr kam, wäre sie am liebsten vor ihm abgehauen und hätte sich im Garten versteckt wie ein kleines Mädchen. Instinktiv ging sie einen Schritt zurück. Sie stieß gegen einen Stuhl und fiel in den Sitz. Das Korbgeflecht ächzte leise. Dorian blickte erhaben auf sie hinab.

Sei standhaft, redete sie sich ein und kreuzte provokant die Beine, sodass der Saum ihres Kleids nach oben rutschte und ihre Oberschenkel zu sehen waren.

Seine Augen strahlten neckisch, aber er blieb ernst. Er nahm auf der Tischkante Platz, kurz vor ihrem Korbstuhl, und starrte sie an. Er betrachtete eingehend die Wölbung im Oberteil ihres Seidenkleids. Ihre Brustwarzen verhärteten sich und stachen auffordernd gegen den Stoff. Doch Tamara errötete nicht, sondern hielt seinem Blick stand, als Zeichen des Trotzes und der Erregung. Dann musterte er ihre Taille, wanderte tiefer zum Saum des Kleids und es war, als würde er eben diesen mit den Händen bedächtig hochschieben, um mit ihrem Schoß zu sprechen, der ihm pochend antwortete und ihre Lust einfach hinausspülte. Er zog sie mit seinem lüsternen Blick aus, drang auf eigenartige Weise in sie ein wie damals mit seinen drei Fingern, als er sie in der totalen Finsternis genommen hatte, weil er es wollte und ohne Worte wusste, sie gierte ebenfalls danach.

„Tamara, geht es dir nicht gut?“, fragte George Malt.

In diesem Moment erwachte sie. Sie riss erschrocken die Augen auf, die eben noch geschlossen gewesen waren, ohne dass sie sich dessen bewusst war. Mit gespreizten Schenkeln saß sie vor Dorian, das Seidenkleid bis zum Hintern hochgeschoben und die Hände lasziv in den Schoß gelegt. Verwirrt schaute sie in die Gesichter von Samantha, Marcus und das ihres Vaters.

„Mir ist schwindelig“, brachte sie mühsam heraus, beschämt über ihr durchtränktes Höschen.

Dorian reichte ihr ein Glas Mineralwasser und strich ihr eine lockige Haarsträhne hinter die Ohren. „Diese Abkühlung wird dir gut tun“, sagte er lächelnd.

Ihre Hände zitterten, als sie das Glas zum Mund führte und trank. Doch selbst die Berührung des Glases an ihren Lippen hatte etwas Sinnliches, Prickelndes, und als das kühle Wasser ihre Kehle hinunterfloss, erinnerte es sie daran, wie Dorians Zunge ihre Mundhöhle befeuchtet hatte und auch in ihrer Vagina geschwommen war wie eine Seeschlange, als wäre er die falsche Schlange Edens, die das Weib verführerisch seinen Plänen unterwarf. Ihre Scham glühte. Schnell stellte sie das Glas weg.

Tammy drehte sich zu Marcus um. „Fährst du mich bitte jetzt nach Hause?“

Sie musste fort von diesem Teufelskerl. Es gab keine andere Möglichkeit. Sie hatte ihn herausgefordert, und er hatte ihr gezeigt, wie mächtig er ist. Nein, er war nicht nur faszinierend, sondern konnte Menschen manipulieren. Und plötzlich war sie sich nicht mehr sicher, ob sie ihn wirklich begehrte oder sogar liebte. Es konnte doch sein, dass er ihr das auf irgendeine kranke Weise vermittelte. Sie hatte sich überschätzt oder ihn unterschätzt. Das war egal. Sie brauchte Zeit, um ihre Kraft zurückzugewinnen und sich einen neuen Plan auszudenken. So schnell gab sie nicht auf!

Als Marcus ihr half aufzustehen und sie stützte, stellte

Dorian sich ihm in den Weg. Er rümpfte die Nase und schwieg, was die Situation unerträglich machte. Tammy machte sich schwere Vorwürfe. Sie hatte Dorian den versteckten Hinweis gegeben, dass sie wusste, wer er war, wenn auch nur vage, aber er hatte sie durchschaut. Er durchschaute sie immer. Verdammte Vampire! Sie hätte warten müssen, aber sie war zu ungeduldig gewesen, weil Dorian sie reizte. Nun war Marcus es, der für ihren Fehler würde bluten müssen.

Tamara schob sich zwischen die beiden Männer. „Auf Wiedersehen, Dorian! Morgen sieht die Welt schon wieder anders aus. Du solltest auch zur Ruhe kommen.“ Als er nicht reagierte, fügte sie ein leises „Bitte“ hinzu und sah ihm eindringlich in die Augen.

„Die Nächte sind immer gleich finster“, antwortete er.

Dann kam wieder diese quälende Stille auf. Je weniger er sagte, desto mehr Sorgen machte sich Tammy, und er schien das zu provozieren.

Resignierend verabschiedete sie sich von Samantha und ihrem Vater, die sich gegenseitig fragend anblickten, weil sie nicht den blassesten Schimmer hatten, was vor sich ging.

Als sie das Gepäck aus ihrem Zimmer geholt hatten und vor der Haustür standen, bot Marcus ihr an, sie zum Norfolk Square zu fahren.

Tammy lehnte dankend ab. „Lieb von dir, aber ich möchte, dass du ein Auge auf meine Familie wirfst. Tust du das?"

„Und wer kümmert sich um dich?"

„Ich", antwortete sie. „Ich habe immer selbst auf mich aufgepasst, mein ganzes Leben lang, daher werde ich es auch weiterhin schaffen."

„Mit der ‚Loge Condannato' ist nicht zu spaßen", ermahnte er sie. Er küsste sie auf die Wange, und sie fuhren in seinem Sportcoupé los zum Bahnhof, das Verdeck zurückgeklappt. „Lass die Finger von Dorian. Halte dich von ihm fern, so gut es geht. Er ist Gift!"

Sie nickte stumm. Seine Worte schmerzten.

„Ich bemerke doch, wie du ihn anhimmelst."

Schuldig drückte sie sich das Lederbuch enger an ihren Busen.

„Er ist ein Vampir, Tammy, kein Mann! Ein einziger Kuss, eine einzige Berührung von ihm kann töten. Du musst seine Zähne und seine Hände, die zu gefährlichen Klauen werden können, als Waffen ansehen. Versprichst du mir das?" Er nahm liebevoll ihre Hand.

„Mensch und Vampir gehören nicht zusammen", sagte sie leise und dachte an Sophie und Jeremy, die versuchten, ihre Liebe zu leben, und nicht sehr erfolgreich waren. Um sich von dem Problem zu distanzieren, fügte sie hinzu: „Sag Samantha das, nicht mir."

„Schwierig, aber wir werden sehen.“

Der lauwarme Fahrtwind zerzauste ihre schulterlangen, blonden Locken. Sie kramte in ihrer Tasche, die zu ihren Füßen stand, holte ein Haargummi hervor und band ihre Haare nach hinten. Sie schaute sich um. Die Malt'sche Villa lag umgeben von den dunklen Wäldern des Marble Hill Parks, als einziger heller Ort, als wäre der Park die Hölle und die Villa das Höllenfeuer.

Schmunzelnd rieb sich Tammy über das Gesicht, um die Dämonen zu vertreiben, die sich in ihrem Kopf eingenistet hatten. Ihre Gedanken wurden immer düsterer, doch das Gelände war einsam, finster, das Marble Hill House lag etwas entfernt, abgeschirmt von einer Wand aus Bäumen. Es gruselte sie mit einem Mal. Sie schaute in den Wald hinein und sah nichts als Finsternis. Ob sich noch andere Kreaturen dort versteckten, außer Tieren? Tammy schlang die Arme um ihren Oberkörper. Es fröstelte sie trotz der Wärme.

„Ist dir kalt?“, fragte Marcus besorgt.

Tammy log: „Nein.“ und lächelte ihn milde an, denn sie wollte unter keinen Umständen auf dieser gottverlassenen Straße anhalten, um das Verdeck zu schließen. Solange sie in Bewegung blieben, konnte niemand über sie herfallen. Die Straße durch den Marble Hill Park schien unendlich zu sein. Wie eine finstere Gasse schlängelte sie sich zwischen die hohen Bäume hindurch, die Wächtern gleich den Weg säumten. Ein Käuzchen schrie in der Stille der Nacht, und Tammy zuckte zusammen. Es raschelte im Unterholz, oder bildete sie sich das nur ein? Sie konnte es kaum erwarten, im Zug zu sitzen mit all den Lichtern, Durchsagen und Menschen, die zustiegen, je näher die Bahn Central London kam.

Als sie endlich den Marble Hill Park hinter sich ließen, atmete Tamara auf. Sie rutschte tiefer in den Ledersitz und wollte sich nicht noch einmal umschauen. Vampire. Im Wald hätten die Blutsauger die Möglichkeit gehabt, ungesehen über Marcus und sie herzufallen und sie bis auf den letzten Blutstropfen auszusaugen. Nun hatten die Vampire ihre Chance vertan. Doch als Marcus sein Coupé auf die St. Margarets Road lenkte und an einer kleinen Ansammlung von Häusern vorbeifuhr, ging plötzlich Licht in einem der Häuser an, just in dem Augenblick, als sie es passierten. Tammy krallte ihre Finger um die lederne Sitzschale. Hatte Dorian sein nächstes Opfer gefunden? Folgte er ihnen? Sie überlegte, ob sie Marcus doch bitten sollte anzuhalten, um das Verdeck zu schließen, brachte aber keinen Ton heraus. Sicherlich spielte die Phantasie ihr einen Streich! Das war alles zu absurd, um wirklich zu geschehen. Aber hatte Marcus nicht gesagt, er wäre ein Vampir-Anwärter der „Loge Condannato“? Sie war also nicht die Einzige, die an Vampire glaubte, die von ihnen wusste, also mussten Blutsauger existieren. Und hatte Dorian ihr seine Überlegenheit nicht vor ein paar Minuten erst gezeigt, ohne ein einziges Wort zu sprechen und ohne die kleinste Berührung, alleine durch seine Willenskraft? Dieser Mann machte Tammy wahnsinnig! Er war der Erste, der solch starke Gefühle in ihr heraufbeschwor, doch ausgerechnet er wollte ihr nichts Gutes, und sie musste sich von ihm fern halten. Welche Ironie! Besonders, da sie ihm in nächster Zeit ständig über den Weg laufen würde, weil er mit ihrem Vater zusammenarbeitete. Nein, mit George Malt würde sie nicht reden können! Zu verbissen verfolgte er seinen Plan, weitere Gourmettempel in Großbritannien aufzubauen. Und wer würde nicht laut auflachen bei dem Wort „Vampire"? Der anonyme Brief, von dem sie ahnte, dass Dorian ihn heimlich in ihre Mailbox gesteckt hatte, hatte sie geimpft, sodass sie Schritt für Schritt an das Thema herangeführt wurde, ohne es als kompletten Unsinn abzutun. Dorian hatte seinen Auftritt gut geplant, aber Tammy wollte ihm einen Strich durch die Rechnung machen. Sie würde mit den Waffen einer Frau kämpfen. Bei ihrem ersten Treffen hatte er sie dazu aufgefordert. Nun wollte sie dieser Aufforderung nachkommen. Auch wenn der erste Versuch kläglich gescheitert war, beim nächsten Mal würde sie nicht so halbherzig rangehen.

Es war kurz vor 22 Uhr, als sie vom Bahnhof St. Margarets mit der British Railway in die City startete. Die Fahrgäste, die bereits im Zug saßen, beäugten Tammy, bis sie Platz genommen hatte. Dann war sie wieder uninteressant, und jeder hing seinen Gedanken nach. Tamara schaute hinaus in die Dunkelheit, und in Richmond-up-Thames war die Nacht noch finsterer, weil hier auf dem Land die Lichter der Großstadt fehlten. Hatte sie bisher immer die Wiesen, Felder und Parkanlagen geliebt, so fürchtete sie sich nun vor ihnen. Die Landschaft wirkte so unheimlich, als hätte sie sich verändert, aber es war Tammy, die sich verändert hatte und nun mit anderen Augen auf die vertraute Heimat blickte. Sie würde sich erst wieder in ihren eigenen vier Wänden wohl und sicher fühlen. Momentan empfand sie sich als Fuchs, den es zu jagen und zu erlegen galt. Ob die Jäger sie wohl schon einkreisten?

Da bemerkte sie einen alten Mann. Tammy sah ihn im Fenster, er spiegelte sich im Glas und stierte sie mit einem zahnlosen Grinsen an. Sein aschgrauer Mantel war bis oben hin zugeknöpft, viel zu warm für diese Sommernacht, und Tammy befürchtete, dass er ihn jede Sekunde aufreißen und ihr seinen erigierten Penis entgegenstrecken konnte, wie ein Exhibitionist. Tammy wagte nicht, ihn direkt anzusehen, nahm sich aber vor, ihn zu beobachten, bis der Zug in der Paddington Station einfuhr. In Gedanken malte sie sich aus, wie sie sich wehren würde, falls er sie angriff, um seine Zähne in ihr Fleisch zu bohren und ihr Blut zu kosten. Sie konnte sich nicht vorstellen, dass

Dorian jemanden aussandte, damit er sie aus dem Weg räumte. Nein, er würde das ganz sicher selbst in die Hand nehmen und es wahrscheinlich sogar genießen. Tammy erschrak über sich selbst, als sie dachte, dass sie entweder durch Dorian oder durch niemanden sterben wollte.

Wenn schon, dann Dorian, hallte es morbide in ihr nach.

Beschämt hielt sie sich an Sophies Lederbuch fest, das auf ihrem Schoß lag, als könnte Sophie ihren stummen Hilfeschrei hören und ihre Hand zur Beruhigung halten. Aber Tammy war alleine. Sie war Dorian ausgeliefert und das sogar gerne, dabei würde er sie höchstwahrscheinlich ins Verderben führen. Während Tamara darüber grübelte, wie sie es schaffen konnte, gegen sich selbst zu kämpfen, um von dem Vampir loszukommen, stieg ein auffälliges Paar ein. Beide trugen schwarz gefärbte Mähnen, die struppig nach oben toupiert waren, Heftklammern durch die Nase und pechschwarze, bodenlange Ledermäntel. Die Sommerhitze, die sich darunter staute, musste sie umbringen. Leichenblass geschminkt waren sie ja schon. Augenbrauen und Lippen waren dunkel nachgezeichnet, und ihre müden Augen stachen gerötet hervor.

Die beiden setzten sich gegenüber von Tammy, entgegen der Fahrtrichtung, obwohl genügend andere Sitze frei waren. Tamara bekam Angst. Waren das Vampire, die sie einschüchtern sollten? War der Zeitpunkt für einen

Kampf gekommen? Sie streichelte über das Buch, um sich zu beruhigen, doch als einer der Grufties interessiert auf die ins Leder eingestanzte Schrift schaute, bereute Tammy es, ihn darauf aufmerksam gemacht zu haben. Ihr Körper verkrampfte sich, sodass ihre Schultern zu schmerzen begannen.

Gespielt gelangweilt sah sie aus dem Fenster. Da war es wieder, das Gesicht des Greises! Er stierte sie immer noch an. Tammy rutschte tiefer in den Sitz. Sollte sie an der nächsten Station aussteigen? Sie konnte einen Zug später nehmen. Aber dann musste sie womöglich alleine auf dem Bahnhof warten, vielleicht sogar eine Stunde. Keine gute Alternative! Und was sollte sie machen, wenn jemand mit ihr den Zug verließ? Sie entschied zu bleiben, wo sie war.

Tamara sah an dem Spiegelbild des Alten vorbei und bemerkte aus dem Augenwinkel heraus einen Schatten. Etwas war parallel zum Zug geflattert, dann plötzlich nach oben gestoben und auf dem Zugdach verschwunden.

Meine Phantasie spielt mir Streiche, versuchte sie sich zu beruhigen, aber dann polterte es auf dem Dach und das Metall ächzte, als würde es unter einer großen Last nachgeben. Selbst die anderen Fahrgäste blickten hinauf.

„Gespenster“, sagte die auffällige Sitznachbarin zu Tammy und grinste.

Zaghaft lächelte Tamara zurück. „Oder Vampire.“

Die junge Frau nickte stumm und spielte mit dem

Piercing in ihrer Zunge. Drei Haltestellen weiter stieg sie mit ihrem Freund aus, ohne dass etwas passiert war, und Tammy schalt sich einen Narren. Vorurteile, mehr war es nicht gewesen. Aber der alte Mann blieb bis zur Paddington Station sitzen. Er verließ gemeinsam mit Tamara den Zug. Diese rannte so schnell sie konnte die London Street entlang, sich immer wieder nach dem Alten umschauend, und stürzte panisch die Treppenstufen zu ihrer Wohnung hinauf. Völlig außer Atem kam sie zu Hause an. Sie warf die Tasche neben den Regenschirmständer und das Lederbuch auf die Couch. Dann ließ sie sich in den Sessel fallen. Grey sprang sofort auf ihren Schoß.

„Na, mein Lieber, die Futtermaschine ist ein schlechter Ersatz für mich, nicht wahr?“, sprach sie zärtlich und streichelte den Kater.

Eigentlich war sie es, die die Streicheleinheiten dringend brauchte, denn ihre Nerven lagen blank. Manchmal überschätzte sie ihre Kraft, wie zum Beispiel in dieser Nacht. Sie hatte nicht einmal den Deckenfluter angeschaltet, als sie in ihre Wohnung gekommen war. Die Fensterläden standen offen. Das Licht der Straßenlaternen fiel ins Zimmer. Und vor Tammys innerem Auge stand der lechzende Greis aus dem Zug im Square und gaffte hinauf zu ihr. Sie musste die Fensterläden dringend schließen, sofort! Aber falls jemand sie beobachtete, würde derjenige sie sehen, und das wollte Tammy auf keinen Fall. Sie wünschte sich, ein Mäuschen zu sein und in ihr Mauseloch kriechen zu können. Noch schlimmer, als gesehen zu werden, war die Tatsache, dass sie die Fenster erst weit öffnen musste, um die Läden schließen zu können. In diesem Moment ärgerte sie sich, dass sie es bisher versäumt hatte, Vorhänge zu kaufen.

„Es führt kein Weg daran vorbei", sagte sie und setzte Grey auf den Boden. „Du beschützt mich, ja?" Aber der Kartäuserkater fing kläglich an zu maunzen, weil er Hunger hatte.

Der Katzenjammer machte es für Tammy nicht einfacher. Er machte sie noch nervöser. Ob sie sich eine Waffe suchen sollte? Aber was? Sie verwarf den Plan und ging langsam zum ersten Fenster. Sie spähte in den Square. Nichts. Niemand war zu sehen. Mit zitternden Händen öffnet sie es einen Spaltbreit.

„Warum habe ich die ganze Zeit das Gefühl, dass Dorian mich beobachtet?", fragte sie sich selbst. „Vielleicht ist der Wunsch Vater des Gedankens." Sie verstand sich selbst nicht mehr.

Tamara fasste sich ein Herz und lehnte sich aus dem Fenster. Sie schloss die Läden so schnell, dass sie geräuschvoll gegen den Rahmen stießen. Die Nachbarn! Nun hatten sie wieder einen Grund zum Meckern. Ihr Herz schlug ihr bis zum Hals. Tamara machte das Fenster zu und ging zum nächsten. Als sie alle Fensterläden zugesperrt hatte, gab sie Grey Futter und setzte sich mit Sophies Memoiren in der Küche auf die Fliesen. Sie öffnete den Kühlschrank und genoss die Kälte, die hinausströmte. Es war schwül in Tammys Wohnung, weil sie durch ihre Abwesenheit zwei Tage nicht gelüftet hatte, doch sie wollte die Fenster geschlossen halten, als Schutzmaßnahme. Sie rieb sich die Schläfen. Kopfschmerzen konnte sie jetzt am wenigsten gebrauchen.

„Was meinst du, Grey?“, fragte sie den Kater, der schmatzend sein Futter verschlang. „Wird Jeremy Sophie beißen und zu einer Vampirin machen? Immerhin hätte er sie dann ganz für sich. Oder wird er nach dem Streit mit ihrem Vater Westminster vielleicht sogar verlassen und somit auch Sophie?“

Tamara blätterte in Sophies Memoiren zu der Stelle, bis zu der sie am Vorabend gelesen hatte.

* * *

Schlechte Nachrichten verbreiten sich schnell. Am späten Nachmittag erzählte man sich überall in Westminster die Geschichte des schauerlichen Mädchenmordes von London. Ein Untier hatte die unschuldige Frau erwürgt und blutleer gesaugt. Die Leiche war heute Morgen gefunden und aus der Themse gefischt worden.

Als uns die Neuigkeiten erreichten, drehte sich mir der

Magen um. Vaters Blick sagte mehr als tausend Worte. Er hatte, genau wie ich, einen Verdacht, wer hinter dieser Tat steckte. Mit einem bitteren Geschmack im Mund dachte ich an den gestrigen Abend zurück. Jeremy war sehr wütend gewesen und hatte Vater sogar gedroht. Nun konnte ich nur hoffen, dass er seinen Zorn nicht an einem unschuldigen Mädchen ausgelassen hatte.

Sei keine Närrin, tadelte ich mich selbst. Jeremy war kein Mörder! Ich erinnerte mich an seine Berührungen. Konnten diese sanften Hände tatsächlich ein Leben auslöschen? Niemals! Doch ein Restzweifel blieb. Vielleicht hatte er eine dunkle Seite, die ich in meiner Verliebtheit nicht gesehen hatte? Genauso wie Calvin, der Elisa ins Unglück gestürzt hatte.

Ich musste ihn zur Rede stellen. Wenn er tatsächlich der Mörder war, gab es keine Zukunft mehr für uns! Wie sollte ich jemanden lieben, der unschuldige Menschen auf bestialische Weise umbrachte? Allein der Gedanke an das junge Mädchen beschwor Übelkeit in mir herauf.

Nach Einbruch der Dunkelheit machte ich mich auf den Weg, nur um festzustellen, dass die Lichter der Piazza an der Limpin Charlie Lane erloschen waren. War der Herr des Hauses etwa ausgegangen?

„Mister Wellingham ist nach London gereist. Er rechnete damit, dass Ihr ihn aufsuchen würdet, und bat mich, Euch auszurichten, dass er nicht vor Mitternacht nach

Westminster zurückkehrt. Ihr möchtet bitte nicht auf ihn warten", erklärte Lucretia, die mir nach mehrmaligem Klopfen schließlich geöffnet hatte.

„Hat er Euch gesagt, was er in London vorhat? Etwas Geschäftliches?"

„Er wollte zum Hafen. Wenn Euch das weiterhilft?"

„Das tut es. Vielen Dank."

Ich verabschiedete mich und rannte los. Der Hafen! Dort hatte man die Leiche der jungen Frau gefunden! Es musste einen Zusammenhang geben. Versuchte Jeremy die Spuren seines nächtlichen Überfalls zu verwischen? Großer Gott, oder suchte er gar nach einem neuen Opfer? Ich musste ihn aufhalten, bevor noch ein Unglück geschah!

Schon bald plagten mich die ersten Seitenstiche. Außer Atem hielt ich auf dem Landweg von Westminster nach London inne, stützte die Hände auf die Knie und keuchte, als ich hinter mir das Klappern von Wagenrädern vernahm.

„Brrr." Der Kutscher brachte seine Pferde neben mir zum Stehen. Aus dem Fenster der Karosse blickte ein älterer Herr mit Schnauzbart und roten Pausbacken.

„Guten Abend, Miss. Dürfen wir Euch ein Stück mitnehmen?"

Ich lächelte erleichtert. Der Herrgott hatte mir tatsächlich ein weiteres Mal aus der Patsche geholfen und mir diesen gütigen Engel gesandt.

Mister Stuart Wimbley war ebenfalls auf dem Weg nach London, und als er mich auf der Landstraße sah, hatte er den Einfall, mich mitzunehmen. Die Fahrt war sehr angenehm, ich hatte genügend Zeit meine Kräfte zu sammeln und mir Gedanken zu machen, wie ich Jeremy finden und gegebenenfalls aufhalten wollte. Am Stadttor trennten sich unsere Wege. Ich sprang aus der Kutsche und bedankte mich herzlich. „Es wäre mir eine Freude, Euch jederzeit wieder zu kutschieren“, sagte Mister Wimbley und winkte mir zum Abschied. Ich hob ebenfalls die Hand, dann machte ich mich auf den Weg zum Hafen.

Es regnete in Strömen, schon nach den ersten Schritten war ich vollkommen durchnässt. Dicke Perlen tropften von meinen blonden Haaren. Das Wetter passte zu meiner Stimmung. Klitschnass eilte ich durch die Londoner Gassen. Der Wind rauschte in meinen Ohren, wieder und wieder schlug mir der Regen unbarmherzig ins Gesicht, als wollte er mich aufhalten. Ich bog gerade in die Eaton Street ein, als ich einen Schatten hinter einem Haus verschwinden sah.

„Hallo? Ist da jemand?“

Keine Antwort.

Ich hatte das unbestimmte Gefühl, beobachtet zu werden. Mein Körper verkrampfte sich. Misstrauisch blickte ich mich um, aber die Straße war menschenleer. Nicht einmal Ratten trauten sich bei diesem Unwetter ins Freie.

Verunsichert ging ich weiter. Die Häuser schienen plötzlich Augen und Ohren bekommen zu haben. Ich legte einen Schritt zu und war heilfroh, als ich die Eaton Street endlich hinter mir lassen konnte. Im Hafen von London hatten Handelschiffe aus allen Teilen der Welt angelegt. Die Gegend war nicht halb so verrucht und zwielichtig, wie ich es erwartet hatte. Nur eine Dirne lief mir zufällig über den Weg.

„Hey, Schätzchen, das ist mein Revier. Verzieh dich!“, zischte sie durch die Zähne und formte die Hände zu Klauen, als wollte sie mir die Augen auskratzen.

„Ich suche nur einen Freund“, rechtfertigte ich mich und beeilte mich, von ihr wegzukommen. Wie konnte die Frau bei dem Wetter bloß ihrem Gewerbe nachgehen? Hier draußen holte sie sich den sicheren Tod! Genau wie du selbst, erinnerte ich mich in Gedanken und lief die Anlegestelle herunter, vorbei an Lagerhallen, Speichern und gestapelten Kisten. Ich zitterte am ganzen Körper vor Kälte. Meine Kleidung war durchgeweicht, der Regen kannte kein Erbarmen, sogar die Bordwachen hatten sich unter Deck zurückgezogen.

Wie sollte ich Jeremy hier jemals finden? Der Regen nahm mir die Sicht, und der Hafen war viel zu groß, als dass ich ihn in einer Nacht hätte absuchen können. Vielleicht hatte er sich längst ein neues Opfer gesucht und befand sich auf dem Heimweg?

Plötzlich hörte ich eine tiefe Stimme aus einem abseits gelegenen Speicher. Ich war zu weit weg, um den Mann zu verstehen. Deshalb schlich ich mich näher heran und fing ein paar Wortfetzen des Gesprächs auf.

„Es gibt keinen Zweifel, Wellingham. Unsere Informanten haben bestätigt, dass der gesuchte Vampir clanlos ist. Vielleicht ist er ein ehemaliges Mitglied des ‚Audax Zirkels'. Aber selbst die haben mehr Stil. Dies war nicht sein erster Mord. Der Kerl zieht eine Blutspur hinter sich her, die durch ganz England fließt. Bisher konnte ihn keine ‚Loge' fassen."

„Wir stecken in Schwierigkeiten."

Das war Jeremys Stimme! Ich erkannte sie sofort. Vorsichtig schlich ich mich zu dem Speicher und lehnte mich an die seitliche Holzwand. So gut es mir möglich war, versuchte ich dem Gespräch zu folgen. Die Ritzen zwischen den einzelnen Brettern waren groß genug, dass ich sogar einen Blick auf die zwei Gestalten im Inneren der Halle erhaschen konnte. Sie standen zwischen gestapelten Kisten, Fässern und Getreidesäcken, die schon morgen in die neue Welt verschifft würden.

„Es bleibt uns keine andere Wahl, Logan. Ich danke Euch, dass Ihr mich gewarnt habt. Wenn er tatsächlich der Raserei verfallen ist, stellt er nicht nur eine Gefahr für die Menschen, sondern auch für die ‚Logenverbände' dar. Wir müssen ihn ausschalten."

Raserei? Logenverbände? Trotz des strömenden Regens hatte ich ihre Worte klar und deutlich verstanden! Oh Gott, wo war ich nur hineingeraten?

Plötzlich fasste mich jemand an der Schulter und stieß mich nach vorn. Ich stürzte. Ehe ich mich versah, wurde ich am Kragen gepackt und in die Lagerhalle gezogen. Ich wollte mich losreißen, doch der Griff um meinen Nacken war zu fest. Ein Schrei entwich meiner Kehle. Wild schlug ich um mich, geriet dabei ins Stolpern und landete direkt vor Jeremys Füßen.

Erschrocken blickte ich zu ihm auf. Gregory trat schnaubend neben mich, griff mich erneut am Kragen und zog mich auf die Füße.

„Au! Sei doch nicht so grob“, fuhr ich ihn an.

„Sieh an, wen haben wir denn da? Ein törichtes Menschlein.“

Die tiefe Stimme jagte mir eine Gänsehaut über den Rücken. Sie gehörte weder Gregory noch Jeremy. Gierig leckte sich der fremde Vampir über die blitzblanken Reißzähne, als wollte er mich auf der Stelle mit Haut und Haaren verschlingen.

„Logan!“ Jeremy trat zwischen uns. „Sie gehört zu mir.“

Der Vampir mit den pechschwarzen Haaren erwiderte Jeremys Blick mit der gleichen Intensität, grinste dann aber und hob beschwichtigend die klauenbespickten

Hände. „Wenn das so ist, halte ich mich natürlich zurück. Aber lecker sieht die Kleine schon aus."

„Keine Sorge, er scherzt nur", sagte Jeremy in einem ruhigen Tonfall.

„Ich kann darüber nicht lachen."

Mit einem bitterbösen Blick wandte sich Jeremy an den winselnden Diener.

„Als ich sagte, du sollst uns warnen sobald sich Fremde nähern, meinte ich auch ‚Fremde'! Sophie gehört zu mir. Und jetzt troll dich!"

Der Buckelige senkte demütig den Kopf und hinkte hinaus in den Regen.

„Somit wäre alles geklärt? Ihr kümmert Euch um unseren ‚Freund', Wellingham?" Logan knüpfte seinen schwarzen Mantel zu, der, genauso wie seine Haare, einen starken Kontrast zu seiner weißen Haut bildete. Ich entdeckte ein merkwürdiges Zeichen auf dem dunklen Seidenstoff. Ein Ankh, umrahmt von acht blutroten Rosen, die durch dornige Stängel miteinander verbunden waren.

„Gewiss. So lautete mein Auftrag."

„Fein, fein. Wollen wir hoffen, dass Ihr ihn schnell findet. Bevor er noch mehr Schaden anrichten kann."

Logan verabschiedete sich mit einer höflichen Verbeugung. Kaum hatte er den Speicher verlassen, packte mich Jeremy an den Schultern und schüttelte mich durch.

„Was machst du hier?", knurrte er mich an. Ich erschrak so sehr über den unerwarteten Ausbruch, dass es mir die Sprache verschlug. Jeremy hörte nicht auf, mich durchzurütteln.

„Hör … auf! Ich … habe dich … gesucht", rechtfertigte ich mich schließlich völlig außer Atem.

„Du dummes Ding! Weißt du denn nicht, wie gefährlich diese Gegend ist? Ganz besonders für eine hübsche, junge Frau wie dich. Nicht auszudenken, wenn dir etwas passiert wäre!"

Beschämt senkte ich den Blick. Jeremy hatte Recht. Es war leichtsinnig von mir gewesen.

„Verzeih mir. Ich hatte nur Angst, du könntest etwas mit dem Mord zu tun haben, von dem ganz Westminster und London sprechen."

Jeremy seufzte leise. „Als hätte ich es geahnt. Ich kann dich beruhigen, Sophie. Ich habe die Frau nicht getötet. Aber ich werde den Schuldigen finden und ihn zur Strecke bringen."

„Das war also die ganze Zeit dein Auftrag? Deswegen hast du ein Haus in Westminster bezogen?"

„Nicht ganz. Was ich dir jetzt anvertraue, muss unter uns bleiben. Eigentlich dürfte ich es dir gar nicht sagen. Da ich aber weiß, dass du ohnehin keine Ruhe geben wirst und dich womöglich noch in Gefahr bringst, sollst du nun die Wahrheit erfahren. Ich jage Vampire des feindlichen ‚Audax Zirkels'. Der Kreis stammt ursprünglich aus Irland. Nun will sich diese Pest in England ausbreiten. Für die Mitglieder von ‚Audax' hat ein Menschenleben keinen Wert. Deswegen bin ich in Westminster stationiert, um euch vor diesen Bestien zu schützen. Die ‚Audax' spielen nicht nach unseren Regeln. Aber sie sind längst nicht so gefährlich wie unser Mörder, der bedauerlicherweise der Raserei verfallen ist!"

„Der Raserei?"

„Sie macht ihn gefährlich. In seinem Zustand fühlt er nichts. Keinen Schmerz, kein Mitleid! Alles, was er will, ist Blut."

Ich schluckte. Der Gedanke, dass ein wahnsinniger Vampir sein Unwesen in London trieb, war alles andere als beruhigend.

„Habe keine Angst, Sophie. Ich werde dich gut beschützen."

Jeremy setzte sich auf eine der Holzkisten, die in der Halle lagerten, und reichte mir die Hand. Ich nahm sie an, kniete mich zu ihm und legte meinen Kopf auf seine Knie.

„Bitte sei vorsichtig, wenn du ihn jagst."

„Das bin ich doch immer."

Ich zwang mich zu einem Lächeln. „Wenn du das sagst."

Unbarmherzig prasselte der Regen gegen das Holzdach. Besorgt warf ich einen Blick nach draußen. In der

Ferne blitzte es. „Dein armer Gregory wird sich noch den Tod holen." Solch ein Unwetter hatte ich lange nicht mehr gesehen.

„Er wird irgendwo einen Unterschlupf finden."

Jeremy fuhr mit dem Finger über meine Wangen und zeichnete mein Gesicht nach. Ich sah zu ihm auf und bemerkte das Leuchten in seinen Augen. Jedes Mal, wenn wir uns trafen, schien es stärker zu werden.

„Sophie, es gibt etwas, dass ich dir gern sagen möchte. Nur weiß ich nicht genau wie …"

Ich richtete mich auf und lächelte ihn an. „Sag bloß, dir fehlen die Worte? Dass ich das noch erleben darf."

„In solchen Momenten schon. Ich … möchte, dass du die Ewigkeit mit mir verbringst."

„Die Ewigkeit?" Ich sah ihn fassungslos an. Ich hatte mit allem gerechnet, nur nicht damit! „Das heißt, du willst mich zu einem Vampir machen?"

Er nickte sacht.

„Wenn du es möchtest. Das ewige Leben ist ein Geschenk, das auch ich erst schätzen lernen musste. Zeit spielt keine Rolle mehr. Du würdest die Welt intensiver wahrnehmen, und keine Krankheit könnte dich je wieder befallen. Wir wären für immer vereint, Sophie."

Natürlich hatte ich mir bereits Gedanken darüber gemacht, wie es wohl wäre, als Vampirin bis ans Ende aller Zeiten durch die Nacht zu streifen. Mir war bewusst, dass dieses Geschenk einen hohen Preis erforderte. Mutter war bereits im Himmelreich, und Vater und Elisa würden eines Tages auch dort einkehren. Und ich ... ich wäre auf ewig von ihnen getrennt – doch für alle Zeit an Jeremys Seite.

„Was werden die Mitglieder von ‚Condannato' sagen, wenn du eigenmächtig einen neuen Vampir erschaffst?"

„Solange ich mich um dich kümmere und dafür sorge, dass du ihnen keine Schwierigkeiten machst, werden sie dich dulden."

„Ich verstehe. Bitte sei mir nicht böse, doch ... ich kann dir nicht sofort eine Antwort geben. Ich liebe den Tag, die wärmenden Strahlen der Sonne und den herrlichen Frühling, wenn es überall auf den Wiesen und Feldern blüht und die Welt zu neuem Leben erwacht. Als Vampirin könnte ich all das nicht mehr erleben."

„Du musst dich nicht sofort entscheiden. Es reicht, wenn du weißt, dass ich dich liebe."

Gerührt griff ich mit beiden Händen nach seinem Gesicht, zog es zu mir herunter und küsste ihn – überwältigt von der Liebe, die er für mich empfand. Tief, so weit ich nur konnte, schob ich meine Zunge in seinen Mund. Jeremy stöhnte leise, während ich neugierig seine feuchte Mundhöhle erkundete und meine Zunge über seine spitzen Eckzähne gleiten ließ. Es war aufregend. Die Gefahr, die von ihnen ausging, erregte mich. Was würde geschehen, wenn ich mich aus Versehen an ihnen schnitt?

Meine Hände wanderten zu seinem Rüschenhemd, rissen es auf und streichelten über eine kalte, haarlose Brust. Ich massierte die kleinen, doch festen Brustwarzen, zwirbelte sie und ließ meine Finger tiefer hinabwandern, bis sie seinen Hosenbund erreichten. Ich wollte nur noch eines. Ihn! Mit Haut und Haaren. Ich wollte ihn in mir spüren! Mich mit ihm vereinen. Zum ersten Mal! Die Gefahr, von einem Hafenarbeiter entdeckt zu werden, steigerte meine Lust ins Unermessliche.

Jeremy warf den Kopf in den Nacken und seufzte genießerisch, als ich die dicke Beule fest mit beiden Händen packte und knetete. Doch noch wollte ich seine Manneskraft nicht aus der gespannten Hose befreien. Ich beugte mich zu ihm vor und begann an seiner rechten Brustwarze zu saugen. Neckisch biss ich zu. Meine Zähne hinterließen rote Abdrücke auf seiner schneeweißen Haut.

„Warte einen Augenblick", sagte er plötzlich und drückte mich ein Stück zurück. Er drehte sich nach hinten und löste den dicken Strick von der Kiste, an die er sich mit dem Rücken gelehnt hatte.

Was hatte er damit nur vor? Die Erregung ließ seine Augen leuchten. Ich hingegen verspürte ein ungutes Gefühl in der Magengegend. Er legte das Seil wie einen Schal um meinen Hals und zog mich näher zu sich heran. Diesmal war er es, der mich leidenschaftlich, doch viel zu kurz küsste.

„Das Seil wirst du brauchen. Einen Vampir zu lieben ist gefährlich, schöne Sophie. Glaubst du, du kannst das Tier in mir zähmen?“, flüsterte er mir erregt ins Ohr.

„Ja“, sagte ich fest und fixierte seinen Blick. Seine machtvolle Ausstrahlung ging mir durch Mark und Bein. Ich hatte keine Ahnung, was noch auf mich zukommen würde. Ohne Vorwarnung stürzte sich Jeremy auf mich. Ich hatte nicht einmal genügend Zeit, einen Schrei auszustoßen, schon lag ich am Boden. Seine Hände schienen überall zu sein. Er riss mir die Kleidung vom Leib und warf sie in die Ecke. Ich konnte seine Erregung an meinem Schritt spüren, als er sich an mir rieb. Seine Muskeln waren zum Zerreißen angespannt. Wenn er sich seiner Hose nicht bald entledigte, würde sie platzen! Wild leckte er über meine Brüste, vergrub sein Gesicht in ihnen, knetete sie, bis ich vor Wonne aufschrie. Schweiß bedeckte meinen ganzen Körper, und Jeremy nahm ihn bereitwillig in sich auf. Sein Verlangen steigerte meine eigene Lust. Es erregte mich, dass er mich so sehr wollte, dass er bereit war, alles dafür zu tun.

„Habe ich deine Lust geweckt?“, fragte er und rollte sich auf den Rücken.

Und ob er das hatte! Ich konnte einfach nicht genug von seinen Streicheleinheiten bekommen.

„Dann wird es Zeit, dass du aktiv wirst, meine Schöne.“

Ich? Ja, warum nicht? dachte ich selbstbewusst, legte

mich auf ihn und knöpfte seine Halsbinde auf. Eine strahlend weiße Kehle kam zum Vorschein. Ich verwöhnte ihn mit feuchten Küssen, saugte an seiner Haut, biss sanft zu, doch hielt inne, als ich eine seltsame Delle unter meinen Lippen spürte. Verwundert ließ ich von ihm ab und fuhr mit meinen Fingern über die merkwürdigen Einstiche.

War es wirklich das, was ich vermutete?

„Deine Bisswunde?"

Er nickte. Neben den zwei Löchern war etwas Schwarzes, das ich nicht identifizieren konnte. Vielleicht ein Muttermal?

Vorsichtig ließ ich meine Zunge um die Narbe kreisen. Jeremy stöhnte vor Wollust. Schließlich presste ich die Lippen auf die sensible Stelle und ahmte einen Biss nach. Fester und fester saugte ich an der längst verheilten Wunde, die ihm sein Erzeuger zugefügt hatte. Ich spürte jede Bewegung seiner Kehle, das heiße Blut, das wild durch seine Adern schoss. Die Beule in seiner Hose wurde größer. Gierig rieb sie an meinem feuchten Honigtopf. Fordernd, stoßend. Nur der Stoff seiner Hose hinderte ihn noch daran, in mich einzudringen. Ich erschrak, als er unerwartet ein grausiges Fauchen ausstieß. Verwirrt ließ ich von seinem Hals ab und sah in sein fratzenhaft verformtes Gesicht. Er stand kurz davor, sich in eine reißende Bestie zu verwandeln! Oh ja, es war gefährlich, einen Vampir zu lieben! Und wie! Seine Reißzähne ragten weit aus seinem Kiefer, und seine Augen glühten gefährlich. Der Zustand der Erregung raubte ihm den Verstand. Noch erschreckender war jedoch die Wandlung, die in mir selbst vorging. Ich verschwendete keinen Gedanken mehr an „falsch“ oder „richtig“. Nicht einmal die Gefahr fürchtete ich. Nur eines spielte noch eine Rolle. Die Befriedigung meiner eigenen Lust.

„Du möchtest gezähmt werden?“ Ich griff nach dem dicken Seil, das neben mir zu Boden gefallen war, als er mir die Kleider vom Leib gerissen hatte, und packte energisch seine Linke, drückte sie zu Boden und band den Strick, so fest ich nur konnte, um sein Handgelenk. Jeremy leistete keinen Widerstand. Im Gegenteil. Die Ausbeulung in seiner Hose wurde, so unglaublich es auch klingen mag, noch größer! Eilig legte ich das Seil um den Stützbalken hinter seinem Kopf und band das Ende des Stricks um sein rechtes Handgelenk. Wieder zog ich den Knoten mit aller Kraft zu. Das Seil schnitt sich in sein Fleisch, und einige Blutstropfen perlten auf den Boden. Doch die Wunden schlossen sich innerhalb weniger Sekunden.

Ich grinste ihn unverschämt an. Verstand er in seinem animalischen Zustand überhaupt noch, was ich sagte? Ich war mir nicht sicher. Doch das Spiel war einfach zu verführerisch.

Ich beugte mich zu ihm herunter und griff seinen Unterkiefer mit Zeigefinger und Daumen. „Was willst du jetzt ausrichten, mein wildes Biest?"

Jeremy schnappte nach mir wie ein wahnsinniger Köter. Aber ich war schneller.

Meine Hand schnellte vor, krallte sich in sein blondes Haar und riss seinen Kopf mit aller Kraft zur Seite. Er keuchte.

„Jetzt sei ein lieber Vampir."

Ich kletterte über seinen Oberkörper und streifte sein offenes Rüschenhemd zurück. Eine muskulöse Brust entblößte sich vor mir. Appetitlich! Tief bohrte ich meine Fingernägel in sein Fleisch. Es war faszinierend mit anzusehen, wie schnell sich die Wunden wieder schlossen. Ich leckte mir die Finger ab und kostete sein Blut.

„Daran könnte ich mich gewöhnen. Du schmeckst nach mehr, Jeremy. Ich weiß auch schon, wie ich meinen Durst stillen kann."

Ich kroch über seinen Körper, ließ ihn nicht aus den Augen, bis meine Hände den Bund seiner Unterhose berührten. Ich zog den schwarzen Stoff gerade so weit herunter, dass er seinen Phallus freigab. Dick und fest war sein zuckender Stab, umrankt von blauen Adern, die sich auf heller Haut abzeichneten.

Ich wusste instinktiv, was ich zu tun hatte! Vorsichtig führte ich seine Spitze in mich ein, bis ich einen Widerstand spürte. Ich hatte Angst vor dem ersten Stoß. Würde es wehtun? Würde ich bluten? In diesem Moment nahm mir Jeremy die Entscheidung ab und drang in seiner Ungeduld tiefer in mich ein. Ein bittersüßer Schmerz durchzuckte meinen Körper. Schon einen Atemzug später war er verflogen. Ich spürte, wie Jeremy mich ganz ausfüllte und seine Manneskraft in mir zuckte. Jeder weitere Stoß brachte mein Blut in Wallung. Ich bewegte mich auf und ab im Takt, den unsere schweißnassen Körper vorgaben. Der Ritt weckte meinen Appetit auf mehr. Ich wollte den Hengst zureiten! Ihm meinen Willen aufzwingen, damit er tat, was ich wollte. Während er an seinen Fesseln zerrte, übernahm ich die Führung. Gott, ich war froh, ihn an den Pfeiler gebunden zu haben. Er krümmte sich unter mir, fauchte wie ein wild gewordenes Raubtier und drang mit jedem Stoß tiefer in mich ein. Ich keuchte. Ja, ich konnte sie fühlen, die Erlösung war zum Greifen nah! Gemeinsam erklommen wir den Berg, und schließlich spannten sich meine Muskeln ein letztes Mal an. Ich schrie vor Wonne und hatte das Gefühl, mein Unterleib würde jeden Augenblick innerlich zerreißen. Geschwächt, doch zutiefst befriedigt, ließ ich mich zurücksinken, da spürte ich plötzlich Jeremys heißen Saft in mir …

Sein Körper bäumte sich unter mir auf. Er zog so fest an seinen Fesseln, dass sowohl sein Gesicht als auch seine Hände rot anliefen. Wenige Augenblicke später entspannte er sich, und seine Züge nahmen wieder eine menschliche Form an. Ein erschöpftes Stöhnen drang aus seiner Kehle.

„Hättest du nicht … ich meine …“ Erschrocken sah ich ihn an. Mir fehlten die Worte. Noch immer völlig aufgelöst befühlte ich meinen Bauch, als spürte ich bereits seine Frucht in mir heranwachsen. Aber Jeremy schnappte nach Luft und stieß ein heiseres Lachen aus.

„Keine Sorge, Sophie. Vampire können keine Kinder zeugen, wir vermehren uns nur, indem wir Menschen beißen.“

Ich atmete auf, schmiegte mich erleichtert an seine Brust und schloss die Augen. Nur einen kurzen Moment wollte ich alles um mich herum vergessen und einfach nur seine Nähe spüren.

Jeremys ungewöhnlich heiße Haut kühlte wieder ab.

Als ich aufsah, blickte ich in die vertrauten Züge, die ich so liebte. Er war kein Monster mehr.

„Das war … unglaublich!“

„Willst du mich nicht losbinden, Sophie?“

Ich grinste. „Eigentlich gefällst du mir so viel besser.“

„Und wenn ich ganz lieb ‚Bitte‘ sage?“

Ich grinste und rappelte mich auf, um ihm zuerst die Hose hochzuziehen und mich dann seinen Fesseln zu widmen. Hinter der Stützsäule kniend, versuchte ich den rechten Knoten zu lösen.

„Der sitzt ganz schön fest.“

„Ich weiß. Ich kann meine Hand kaum spüren."

Verzweifelt zerrte ich an dem Strick, als mich plötzlich etwas an den Schultern fasste und nach hinten riss. Ich wurde mit solcher Kraft zurückgeschleudert, dass ich gegen den Kistenstapel der gegenüberliegenden Wand knallte und ihn zum Einsturz brachte. Schützend hielt ich die Hände über den Kopf.

„Gregory!", schimpfte ich empört. Was fiel diesem durchgedrehten Diener ein, mich ein zweites Mal so grob zu behandeln? Und das auch noch in einer Situation, in der ich völlig entblößt und schutzlos war. Wütend zog ich mich an einer Säule hoch, als sich plötzlich eine grauenhafte Fratze in mein Blickfeld schob. Spitze Eckzähne ragten aus dem gewaltigen Raubtiermaul, und blutrote Augen starrten mich wahnsinnig an. Der Mörder! Langsam dämmerte mir, dass nicht Gregory, sondern dieses Untier für meine schmerzenden Knochen verantwortlich war. Panik stieg in mir hoch! War er womöglich der Schatten, der mich durch die Straßen Londons verfolgt hatte?

„Sophie, lauf!", hörte ich Jeremy hinter mir rufen. Aber es war schon zu spät. Die Kreatur holte aus und schlug so stark zu, dass ich den Boden unter den Füßen verlor. Ich prallte seitlich auf. Das Wesen war sofort bei mir, krallte sich in meine Haare und zog mich daran hoch. Gott, dieser Schmerz war unerträglich. Ich hatte das Gefühl, er würde mir die Kopfhaut vom Schädel reißen. Mein Schreien und Zetern nützte nichts, der Vampir kannte keine Gnade. Ich wusste, er würde mich aussaugen! Und Jeremy konnte mir nicht helfen. Er lag noch immer gefesselt am Boden.

Verzweifelt versuchte er, mit den Beinen nach meinem Peiniger zu treten, ihm die Füße wegzuschlagen, doch das Seil ließ ihm nicht genügend Spielraum. Er konnte den wahnsinnigen Vampir nicht erreichen.

„Lass sie, du dreckiger Bastard!"

Zu meiner Überraschung hielt der Mörder tatsächlich inne. Betont langsam drehte er sich zu Jeremy um und funkelte ihn wahnsinnig an.

„Ganz wie du willst!" Mit ungeahnter Wucht stieß er mich gegen einen weiteren Stapel Kisten. Ich rammte mir eine Kistenecke gegen die Stirn und stürzte benommen zu Boden. Sekundenlang tanzten dunkle Flecken vor meinen Augen. Ich konnte mich nicht einmal auf alle viere stützen, ohne den Halt zu verlieren. Du darfst nicht ohnmächtig werden, schrie alles in mir. Wenn ich jetzt das Bewusstsein verlor, war ich dem Mörder hilflos ausgeliefert!

Aus dem Augenwinkel sah ich, wie sich die Bestie auf Jeremy stürzte. Meine Kehle schnürte sich vor Angst zusammen. Hätte ich ihm doch nur helfen können!

„Lauf, Sophie! Bring dich in Sicherheit!" Ich wollte ja laufen! Aber ich konnte es nicht! Mein Körper fühlte sich an, als gehörte er nicht mehr mir.

Blut spritzte. Immer wieder ließ das Untier seine Klauen auf sein Opfer niedersausen. Jedes Mal flog Jeremys Kopf von einer Seite zur anderen, bis er sich schließlich nicht mehr regte. Der Mörder nutzte die Wehrlosigkeit seines Gegners und rammte seine Reißzähne mit solcher Brutalität in Jeremys Hals, dass sich dessen Körper abrupt aufbäumte.

Ich musste etwas unternehmen, bevor dieser Wahnsinnige Jeremy aussaugte! Ich sammelte all meine Kräfte und stemmte mich hoch, stützte mich an den Kisten ab und wankte zum Ausgang. Gregory ..., er musste noch irgendwo da draußen sein. Nur er konnte Jeremy retten. Ich hatte die Tür noch nicht erreicht, da stürzte ich schon wieder auf die Knie. Mein Körper war einfach zu schwach.

Tränen schossen mir in die Augen. Es war alles meine Schuld. Hätte ich Jeremy doch nur nicht an den Pfeiler gefesselt! Das schmatzende, saugende Geräusch, das der Vampir in seiner Gier verursachte, ließ mich würgen. Mit jedem Schluck, den er trank, raubte er Jeremy einen Teil seiner Lebenskraft.

Nein, das durfte ich nicht zulassen! Ich biss die Zähne zusammen und kroch die letzten Meter auf allen vieren nach draußen. Strömender Regen empfing mich. Die Bordwachen hatten sich unter Deck zurückgezogen. Gott, war denn niemand hier, der uns helfen konnte?

„Hilfe …“ Meine Stimme klang so leise, selbst wenn jemand neben mir gestanden hätte, hätte er vermutlich nicht mehr als ein klägliches Wimmern vernommen.

Ich zog mich an der Wand hoch, atmete tief ein, füllte meine Lungen mit Luft und gab sie schließlich in einem einzigen Schrei wieder frei. „Hilfe!“ Aber der Regen verschluckte meine Stimme. Ich zweifelte, dass mich einer der Lagerwächter gehört hatte. Mir war so schlecht. Mein Herz raste, mein Magen rebellierte, und nun begann auch noch die Sicht vor meinen Augen zu verschwimmen.

„Nun gehörst du mir!“ Die kehlige Stimme, die plötzlich an mein Ohr drang, lähmte meine Glieder. Oh mein Gott, er musste direkt hinter mir stehen! Ich glaubte sogar, seinen eiskalten Atem auf meinen nackten Schultern zu spüren.

Ich wollte fort, so schnell wie möglich fort! Aber mein Körper gehorchte längst nicht mehr meinen Befehlen, und meine Beine fühlten sich an, als wären sie zu Salzsäulen erstarrt. Er schlich um mich herum wie ein Raubtier, das seine Beute umkreiste. Das eingefallene Gesicht erinnerte an einen Totenschädel, der mit lederner Haut umspannt war. Die Augen saßen tief in ihren Höhlen, und die langen grauen Haare hingen ihm wirr ins Gesicht. Ich reichte nicht einmal bis zu seiner Schulter. Übelkeit befiel mich, als ich seine langen, gebogenen Krallen sah. Jeremys Blut tropfte von ihnen herunter.

„Ich werde dich lange leiden lassen“, grollte er und kam auf mich zu. Näher und näher, bis er direkt vor mir stand.

Und als er langsam sein Haupt zu meinem Hals senkte, um mir den tödlichen Kuss zu geben, spürte ich plötzlich meine Füße wieder! Es war wie ein Wunder. Ein Ruck ging durch meinen Körper, gleich einer Befreiung! Als hätte man mich von schweren Ketten gelöst. Abrupt drehte ich mich um und rannte. Ich rannte, so schnell ich nur konnte. Hinter mir vernahm ich bereits das Fauchen der irren Bestie. Du musst schneller sein, feuerte ich mich selbst an. Aber das war leichter gesagt, als getan. Die Puste ging mir allmählich aus und das Grollen kam immer näher! *Lauf, lauf!*, schrie alles in mir. Doch es war vergebens. In Windeseile hatte er mich eingeholt, warf sich auf mich und riss mich zu Boden. Der Aufprall war so heftig, dass ich mich mehrmals überschlug und die Luft aus meinen Lungen gepresst wurde. Brutal bohrten sich seine Krallen in mein nacktes Fleisch, er drehte mich um und drückte mich mit seinem ganzen Gewicht an den nassen Erdboden. Warmes Blut floss über meine weiße Haut. Angewidert verzog ich das Gesicht, als der Vampir meine Wunden ableckte. Der Geschmack meines Blutes erregte ihn. „Verabschiede dich von deinem Leben“, zischte er und riss seinen gewaltigen Rachen so weit auf, wie er nur konnte. Dolchartige Reißzähne sausten auf mich herab.

Ich wollte schreien, doch ich brachte keinen Ton heraus. Panisch drehte ich den Kopf von einer Seite zur anderen. Ich hatte bereits mit meinem Leben abgeschlossen, als die Kreatur schmerzerfüllt aufschrie. Ein mächtiger Ruck ging durch seinen Körper. Mit Entsetzen verfolgte ich die grauenhafte Verwandlung, die nun vor meinen Augen stattfand. Die Haut schien innerhalb weniger Sekunden wie Wachs zu schmelzen. Gott, was ging hier nur vor sich? Ich versuchte das Wesen von mir zu stoßen, doch die Klauen hatten sich fest in mir verankert. Der Mörder winselte wie ein geschlagener Hund. Ich konnte nur erahnen, was für unvorstellbare Qualen er litt. Als auch noch die Augen von ihren Höhlen verschluckt wurden, war von dem Vampir nicht mehr übrig als ein ausgetrocknetes Skelett. Ich konnte den Schrei nicht länger unterdrücken. Was war nur geschehen? Erst jetzt sah ich das zugespitzte Holz, offenbar ein abgerissenes Stück von einer der Kisten, das von hinten durch seine Rippen in sein verfaultes Herz gestoßen worden war. Jeremy? Hatte er sich befreit und mich gerettet? Eine große Hand packte die Leiche am Nacken und riss sie von mir herunter. Wie morsches Holz zersplitterte der skelettierte Körper. Die Hände der Kreatur umklammerten noch immer meine Schultern. Doch nun konnte ich genügend Kraft aufbringen, mich selbst zu befreien. Mit einem Würgen löste ich die knochigen Finger aus meinem Fleisch und stieß die abgerissenen Beine von mir. Erstaunt blickte ich in Gregorys Gesicht. Der buckelige Diener half mir auf. Splitternackt stand ich vor ihm, frierend und klitschnass.

„Danke“, hauchte ich. „Ihr habt mir jetzt das Leben gerettet.“

Er gab nur ein leises Grollen von sich und schaute verlegen zu Boden.

„Kommt, Gregory. Wir müssen zu Jeremy“, sagte ich, ohne an meine eigenen Wunden zu denken.

Wir eilten zum Lagerhaus zurück. Jeremy lag noch immer gefesselt am Boden. Am ganzen Körper zitternd, wankte ich auf die totenblasse Gestalt zu und kniete mich zu ihr. Seine Augen hatten eine unnatürlich helle Farbe angenommen und waren weit aufgerissen, genauso wie sein Mund. Sein Körper war mit zahlreichen Bissverletzungen übersät. Mit Entsetzen stellte ich fest, dass sich die Wunden nicht geschlossen hatten. Es tropfte aber auch kein Blut aus ihnen.

Der Anblick war so schrecklich, dass ich nicht länger hinsehen konnte und das Gesicht weinend in den Händen vergrub. War Jeremy tot? Sein Körper wirkte so schrecklich eingefallen. Tröstend legte Gregory seine Hände auf meine Schultern und gab ein betrübtes Schnauben von sich.

Ich drehte mich Hilfe suchend zu ihm um, und während mein Blick über seine hässlichen narbigen Arme glitt, kam mir plötzlich eine Idee!

„Ein Messer! Ich brauche ein Messer.“

Suchend sah ich mich zwischen den Getreidesäcken, gestapelten Kisten und Weinfässern um. Es musste ja nicht unbedingt ein Dolch sein. Wichtig war nur, dass ich etwas Scharfes fand, das seinen Zweck erfüllte. Gregory, der die Fesseln seines Meisters durchschnitt, reichte mir seinen Spitzdolch. Dankend nahm ich ihn an und setzte zum Schnitt an meinem Unterarm an. Mein Blut sollte Jeremy heilen. Ein beißender Schmerz folgte der roten Spur, die das Messer auf meiner weißen Haut hinterließ. Doch noch ehe ich mein Werk vollenden konnte, riss mir Gregroy den Dolch aus der Hand.

Wütend fixierte ich ihn. „Was soll das?“

„Ihr seid närrisch! Glaubt Ihr, so könnt Ihr ihm nun helfen?“

Ich hielt inne. Hatte ich mich etwa geirrt? Ein Vampir brauchte doch Blut, um zu leben. Und Jeremy hatte ganz offensichtlich zu wenig davon.

Ich nickte vorsichtig.

Gregory stieß ein ungeduldiges Knurren aus.

„Ja, er braucht Blut. Doch nicht das Blut eines Menschen. In seinem Zustand kann ihm nur noch das Blut eines Vampirs retten!“

Wo, um alles in der Welt, sollten wir einen anderen Vampir finden, der auch noch dazu bereit war, Jeremy sein Blut zu geben? Oder zumindest einen Teil davon!

Der Mörder war zu Staub zerfallen. Sein Blut kam also nicht in Frage.

„Ich bringe ihn zur ‚Loge'."

„Ich begleite Euch."

„Das kommt nicht in Frage!"

„Ich komme mit Euch!", sagte ich entschlossen.

„Die ‚Loge' befindet sich an einem geheimen Ort, der nur wenigen zugänglich ist."

„Das Geheimnis ist sicher bei mir aufgehoben. Versteht doch, ich liebe ihn. Ihr dürft mich nicht zurückschicken. Ich möchte bei ihm sein."

„Gregory, … nimm … sie mit …", erklang eine erschöpfte Stimme.

Erschrocken drehten wir uns zu Jeremy um. Er lag noch immer am Boden. Nur seine Lippen bewegten sich schwach.

„Aber Meister?"

„Tu … was … ich dir sage."

„Natürlich. Ganz wie Ihr befehlt."

Knurrend verließ der verkrüppelte Diener zunächst alleine den Speicher und humpelte in den strömenden Regen hinaus. Ich setzte mich zu Jeremy, nahm seine Hand in meine und wartete auf Gregorys Rückkehr. Es dauerte nicht lange, da hörte ich ein aufgebrachtes Wiehern. Ich traute meinen Augen nicht, als Gregory plötzlich mit zwei Pferden in der Tür stand.

„Wo habt Ihr die Tiere aufgetrieben?"

„Sie sind aus dem Stall, nördlich von hier und sollen morgen in die Neue Welt verschifft werden. Steigt auf, wir haben keine Zeit zu verlieren."

„Also gut. Ich hoffe, Ihr habt nichts dagegen, wenn ich mich vorher noch ankleide?"

Der Regen ließ allmählich nach, als wir uns auf die Pferde schwangen und die Stadt in Richtung Südwesten verließen. Gregory hielt seinen Meister, der benommen vor ihm im Sattel hing, fest und ritt voraus. Ich stieß meine Stiefel in die Flanken des Tieres und folgte dem ungleichen Gespann.

Die Pferde lieferten sich ein wildes Rennen durch die nächtliche Wildnis. Erst als wir Richmond erreichten, gönnte Gregory seinem Ross eine Verschnaufpause und ließ es im Schritt-Tempo über die Wiese traben. Zielstrebig steuerte der Buckelige auf ein langes und flaches Gebäude zu.

Hier war er also? Der Sitz der geheimen „Vampirloge". Ich war ein wenig enttäuscht, denn ich hatte mir ihren Hauptsitz größer und eindrucksvoller vorgestellt. Was ich vor mir sah, hätte ebenso ein großes Bauernhaus sein können. Ich tat es Gregory gleich, stieg aus dem Sattel und ließ mein Pferd vor der Holzveranda grasen.

Die Dielen quietschten unter meinen Schritten, als ich dem Diener ins Haus folgte und den Flur betrat. Ein Mann und eine Frau, beide offensichtlich menschlich, empfingen uns mit besorgten Mienen.

„Kommt, ich bringe euch zur ‚Loge'", sagte der Mann hilfsbereit und nahm zwei Fackeln aus ihren Ankerungen. Eine reichte er mir.

Dann drückte er ein merkwürdig vorstehendes Holzstück in die Wand, woraufhin sich eine Geheimtür mit lautem Knarren zur Seite schob und den Blick auf einen finsteren Gang freigab. Ich hielt den Atem an. Er erwartete doch hoffentlich nicht, dass wir in die Dunkelheit hinabstiegen?

Der Bauer beantwortete meine Frage, indem er voranging und uns den Weg leuchtete. Gregory folgte ihm schnaufend, und ich bildete – die Zähne fest zusammenbeißend – das Schlusslicht. Wie beneidete ich die Bäuerin, die zurückblieb, um das unscheinbare Haus zu bewachen. Die Treppe führte uns tief ins Erdreich hinab. Die letzte Stufe endete in einem rechteckigen, von Säulen gestützten Raum. Fackeln an den Wänden spendeten genügend Licht, und auf dem Boden entdeckte ich ein sonderbares Ornament. Ein Ankh, umrankt von acht Rosenblüten. Dasselbe Zeichen hatte ich an Logans Mantel gesehen.

Zwei Männer in schwarzen Roben bewachten das steinerne Tor am Ende des Raums. Sie sahen wie Sensenmänner aus, doch ich ahnte, dass sich Vampire unter den Kutten verbargen.

„Weiter darf ich in das Reich der Schatten nicht eindringen. Doch ihr steht unter Meister Jeremys Schutz, man wird euch kein Haar krümmen“, sagte der Bauer und eilte hastig die Treppe hinauf.

Mein Gott, schoss es mir durch den Kopf. Durch diese Worte wurde mir erst bewusst, wie lebensmüde ich sein musste, dass ich mich in das unterirdische Labyrinth der Vampire wagte! Vielleicht hielten sich die Blutsauger nicht an ihre Abmachung und würden bei der erstbesten Gelegenheit über mich und Gregory herfallen?

Die Wächter führten uns durch einen weiteren Gang in eine gewölbte Halle, die nicht viel einladender aussah. Keine Teppiche, nur kahle Steinwände und Spinnenweben, die von der kuppelförmigen Decke hingen. Überall standen mehrarmige Kerzenleuchter.

„Wartet hier“, befahl einer der Vampire und verschwand in einem Seitengang. Er kehrte kurz darauf mit drei Artgenossen zurück, die, im Gegensatz zu ihm selbst, ihre Gesichter nicht unter Kapuzen verbargen.

„Was ist geschehen?“, fragte die furchteinflößende Gestalt in ihrer Mitte, die von Logan und einer Frau mit feuerrotem Haar begleitet wurde.

Prüfend haftete der Blick des Anführers auf mir. Ich fühlte mich angesprochen und versuchte mich zu erklären. Aber durch die Aufregung brachte ich kaum einen vernünftigen Satz zustande. „Jeremy wurde überfallen.

Der Mörder hat … hat ihn … ausgesaugt! Ihr müsst ihm helfen … bitte.“

Nervös knetete ich meine Hände. Die Miene des hochgewachsenen Mannes blieb unverändert. Auch Logan zeigte keinerlei Emotionen, lediglich die Frau nickte mir freundlich zu.

„Bringt ihn in die Gruft!“ Die Wächter taten, wie ihnen befohlen, griffen nach Jeremy und verschwanden mit ihm im Seitengang. Gregory knurrte bedrohlich, als man ihm seinen Herrn entriss, leistete aber keinen Widerstand. Misstrauisch sah er den Wächtern nach.

„Ihr seht ihn bald wieder“, versprach der Vampir mit der machtvollen Aura, bevor er den Wachen in die Finsternis folgte.

„Wartet! Ich möchte mitkommen!“, rief ich ihm nach. Doch die Frau hielt mich am Arm zurück und schüttelte den Kopf. „Keine Sorge, mein Kind. Dorian kümmert sich um Euren Freund. Ihr könnt im Augenblick nichts für ihn tun. Folgt mir, in der Bibliothek können wir ungestört reden. Sur sieht Menschen nicht gern in unseren Hallen.“

„Wer ist Sur?“

„Der Anführer der ‚Loge Condannato‘.“

„Und wer ist dieser Dorian?“

„Er ist sein Adjutant und mein Gefährte“, antwortete die Vampirin und geleitete uns in einen Saal, der bis zur Decke mit Büchern aller Art gefüllt war. Staunend sah ich mich um. In den meterhohen Regalen musste sich das Wissen der ganzen Welt befinden.

„Setzt euch." Unsere Gastgeberin deutete auf eine kleine Sitzecke inmitten des Bücherlabyrinths. „Ich bin übrigens Kalestra."

Gregory und ich stellten uns ebenfalls vor, bevor wir uns auf dem edlen Samtstoff niederließen.

„Das Blut eines Vampirs besitzt heilende Kräfte", erklärte Kalestra und sah mir tief in die Augen. „Ihr müsst Euch nicht um Euren Freund sorgen. Eure Sorge sollte Euch selbst gelten. Für einen Menschen ist es gefährlich, einen Vampir zu lieben. Besonders dann, wenn er jung und unerfahren ist wie Jeremy."

Ich erschrak. Woher wusste Kalestra von meinen Gefühlen für Jeremy? Sah man mir die Verliebtheit so sehr an? Gregory schien wenig Interesse an einem Frauengespräch zu haben, erhob sich grunzend und verschwand hinter einem Regal mit alten Schriftrollen, die aus einer Zeit stammen mussten, als es noch keine Bücher gab.

„Was wollt Ihr mir damit sagen?"

„Sophie, ich möchte Euch warnen. Ihr hegt Gefühle für Jeremy, ist es nicht so? Auch wenn er sie erwidert, kann eine Liebe zwischen Licht und Dunkelheit niemals bestehen. So ist der Lauf der Dinge. Irgendwann wird die Dunkelheit das Licht verschlingen."

„Jeremy würde mir niemals etwas antun!"

„Ich dachte einst wie Ihr. Aber die Wirklichkeit holte mich schnell ein. Auch ich spielte mit dem Feuer, in dem Glauben, es bändigen zu können. Ich verbrannte mir die Finger, wie Ihr sie Euch verbrennen werdet, wenn Ihr nicht auf der Hut seid."

„Ihr liebtet auch einen Vampir?"

„Ja. Einst vor vielen, vielen Jahren machte mich Dorian in unserer ersten Liebesnacht zu dem, was ich heute bin."

„Gegen Euren Willen?"

Kalestra senkte den Blick. „Es war nicht seine Schuld. Die Leidenschaft machte ihn wild und unbeherrscht. Junge Vampire verlieren schnell die Kontrolle. Aber der Schaden ist nicht mehr rückgängig zu machen, und nun hasst er sich dafür, dass er mich der Wahl beraubte."

Ich hielt den Atem an. Deswegen hatte ich Jeremy also fesseln müssen. Damit er keine Gelegenheit bekam, mich in seiner Zügellosigkeit zu beißen.

„Kalestra, Sur will Euch sprechen!" Eine jugendlich aussehende Vampirin in einem blutroten Seidenkleid lugte durch die Tür.

„Natürlich. Richtet ihm aus, dass ich mich auf den Weg mache."

„In Ordnung", sagte das Mädchen und verschwand genauso schnell, wie es gekommen war.

„Entschuldigt, Sophie. Ich fürchte, Sur hat schon von

Eurer Ankunft erfahren. Ich werde ihm die Situation erklären. Lasst Euch vorher sagen, ich teilte Eure Leidenschaft und weiß, was Ihr fühlt. Versprecht mir nur eines, seid vorsichtig." Kalestra erhob sich, warf ihr flammendes Haar zurück und verließ die Bibliothek mit wehendem Umhang.

Stimmte es, was sie sagte? Setzte ich mich einer dunklen Gefahr aus, weil ich Jeremy liebte? Selbst wenn es so war, ich konnte längst nicht mehr ohne ihn sein. Das Warten wurde zur Qual. Ich fragte mich, wo Gregory war, und machte mich auf die Suche nach ihm. Die Bibliothek glich einem Irrgarten. Die Regale bildeten schmale Gänge, in denen man nur allzu leicht verloren ging. Ich fand ihn schließlich bei einem kauzigen Vampir, der an einem Schreibtisch saß und eine Schriftrolle studierte.

„Hier steckt Ihr also. Auf der Suche nach Euch hätte ich mich fast verlaufen", sagte ich und gesellte mich zu dem Buckligen, der zur Antwort nur ein unverständliches Grollen ausstieß.

„Wen wundert das, junges Fräulein. Hier gibt es über 100. 000 Bücher. Die meisten wurden von Vampiren geschrieben. Ich bin Ernest McLane, der Bibliothekar dieser umfassenden Sammlung", antwortete der kauzige Herr mit den wirr abstehenden Haaren und rückte sein Monokel zurecht. „Was immer Ihr auch sucht, hier werdet Ihr es finden."

„Bedauerlicherweise kann ich weder lesen noch schreiben." Diese Kunst sollte ich erst Jahre später erlernen. „Und solange kein Buch über die Heilung des Irrsinns in Euren Regalen steht, lohnt es sich wohl auch nicht, damit anzufangen", sagte ich im Scherz.

„Ein Buch über die Heilung des Irrsinns! Wartet bitte einen Augenblick." Ernest sprang aus seinem Sessel, kletterte auf eine Leiter, die bis zur Decke reichte, und stieß sich vom Regal ab. Die Leiter rollte mit einem lauten Knattern durch den halben Raum. Ich zuckte zusammen. „Eigentlich war das nicht ernst gemeint", flüsterte ich Gregory zu.

„Heilung, Heilung … Heilung … Zu schade. Das Buch wurde ausgeliehen. Aber hier habe ich etwas, das Eurem Wunsch ebenso entspricht."

Er rollte mit der Leiter zurück, kletterte mit einem kleinen Buch in der Hand auf seinen Schreibtisch, von dort auf den Boden und reichte es mir.

Vorsichtig befreite ich den Einband von Spinnenweben und einer dicken Schicht aus Staub.

„Ihr wisst, wo jedes Buch hier in der Bibliothek steht?"

„Natürlich, das ist meine Aufgabe."

„Wovon handelt dieses hier?"

Die Lettern gaben mir Rätsel auf.

„Der kleine Almanach der Rituale."

Er riss mir das Büchlein aus der Hand, blätterte hektisch darin, bis er die gewünschte Seite gefunden hatte, und deutete mit dem Finger auf den Buchstabensalat.

„Die Heilung des Irrsinns durch das Ritual der Kerzen. Man zeichne einen Kreis mit dem Blut einer Katze auf den Boden und stelle zwanzig Kerzen aus Bienenwachs ringsherum auf. Der Besessene muss sich in die Mitte legen. Notfalls sei er zu fesseln … und dann sage man folgende Worte, um die bösen Geister auszutreiben. Ah, das scheint mir Lateinisch zu sein. Bedaure, das ist leider keines meiner Spezialgebiete."

Er zuckte die Schultern, drückte mir das Buch wieder in die Hand und setzte sich in seinen Sessel zurück, um sich seinen Schriften zu widmen.

„Seid Ihr Euch sicher, dass dieses Ritual hier funktioniert?"

„Selbstverständlich!"

Ich dachte an Elisa. Vielleicht würde sie wieder ein normales Leben führen können, wenn ich sie mithilfe des Rituals heilte!

„Darf ich mir das Buch ausleihen, Mister McLane?"

„Oh … nein, nein … das geht nicht. Ihr gehört nicht zur Vereinigung der ‚Condannato'. Die Bücher dürfen nicht außerhalb der Räumlichkeiten der ‚Loge' gebracht werden. Hier könnt Ihr es lesen. Oder in Eurem Fall, die Bilder ansehen."

Ich seufzte. „Trotzdem vielen Dank.“

Langsam lief ich zu der Sitzecke zurück, das Buch noch immer in meiner Hand. Wenn es mir gelang, jemanden zu finden, der Latein lesen konnte, konnte ich Elisa vielleicht von ihrem Irrsinn befreien!

Entschlossen versteckte ich den Almanach unter meinem Leinenhemd, als Logan aus einer dunklen Ecke trat. Ich erschrak, als ich sein bleiches, emotionsloses Gesicht sah.

„Ist etwas mit Jeremy? Geht es ihm gut?“, fragte ich nervös und eilte auf ihn zu.

„Ich bringe Euch zu ihm.“

Logan führte mich durch einen langen Gang mit seltsamen Wandmalereien. Die Lichter der Kerzen beleuchteten Szenarien aus dem alten Ägypten, Rom, dem Mittelalter und teilweise sogar der Neuzeit. Opferungen, Kriege und die Erschaffung neuer Vampire waren auf dem grauen Gestein dargestellt. Wohin ich sah, entdeckte ich auch das Ankh-Symbol. Der Gang endete schließlich in einem kalten Raum, der von unzähligen roten Kerzen beleuchtet wurde. Überall tropfte Wachs herunter. Zu meiner Linken bemerkte ich eine Reihe von steinernen Sarkophagen, die von großen, götzenartigen Steinfiguren bewacht wurden. Die Särge waren allesamt geschlossen, nur im letzten lag eine weiße Gestalt. Jeremy!

Sein Gesicht wirkte ein wenig eingefallen, und das Strahlen war aus seinen Augen gewichen. Doch die Wunden, die ihm der Mörder zugefügt hatte, waren fast vollständig verschwunden.

Logan ließ uns freundlicherweise allein. Ich kniete mich zu Jeremy und nahm seine Hand fest in meine. Sie war kälter denn je.

„Wie geht es dir?"

„Dorian hat mir sein Blut gegeben. Es wird mich stärken. Bald bin ich wieder der Alte."

Endlich einmal gute Nachrichten! Erleichtert küsste ich seinen Handrücken.

„Oh, Sophie. Es tut mir so leid", hörte ich ihn sagen.

„Dir muss doch nichts leidtun. Es war meine Schuld. Ich hätte dich nicht in diese missliche Lage bringen dürfen." Liebevoll strich ich ihm eine blonde Strähne aus dem Gesicht.

„Du verstehst nicht, mein schöner Engel. Ich wollte nicht auf meinen Erzeuger hören, ich wusste es wie immer besser. Aber Dorian hatte Recht. Von Anfang an. Mensch und Vampir sind wie Tag und Nacht."

Erschrocken ließ ich seine Hand los. Hatte er etwa auch mit Kalestra gesprochen? Wollte sie uns auseinander bringen?

„Sophie, ich habe gegen die Regeln verstoßen. Nun zahle ich den Preis dafür."

„Was redest du nur? Ich kann dir nicht folgen."

„Unser Treffen im Wald war kein Zufall. Nichts geschah zufällig. Alles verlief so, wie ich es geplant hatte."

„Wie meinst du das?" Ein ungutes Gefühl breitete sich in meiner Magengegend aus.

„Dein Vater warf mir vor, ich hätte euch vergessen, weil ich mich euch nicht mehr zeigte. Er irrte. Ich war immer in eurer Nähe. Und als ich sah, dass aus dir eine wunderschöne Frau geworden war, verliebte ich mich in dich. Deine Güte und Freundlichkeit wärmten mein Herz und ließen mich die Kälte vergessen. Meine Sehnsucht wuchs von Nacht zu Nacht.

Die ‚Loge' gab mir den Auftrag, Westminster vor den ‚Audax Vampiren' zu schützen. Ich lebte offiziell unter euch, doch ich hatte Angst, mich dir zu offenbaren. Hätten die ‚Audax' eine Verbindung zwischen uns festgestellt, wärst du in Gefahr gewesen.

An jenem schicksalhaften Abend im Wald von Westminster musste ich eingreifen. Wie so oft war ich dir gefolgt, hatte dich beobachtet und mir vorgestellt, wie es wäre, dich in meinen Armen zu halten. Doch als ich sah, wie dich diese Schurken bedrängten, konnte ich mich nicht länger in den Schatten verborgen halten. Ich durfte nicht zulassen, dass sie dir wehtun."

„Ich bin dir dankbar, dass du mich gerettet hast."

„Das Schicksal nahm seinen Lauf. Ich kannte deine Sehnsüchte und wollte dich an mich binden, indem ich sie dir erfüllte. Es war ein Fehler. Wie du siehst, habe ich uns beide in Schwierigkeiten gebracht. Wir wären beinahe getötet worden."

„Was du getan hast, tatest du aus Liebe zu mir. Bitte schicke mich nicht fort!"

„Sophie, verstehe doch, du musst ... mich vergessen."

„Das kann ich nicht!"

Wütend schlug ich mit den Fäusten gegen den Steinsarg, so lange, bis es schmerzte.

„Wenn Krieg zwischen ‚Condannato' und den ‚Audax' ausbricht, werden sie dich als Druckmittel gegen uns verwenden. Ihr Sterblichen könnt ihnen nichts entgegensetzen. Du wärst immer in Gefahr. Es sei denn ..."

„Es sei denn – was?"

„Ich mache dich zu einem Vampir."

Betrübt senkte ich den Blick. Mit diesem Vorschlag hatte ich gerechnet. Nur wusste ich selbst nicht, was ich wollte. Auf ewig Jeremys Gefährtin sein und meine Familie entbehren oder ihn für immer verlieren. Wieso konnte ich nicht beides haben? Warum musste ich mich für eine Seite entscheiden? „Ich brauche Zeit, um über alles nachzudenken", sagte ich schließlich, denn ich war nicht fähig, hier und jetzt eine Entscheidung zu treffen.

„Du hast alle Zeit der Welt." Sanft legte er seine Hand auf meine.

Ich blickte ihm in die Augen und lächelte. Selbst in seinem geschwächten Zustand strahlte Jeremy etwas Übernatürliches und Erhabenes aus. Seine kalten Finger umschlossen mein Handgelenk. Sanft, doch fordernd, zog er mich in seine Richtung.

„Was hast du vor?“, fragte ich, obwohl ich die Antwort längst kannte. Ein vielsagendes Grinsen zeichnete sich auf seinen Lippen ab.

Vorsichtig stieg ich zu ihm in den Steinsarg und legte mich auf seine noch immer in das aufgeknöpfte Rüschenhemd gehüllte Brust, während er mir den Kopf entgegenreckte und mich zärtlich küsste. Mit einem genießerischen Seufzen presste er seine Lippen auf die meinen, bis ich meinen Mund einen Spalt öffnete und seiner Zunge Einlass gewährte. Seine Küsse waren so voller Leidenschaft, dass ich glaubte, er wollte mich mit Haut und Haaren verschlingen.

„Muss ich mir jetzt Sorgen machen, dass du dich erneut in ein gefährliches Biest verwandelst?“, fragte ich, nachdem sich unsere Zungen nach einer kleinen Ewigkeit voneinander gelöst hatten und ich seinen Hals mit Küssen bedeckte.

„Ich glaube, ich kann mich dieses Mal unter Kontrolle halten. Das Tier in mir schläft, weil ich noch immer ein wenig erschöpft bin.“ Erschöpft? Ich sah ihn enttäuscht an, denn ich spürte bereits das aufregende Kribbeln in meinem Schoß.

„Dreh dich um“, sagte er. Da wusste ich, er würde mich auch dieses Mal nicht enttäuschen. Ich zog mein Hemd aus und wechselte mühselig die Seite in dem engen Sarkophag. Mein Gesäß prangte nun direkt vor seinem Gesicht. Jeremy warf meinen Rock zurück, sodass er meinen Rücken bedeckte. Kühle Luft streichelte meine blanken Pobacken, während sie gleichzeitig von kalten Händen massiert wurden. Auf alle Viere gestützt stand ich über ihm und wartete darauf, dass seine Zunge in mich eindrang.

Jeremy streifte meine Unterhose ein Stück hinunter, doch als er mich nicht aus ihr befreien konnte, zerriss er sie, um mich dann näher zu sich heranzuziehen, sodass mein Kätzchen über seinem Mund schwebte. Ich spürte seinen Atem unter mir und wie sich etwas Feuchtes in mich schob. Zuerst sehr sanft, beinahe zaghaft, doch dann immer schneller und mit jedem Mal etwas tiefer. Gierig öffnete er den Mund, um meinen Saft in sich aufzunehmen, während seine Hände an meinem Körper entlangwanderten und nach meinen Brüsten suchten. Flink umschlossen seine Finger meine prallen Äpfel und kneteten sie, bis ich vor Wonne stöhnte, während ich mich gleichzeitig an seinen Lippen auf und ab rieb. Ich spürte, wie sein Atem schneller und der Griff um meinen Busen fester wurde. Doch anstatt die Berührungen zu genießen, befreite ich mich von seinen Händen und beugte mich etwas nach vorn, sodass meine Scham nicht länger sein Gesicht verdeckte und ich seinen Hosenbund problemlos erreichte. Die Ausbeulung war nicht zu übersehen, und ich wollte auch ihm etwas Gutes tun. So befreite ich seinen Phallus und legte die Rechte um seine Wurzel. Meine linke Hand schob seine Vorhaut vor und zurück. Zunächst sehr langsam, dann wurde mein Griff um seinen Schaft fester und Jeremys Keuchen lauter. Ich fühlte, wie er in meinen Händen wuchs und liebkoste seinen Stab mit sanften Küssen.

Jeremys Finger drang in meine feuchte Grotte ein. Langsam bewegte er ihn vor und zurück. Ich passte mich seinem Tempo an und antwortete ihm, indem meine Hand in derselben Geschwindigkeit an seiner Manneskraft entlangglitt. Schneller und härter stieß er nun in mich. Seine Erregung nahm zu, und ich fürchtete, er könne womöglich doch die Kontrolle verlieren und mich beißen, so wie Dorian Kalestra in ihrer ersten Liebesnacht gebissen hatte. Doch meine eigene Lust ließ mich alle Sorgen vergessen.

„Nimm mich jetzt", stöhnte ich und ließ von seinem Phallus ab, denn ich hielt die süße Qual nicht länger aus. Energisch drehte ich mich herum. Jeremy brachte sich in eine sitzende Position, ich führte ihn in mich ein und ließ mich dabei auf seinen Schoß sinken. Ihn endlich wieder in mir zu spüren, erregte mich nur noch mehr. Im lustvollen Rhythmus bewegte ich mich auf und ab, während Jeremy sein Gesicht zwischen meinen Brüsten vergrub und meine schweißnasse Haut ableckte.

Mit geschlossenen Augen warf ich den Kopf in den Nacken, stöhnte leise und genoss den wilden Ritt. Seine Hände streichelten meinen Rücken. Sie wanderten über meine Schulterblätter, massierten meinen Nacken und glitten schließlich bis zu meiner Taille herab. Um mich selbst zu stimulieren, schob ich den Rock etwas zur Seite und rieb an meinem Kätzchen. Oh ja, ich spürte, wie die Erregung in mir wuchs und kurz davor war, in einem gewaltigen Höhepunkt zu gipfeln. In diesem Moment vernahm ich ein Fauchen. Spitze Nägel bohrten sich in mein Fleisch. Erschrocken riss ich die Augen auf und blickte in Jeremys Gesicht, das sich erneut, wenn auch diesmal weniger stark als sonst, zu einer Fratze verformt hatte. Spitze Eckzähne ragten aus seinem Oberkiefer. Kaum waren die ersten Schrecksekunden vergangen, krallte ich meine Finger geistesgegenwärtig in sein Haar und riss seinen Kopf nach hinten, um ihn davon abzuhalten, mir in den Hals zu beißen. Jeremy stieß ein weiteres grausiges Fauchen aus und verharrte angespannt in dieser Position. Ich spürte, wie er in mir zuckte. Sein letzter Stoß brachte die Erlösung. Ich konnte mich nicht länger zurückhalten und kam gleichzeitig mit ihm. Ein letztes Mal bäumten sich unsere Körper auf, ein letztes Mal spannten sich unsere Muskeln zum Zerreißen an, und schließlich versanken wir in wohltuender Entspannung.

Erschöpft ließ er sich nach hinten fallen. Ich blieb auf seinem Bauch sitzen und beobachtete, wie sich seine Züge zurückverwandelten. Erst als ich das Gesicht eines hübschen Jünglings vor mir sah, legte ich mich auf ihn und bettete meinen Kopf auf seine Brust. Jeremys starke Arme umschlangen mich und drückten mich fest an ihn. Seine Haut kühlte schnell ab, und sein Brustkorb hob und senkte sich im gleichmäßigen Takt seines Atems.

„Das war knapp", flüsterte ich und küsste seine Brust.

Jeremy streichelte mir liebevoll über das Haar. „Keine Sorge. Du hattest alles fest im Griff. Außerdem konnte ich mich noch beherrschen. Für das nächste Mal sollten wir aber wieder ein paar Fesseln benutzen. Meinst du nicht auch?"

Er zwinkerte mir zu.

Ach, wie gern wäre ich hier bei ihm geblieben. Doch schon bald würde die Sonne aufgehen und Vater würde mich vermissen, wenn ich nicht rechtzeitig im Ashford's Pub war.

„Zu dumm, dass du meine Unterhose zerrissen hast. Ich muss doch noch nach Hause reiten." Ich erhob mich, zog mir mein Hemd über und grinste ihn an.

„Versprich mir, über meinen Vorschlag einmal nachzudenken."

„Natürlich."

Lächelnd beugte ich mich über ihn, schloss die Augen und küsste ihn, bevor ich das Haus der „Loge" verließ und in die Nacht hinausritt.

* * *

Am nächsten Tag saß Tammy in der Werbeagentur und kämpfte den ganzen Vormittag dagegen an, dass ihre Gedanken zu Sophies Memoiren schweiften. Seit den letzten Seiten, die sie in der vergangenen Nacht gelesen hatte, war es endlich um ihren Seelenfrieden geschehen. Nun hatte sie es schwarz auf weiß – Dorian war ein Vampir! Die Vermutung zu haben war eine Sache, die Bestätigung geschrieben zu sehen, eine andere. Irritiert stellte Tamara fest, dass sie im Unterbewusstsein immer noch gehofft hatte, dass Dorian nicht nur sie, sondern auch Marcus einen Bären aufgebunden und sie beide mit dem Thema „Vampire" auf eine falsche Fährte gelockt hatte. Diese Hoffnung war nun wie eine Seifenblase zerplatzt. Wie sollte Tammy nur mit etwas Übersinnlichem umgehen? Sie begriff es kaum, kannte nicht die Regeln, nach denen die Vampire spielten, und somit auch nicht ihre Schwächen. Aber sie konnte lernen! Ihr blieb gar nichts anderes übrig, wenn sie ihre Familie retten wollte.

Weitaus schmerzlicher war jedoch zu erfahren, dass Dorian eine Freundin besaß! Kalestra. Dieser Name hallte in Tamara wider, als würde jemand unentwegt mit einem Messer auf sie einstechen. Einst menschlich gewesen, wie Tammy, war sie nun ein Vampir wie Dorian. Damals war er jung, hatte sich im Gegensatz zu heute nicht unter Kontrolle und machte Kalestra zu einem Geschöpf der Nacht. Er hasste sich dafür, aber Tammy fragte sich, was ihm Besseres hätte widerfahren können. Nun konnten Kalestra und Dorian zusammen sein, ohne Probleme, denn der Tag trennte sie nicht länger. Aber was war mit Tammy?

Sally Thomas stieß sie sanft an der Schulter an. „Du starrst gedankenversunken auf den Bildschirm, und ich wette, du grübelst nicht über einen neuen Werbeslogan nach."

Ertappt schüttelte Tamara den Kopf.

„Zeit für eine Pause", schlug die Webdesignerin vor und zwinkerte.

Sie besorgten sich Snacks und Mineralwasser im „Sandwich Corner" und suchten sich ein schattiges Plätzchen in Kensington Gardens. Tammy war froh, aus der stickigen Agentur herauszukommen, denn die Klimaanlage war zwar repariert worden, funktionierte aber immer noch nicht richtig. Außerdem wusste sie, dass sie sich eh nicht würde konzentrieren können. Es fehlten noch zu viele Puzzleteile, um sie zu beruhigen. Sie schaute auf ein Bild, das noch nicht komplett war und ihr Angst bereitete.

„Du hast jemanden kennengelernt, habe ich Recht?", fragte Sally ohne Umschweife.

Tammy nahm das Thunfischsandwich aus der Plastikverpackung und seufzte. „Ist es so offensichtlich?"

„Du starrst Löcher in die Luft. Aber auf ‚Wolke sieben' zu schweben sieht anders aus."

„Er ist undurchschaubar."

„Sind das nicht alle Männer?", fragte Sally und lachte.

„Stimmt." Hungrig biss Tamara in das Sandwich und spülte den Bissen mit einem Schluck Evian hinunter. „Gestern hat Marcus, Vaters Sekretär und alter Freund des Hauses Malt, mich an sich gedrückt. Ich glaubte zu ersticken. Dabei sind wir seit Jahren gute Freunde."

„Manchmal wird mehr daraus."

„Wieso nur so plötzlich, nach all der Zeit?"

„Aber er ist es nicht, der dich am helllichten Tag zum Träumen bringt", vermutete Sally und knabberte nacheinander die Ecken eines viereckigen Haferflockenkekses ab.

Tammy überlegte, wie viel sie ihrer Freundin und Arbeitskollegin erzählen sollte, und entschied, sich auf das Wesentliche zu beschränken. Bei der Erwähnung von Vampiren wäre Sally bestimmt nur in schallendes Gelächter ausgebrochen. „Nein, dieser Mann ist geheimnisvoll. Er zieht sich mal zurück und geht dann wieder in die Vollen. Das macht mich verrückt."

„... nach ihm", fügte Sally kichernd hinzu. „Liebt er dich?"

„Ich weiß es nicht", antwortete Tamara ehrlich.

„Begehrt er dich?"

„Weiß ich auch nicht genau."

„Geht er noch mit anderen Frauen aus?", bohrte Sally weiter.

„Weiß ich nicht." Tammy dachte an Kalestra und hätte am liebsten angefangen zu heulen. Bisher war nicht einmal der Gedanke daran, dass Dorian in einer festen Partnerschaft sein konnte, in ihr aufgekommen. Vielleicht weil sie selbst so eine treue Seele war, die nie zweigleisig fuhr. Und wenn Vampire nichts von Monogamie hielten? Immerhin lebten sie ewig, bis jemand sie tötete oder sie den Freitod wählten, weil sie das Leben nicht mehr ertrugen. Da bekam die Bedeutung der Phrase „Bis der Tod euch scheidet" eine ganz neue Dimension. Ob Dorian und Kalestra sich getrennt hatten? Oder ob die Vampirin von seinem Plan mit der Familie Malt wusste und sie damit einverstanden war, dass er Tammy verführte, um am Ende ihr Herz zu brechen?

Sally unterbrach ihre zermürbenden Gedanken, indem sie ihr die Packung Kekse hinhielt, doch Tammy schüttelte den Kopf. „Zu viele ‚Ich weiß nicht', wenn du mich fragst. Meiner Meinung nach solltest du zu diesem Kerl gehen und ihn zur Rede stellen. Angriff ist die beste Verteidigung. Lass dich nicht an der Nase herumführen. Du hast etwas Besseres verdient!"

„Ich fürchte mich", sagte Tammy leise, brach ein Stück Toast ab und steckte es in den Mund.

„So wie ich das sehe, wird er dir wehtun“, entgegnete Sally und nahm sie für einen kurzen Moment in den Arm. „Das darfst du nicht zulassen. Er quält dich! Du musst ihn unbedingt zur Rede stellen.“

„Dadurch könnte ich ihn verlieren.“ Die Chancen stehen gut dafür, dachte Tammy, und auch bei der Konfrontation mein Leben zu verlieren.

„Willst du so weiterleben?“, fragte ihre Freundin. „Du warst immer eine Frau der Tat, hast dich gegen deine Eltern aufgelehnt, um nicht das ‚That Delicious Bite‘ leiten zu müssen, sondern deinen eigenen Weg zu gehen. Du kämpfst ständig mit deiner biestigen Schwester Samantha, weil sie versucht, dich auszustechen. Da wirst du ja wohl mit einem einzelnen Mann fertig werden!“ Aufmunternd knuffte sie Tammy in die Seite.

Wenn es denn nur ein Mann wäre! Mit Schrecken dachte sie daran, dass Dorian schon einmal eine Menschenfrau zur Vampirin gemacht hatte. Es war ein Unfall gewesen, aber er konnte die Wandlung genauso gut bewusst hervorrufen. „Gereift wie guter alter Wein, fast zu würzig, zu kräftig, um ihn zu mögen.“ Das waren Marcus’ Worte gewesen. War das der Grund, weshalb Dorian während ihres Liebesspiels in Jeremys verfallenem Haus der Raserei getrotzt hatte, anders als bei Kalestra? Er war mit den Jahrhunderten, die ins Land gezogen waren, stärker und mächtiger geworden. Dennoch fühlte sie die Gefahr, in der sie beide damals waren.

„Du hast Recht", sagte Tammy mit fester Stimme und legte das Sandwich zurück in die Plastikschale. Trotz des Hungers konnte sie kaum essen. „Ich muss ihm die Fragen stellen, die mir auf der Zunge brennen. Daran führt kein Weg vorbei!" Aber sie durfte sich unter keinen Umständen in ein weiteres erotisches Abenteuer verwickeln lassen. Dorian war brandgefährlich! Doch alleine der Gedanke an die lüsterne Gier in seinen dunklen Augen ließ eine Welle der Lust über sie hinwegschwappen. Sein Trieb war es nicht, vor dem sie die meiste Angst hatte, sondern ihre eigene Leidenschaft, die sie dazu brachte, alle guten Vorsätze über Bord zu werfen.

Tamara nahm Sallys Hände in die ihren. „Ich werde zu ihm gehen, gleich heute Abend."

Der Feierabend kam schnell, und sie verließ der Mut.

Aber ihre Freundin brachte sie zur British Railway, setzte sie in den Spätzug nach Richmond und rief ihr zum Abschied zu: „Wenn es Ärger gibt, ruf mich mobil an und ich komme geflogen."

„Das fehlte mir gerade noch", murmelte Tammy und lehnte sich im Sitz zurück, „dass ich dich auch noch in Gefahr bringe."

Je weiter sie in den Südwesten Londons vordrang, desto mehr nagte die Eifersucht an ihr. Was sollte sie machen, wenn sie auf dem Gelände des Gestüts Kalestra begegnete? Laut Sophies Memoiren war die Vampirin Dorians Gefährtin und wohnte logischerweise mit ihm zusammen. Aber vielleicht brauchte Tamara den Beweis, dass nicht sie, sondern eine andere Frau Dorians Herz gefangen hielt. Sex war eine Sache, Liebe eine andere. Ihn vor Kalestra bloßstellen wollte sie nicht. Tammy war keine Frau, die um einen Mann kämpfte. Sie zog sich lieber zurück. Sollte der Mann doch entscheiden, welche Frau ihn stärker in seinen Bann zog. Was nutzte es zu kämpfen und ihn für sich zu gewinnen, wenn seine Gefühle im Alltag wieder rasch abkühlen würden, weil sie nicht intensiv genug waren?

Tammy wischte sich mit der Handfläche über das Gesicht, als könnte sie mit dieser Geste die Dämonen in ihrem Kopf vertreiben. Würde sie jemals einen Mann kennen lernen, in dessen starke Arme sie sich fallen lassen konnte, um ganz Frau zu sein? In ihren Beziehungen war immer sie die treibende Kraft gewesen, obwohl sie das nicht einmal wollte. Ihre Partner hatten ihr jeden Wunsch von den Augen abgelesen. Sie durfte das Reiseziel aussuchen. Sie trug sich ins Gästebuch des Hotels ein. Sie entschied, welches Restaurant besucht wurde. Aber Tammy unterschrieb auch die Rechnung, auch wenn sie von ihrem Freund die Hälfte des Betrages auf dem Zimmer zurückerstattet bekam, und ging voran zur Garderobe, um ihrem Freund den Mantel zu reichen. Hatte sie sich die Schoßhündchen erzogen oder bisher die falschen Männer erwischt?

Dorian war so anders! Er nahm sich mit einer Dreistigkeit was er wünschte, und man lag ihm auch noch zu Füßen. Er konnte mit seinem vampirischem Charisma jede Frau besitzen. Weshalb sollte er sich ausgerechnet Tammy aussuchen? Sie erinnerte sich daran, dass sie nicht zu ihm fuhr, um ihn für sich zu gewinnen, sondern um mehr über seine Absichten mit der Familie Malt zu erfahren.

Der Zug fuhr in den Bahnhof in Richmond ein, und Tamara schleppte sich zum Taxistand. Als sie im Taxi saß, war sie für einen Moment verführt zu sagen: „Fahren Sie mich zum Norfolk Square, Nähe London Street“, aber dann bat sie den Fahrer doch, sie zum Gestüt „Ride through time“ zu bringen.

Er fuhr sie aus der Stadt hinaus und bog in einen Feldweg ein. Tammy wurde ganz mulmig, denn hier draußen sah es wie das Ende der Welt aus, als würde rein gar nichts mehr kommen. Während die Sonne sich zurückzog und ein apokalyptisches Licht auf die menschenleere Natur warf, wuchsen die Schatten der Bäume und Sträucher, um bald zur Finsternis der Nacht zu verschmelzen.

Nach einer halben Ewigkeit sah Tamara in der Ferne ein Tor, auf dessen oberstem Rand in Eisenlettern „Ride through time“ stand. Eine Mauer säumte das Gestüt ein.

Als Tammy näher kam, erkannte sie Stacheldraht darauf und Kameras am Tor und in regelmäßigen Abständen auf der Mauer.

Der Taxifahrer setzte sie vor dem Tor ab. Nachdem sie gezahlt hatte und er abfuhr, schluckte Tamara schwer. Nun stand sie einsam im Grünen. Weit und breit war kein Haus zu sehen. Das Gestüt glich einem Hochsicherheitstrakt. Und die ersten Sterne funkelten schon hell am Firmament.

„Was habe ich mir nur dabei gedacht?", schalt sie sich.

Sie schlang die Arme um den Oberkörper und suchte nach der Klingel. Es gab keine.

Plötzlich ertönte eine männliche Stimme: „Guten Abend. Was wünschen Sie?"

Tammy erschrak. Verwirrt schaute sie sich um und entdeckte ein Mikrophon unter einer der Kameras. Sie atmetet tief ein und aus und sagte laut: „Tamara Malt für Dorian Everheard."

„Erwartet er Sie, Miss?"

Genervt hob sie die Augenbrauen. Er würde sie doch hoffentlich nicht hier draußen stehen lassen, nur weil sie keinen Termin gemacht hatte.

Sie räusperte sich und antwortete gespielt selbstbewusst: „Nein, aber wenn Sie ihm meinen Namen nennen, wird er ganz bestimmt Zeit für mich finden."

Stille. Lediglich die Grillen zirpten, und zwei Vögel

lieferten sich ein Gesangsduell. Tammys Nervosität stieg. Immer wieder blickte sie sich um. Die Dunkelheit machte sie mürbe. Sie befand sich im unmittelbaren Jagdrevier der Vampire. Schutzlos stand sie im Nichts.

„Der Fahrer hätte warten sollen, bis ich im Gestüt bin."

Plötzlich ging das Tor surrend auf. Heraus fuhr ein elektronisches Auto, wie Tammy es vom Golfplatz her kannte. Der Mann, der darin saß, lenkte den Wagen einmal um sie herum und hielt neben ihr an.

„Guten Tag, Miss Malt. Mein Name ist Tyron Winchester. Ich bin der Verwalter des Gestüts und werde Sie zu Mister Everheard bringen. Steigen Sie bitte ein."

Er sprach mit amerikanischem Akzent. Seine Gesichtshaut sah aus wie gegerbtes Leder, ein wenig faltig, aber seine Augen strahlten wie Türkise. Er musste die meiste Zeit im Freien verbringen, in der Sonne, was Tammy milde stimmte, denn sie vermutete, dass er ein Mensch war.

Sie sprach sich innerlich Mut zu und stieg ein. „Danke."

Unauffällig betrachtete sie ihn. Sie schätzte ihn auf 60. Eine graue Strähne durchzog sein kastanienbraunes Haar. Die Ärmel seines blau-karierten Hemdes waren nach oben gekrempelt und ließen Tammy seine muskulösen Oberarme erkennen. Er schien kein Verwalter zu sein, der nicht von seinem Schreibtisch wegging, sondern mit anpackte.

Das machte ihn sympathisch in ihren Augen.

Tyron Winchester fuhr sie nicht zum Haus, das inmitten von Koppeln und Reitwegen stand, sondern zu dem etwas abseits gelegenen Stall. „Mister Everheard erwartet Sie bei den Boxen, Miss Malt."

Der Reitstall war hell erleuchtet. Langsam schritt Tammy auf das Tor zu, das weit offen stand. Dorian holte gerade einen schwarzen Hengst aus einer Box und band ihn in der Stallgasse am Putzplatz fest. Die anderen Pferde schnauften und scharrten in ihren Boxen mit den Hufen, als würden sie Dorian mitteilen, dass sie ebenfalls ausreiten wollten. Tamara bemerkte die Gitter an den Boxen, die von oben bis unten reichten, und durch einige Querstreben verbunden waren. Heuballen säumten die Gasse. Eine Auswahl von Peitschen, Gerten, Reitstöcken, Sätteln und Zaumzeug hing an der Wand am Eingang.

Dorian nahm einen Putzkasten von einem Regal und setzte ihn auf einer Kiste in der Nähe der Putzstation ab. Da bemerkte er Tammy. Schmunzelnd streichelte er den Rappen. „Wenn sich das Lamm in die Höhle des Löwen traut, ist das nun Mut oder Leichtsinn?"

Tammy ballte hinter dem Rücken die Hand zur Faust. Heute Nacht wollte sie sich nicht so leicht einschüchtern lassen! „Es tut mir leid, dass ich gestern bei der Besprechung im Hause meiner Eltern so früh gehen musste. Dir haben meine ersten Entwürfe nicht gefallen. Das ist dein gutes Recht. Geschmäcker sind verschieden. Daher dachte ich mir, wir könnten ein spontanes Brainstorming machen. Ich will den Geschäftspartner meines Vaters natürlich zufrieden stellen."

„Befriedigen willst du mich?" Lächelnd kam er näher.

Tammy zwang sich dazu, nicht rückwärts auszuweichen. Sie blieb, wo sie war, und verzog keine Miene.

„Die Familie Malt sollte sich in der Tat mehr ins Zeug legen", sprach er drohend und blieb eine Armlänge vor ihr stehen. Verachtend blickte er auf sie hinunter. „Immerhin ist sie von mir abhängig und hat bisher nichts geleistet. Deine Marketingvorschläge waren ein Desaster. Du scheinst abgelenkt zu sein. Konzentriere dich auf deine Arbeit, das rate ich dir."

„Abhängig?", fragte sie und bemerkte sehr wohl die Gefahr, die in der Luft schwebte, wie träger Zigarrenqualm, der das Atmen erschwerte. Ein Fehltritt und die höfliche Situation konnte kippen. „Planst du nicht, gemeinsam mit meinem Vater die Restaurantkette zu eröffnen? Ihr werdet bestimmt ein erfolgreiches Team …"

„Nein!", fuhr er sie an. „Er ist meine Marionette."

Tammy geriet in Rage. „Sprich nicht so über meinen Vater!"

„Geld regiert die Welt. Heißt es nicht so? Ich stelle 90 Prozent der anstehenden Kosten zur Verfügung und halte somit die Zügel in der Hand."

„90 Prozent? So viel?“

„George Malt hat absolut nichts zu sagen. Er gibt seinen Namen, ich das Geld. Alle Entscheidungen werden von mir getroffen. Und sollte er auch nur den Hauch einer Intrige planen, werde ich ihn bei voller Fahrt vom Zug werfen. Das trifft auf die gesamte Familie Malt zu!“ Er griff in ihre Haare und zog ihr Gesicht an das seine heran.

Tamara rang nach Luft. Mit so viel Offenheit hatte sie nicht gerechnet. Jetzt war die Wahrheit wie ein Schlag ins Gesicht. Dorian hatte ihren Vater in der Hand und Marcus ebenfalls. „Marcus hat nichts verraten. Ich hatte ihm eine Falle gestellt und …“

„Was hat er nicht verraten?“ Seine unergründlich dunklen Augen funkelten böse.

Tamara rügte sich in Gedanken, weil sie vor Nervosität Dinge ausplauderte, die sie lieber für sich behalten sollte. „Du weißt genau, wovon ich spreche. Du hast mir doch Sophie Langsdales Memoiren in den Briefkasten gesteckt.“

Er reagierte nicht. Seine Mimik war eingefroren.

Tammy spürte seinen Atem auf ihrer Wange. Es irritierte sie. Selbst eine vage Berührung wie diese ließ ihr Herz höher schlagen. Was besaß dieser Mann doch für eine übernatürliche Macht!

Ihr Blick schweifte langsam durch den Pferdestall. „Ist das eure Blutbank?“

Plötzlich lachte er laut. Er gab ihre Haare frei und schaute sie mitleidig an. „Du amüsierst mich immer wieder mit deinen lächerlichen Versuchen, Katz und Maus mit mir zu spielen. Sprich es doch endlich aus! Sag es mir ins Gesicht, und versuche nicht vor Angst den Boden unter den Füßen zu verlieren!“

Er schickte sie durch ein Bad der Gefühle. Fühlte sie sich sicher, entzog er ihr den Halt. Glaubte sie zu taumeln, fing er sie auf. Wieso nur erregte sie dieses abscheuliche Spiel?

Sie riss sich zusammen und sprach schnell, bevor sie der Mut verlassen würde: „Ist es unter der Würde eines Vampirs, Tierblut zu trinken?“

„Du redest schon wieder um den heißen Brei.“

„Ich weiß, dass du ein Vampir bist.“ Tammy hielt den Atem an. Ihr Blut rauschte in ihren Ohren.

Doch anstatt über sie herzufallen, streichelte er ihr Kinn. „Na endlich. Du kommst der Wahrheit langsam näher, doch mit ihr ist es wie mit der Hölle. Je näher man kommt, desto heißer wird es, bis es dich am Ende verbrennt.“

„Ich werde nicht in den Flammen umkommen!“, blaffte sie und stieß ihn von sich fort.

Auf einmal riss Dorian sie herum, schob sie in Richtung der Kiste, auf dem der Putzkasten stand, und klemmte sie zwischen seinem Körper und der Putzstation ein. Sein

Hengst scheute wiehernd, beruhigte sich aber genauso schnell wieder. Dorian schlang einen Arm um ihren Körper, mit der anderen hob er ihr Kinn an, sodass ihr Hinterkopf an seinem Brustkorb lag. Der Duft von „Minotaure" schwebte zu ihr und weckte die Erregung vergangener Treffen.

„Lehn dich nicht zu weit aus dem Fenster, so wie Marcus. Du wirst an seinem Beispiel sehen, was dann geschieht."

Mühsam sprach sie: „Bitte, tu ihm nichts. Er ist ein guter Mensch." Sie stockte bei ihren eigenen Worten.

„Das werden wir sehen", entgegnete er provokant. „Zumindest ist er ehrgeizig. Er will höher hinaus, als er bei deinem Vater kommen kann. In der ‚Loge Condannato' verspricht er sich gute Chancen. Er hatte schnell angebissen."

„Was hast du mit ihm vor?"

„Solltest du dir nicht lieber Sorgen um dich selbst machen?", säuselte Dorian in ihr Ohr. Seine Fingerspitzen kreisten verführerisch über ihr Dekolleté. Sie tauchten in ihre Bluse ein und umkreisten ihre Brustwarzen, ohne sie wirklich zu berühren. Nur den Warzenhof reizte er mit den Fingerkuppen, indem er zärtlich darüber strich, kaum spürbar und doch so reizvoll, dass Tamara das Atmen schwerfiel und sie die Augen schloss, um die sanfte Stimulation intensiver wahrzunehmen. Das Gefühl war unerträglich für Tammy, denn es steigerte ihre Erregung, ohne sie zu befriedigen. Auf einmal spürte sie seine Lippen an ihrem Hals. Fordernd saugten sie an ihrer Haut wie Saugnäpfe.

Doch als er an ihrem Nacken knabberte, breitete sich Panik in Tammy aus. Sie riss die Augen auf und schrie leicht hysterisch: „Beiß mich doch endlich. Du hast so viele Möglichkeiten ungenutzt verstreichen lassen."

„Ich dachte, du könntest mich besser einschätzen", erwiderte er abfällig. „Erst spielt der Kater mit der Maus, und wenn er genug hat, tötet er sie. Aber meinen Trieb hast du noch nicht genug befriedigt."

Auf einmal kam ihr Samantha in den Sinn. Hatte er sie mit der gleichen Taktik weichgekocht? „Ich bin nicht die Einzige, die diesen Job übernimmt. Sicherlich war der Abend mit meiner Schwester ebenso unterhaltsam."

Schwungvoll drehte Dorian sie um. In diesem Moment entwischte Tammy ihm, indem sie unter seinem Arm hindurchtauchte, und flüchtete hinter den Hengst. Dorian drängte sie gegen die Gittertür einer Box. Er stützte sich links und rechts neben ihrem Kopf ab und schmunzelte.

„Höre ich da etwa Eifersucht heraus?"

„Ich wünsche Sammy Jo nur Gutes."

Schnaubend schüttelte er den Kopf. Er hatte die Anspielung verstanden.

„Wage es nicht, meiner Familie wehzutun, Dorian!

Auch wenn mein Vater ewig enttäuscht sein wird, dass ich mich weigere, das ‚That Delicous Bite' zu führen, und der Konkurrenzkampf mit Samantha nie enden wird, so bedeutet mir meine Familie alles."

„Du drohst mir?", fragte er, griff mit einer Hand ihren Hals und streichelte mit dem Daumen ihre Haut, als würde er die Stelle markieren, in die er später seine Zähne bohren wollte.

„Ich weiß, du planst etwas. Meinen Vater hast du mit Geld geködert, Marcus mit Karrierechancen in der ‚Vampir-Loge' und meine Schwester mit Sex …"

Er legte ihr seine Hand auf den Mund und brachte sie so zum Schweigen. „Du willst gegen mich kämpfen, Tammy, aber mit Behauptungen gewinnt man keine Auseinandersetzung." Er nahm die Hand fort. „Ist es nicht eher so, dass du eifersüchtig bist, weil Sam mit mir den Abend verbracht hat und nicht du?"

Sie biss die Zähne zusammen.

„In Wahrheit zerfrisst es dich innerlich, und du fragst dich die ganze Zeit, ob Sam und ich es miteinander wie die Karnickel getrieben haben oder nicht."

Tammy wollte widersprechen, brachte aber keinen Ton heraus.

„Du wünschst dir, die einzige Frau zu sein, in deren Löcher ich eintauche, deren Saft ich von ihrer Klitoris mit der Zunge ablecke, wie Sahne von einer Erdbeere und die ich dazu bringe, vor Lust zu wimmern."

„Ich will das nicht hören. Hör auf!"

„Du bist unter meinen Berührungen dahingeschmolzen wie Butter, dabei war ich ein Fremder für dich. Ich hätte dich dazu bringen können, alles für mich zu tun. Wie leichtlebig!"

„Sag, ich bin eine Hure, und ich ziehe mein Knie nach oben!" Sie zitterte vor Wut.

„Das würdest du dich nicht trauen."

Just in dem Augenblick, als Tamara ihm in den Unterleib treten wollte, presste er seine Lenden gegen ihren Venushügel und küsste sie hart und unnachgiebig. Erst als sie aufhörte zu zappeln, wurde sein Kuss immer milder, bis er schließlich lasziv ihre Lippen mit den seinen massierte und sie mit seiner Zärtlichkeit in den Wahnsinn trieb.

„Du schmilzt schon wieder dahin", säuselte er, ohne von ihr abzulassen.

Ruckartig wandte sie den Kopf ab. Aber er fasste ihre Wangen und zwang sie, ihn anzusehen.

„Ich habe nichts dagegen, wenn du zur Hure wirst, solange du nur die meine bist! Sei zügellos, verrucht, aber spreize die Schenkel ausschließlich für mich, meine Schöne."

Ihre Stimme klang dünn. „Und was ist mit dir?"

„Du meinst wohl – was läuft zwischen Sam und mir?"

Er hauchte ihr einen Kuss auf jede Wange knapp unter den Augen, als wollte er imaginäre Tränen wegküssen. „Welcher Mann, der nur einen Funken Stolz und Ehre besitzt, greift bei einer Ware zu, die in der Auslage liegt und sich ihm anbietet? Mich reizt, was versteckt im Hinterzimmer liegt und sich nicht jedem Käufer feilbietet."

Erleichtert atmete Tammy auf. Er hatte nicht mit ihrer Schwester geschlafen. Ihr fiel ein Stein vom Herzen. Doch was war mit Kalestra? Sie musste es wissen. Die Vampirin war jetzt die Einzige, die zwischen ihnen stand. „Hast du Sophies Memoiren gelesen?"

Er antwortete nicht.

„Natürlich hast du. Sophie erwähnt darin eine Frau, eine Vampirin, deine Geliebte ..."

„Was weißt du von Kalestra?", schrie er plötzlich. Er ging um den Hengst herum und trat wutentbrannt gegen den Putzkasten. Polternd fiel er auf den Stallboden. Der Kasten brach entzwei. Die Utensilien lagen verstreut. „Du gehst jetzt besser, Tammy."

Sie sah ihre Felle wegschwimmen. Wenn sie sich jetzt trennten, würden sie nie wieder zusammenfinden. Kalestra trieb einen Keil zwischen sie. Das durfte Tamara nicht zulassen. Sie war Dorian schon so nah gekommen und hatte ihm einige Details entlocken können. Jetzt wollte sie nicht aufgeben!

Er schritt in Richtung Ausgang. Tammy lief ihm hinterher und ergriff seinen Arm. „Es tut mir leid, wenn ich eine alte Wunde aufgerissen habe“, behauptete sie einfach, in der Hoffnung, mehr Details aus ihm herauszukitzeln.

„Du weißt rein gar nichts!“

„Bitte bleib.“

Auf einmal nahm er blitzschnell eine Peitsche von der Wand und trieb Tammy damit gegen die letzte Box vor dem Ausgang. Er ließ den Lederriemen vor ihr tänzeln. Seine Miene war so finster wie die Nacht. Sie war zu weit gegangen!

„Beruhige dich, bitte.“

„Erwähne nie wieder ihren Namen, nicht du“, sagte er drohend und schlug gegen die Gitterstäbe, knapp an ihrem Oberarm vorbei.

Tammy verstand nicht. Was hatte sie mit Kalestra zu tun? Sie war gekommen, um Antworten zu erhalten, und nun taten sich neue Fragen auf. Es gab also ein weiteres Geheimnis, eins, das sie mit einbezog. Aber das war unmöglich! Sie war weder Sophie noch Jeremy jemals begegnet, und an Vampire hatte sie bis vor Kurzem nicht einmal geglaubt.

„Bitte leg die Peitsche weg“, flehte sie.

Er schüttelte den Kopf. „Das geht nicht. Ich brauche sie noch.“

„Du wirst mich doch nicht schlagen? Auf meinem Herzen würden die Striemen mehr brennen als auf meinem Körper.“ Sie erschrak über ihre Ehrlichkeit. Tränen traten in ihre Augen.

Rasch ging Dorian zu ihr. Er legte den Lederriemen um ihren Hals, kreuzte die Enden und hielt sie fest, sodass der Riemen zwar gespannt war, sich aber nicht in ihre Haut drückte. Es war mehr eine bedrohliche Geste. „Sogar das würdest du mir zutrauen. Das ist gut so. Fürchte dich vor mir, Tammy, denn Furcht bewahrt dich davor, unüberlegte Schritte zu machen. Wir stehen nicht auf derselben Seite.“ Er nahm die Peitsche fort. „Aber bei allem, was mir heilig ist, ich schlage meine Stuten nicht!“

Tammy riss die Augen auf. Dieser Mann war unglaublich, die ganze Situation so unwirklich! Nähe. Distanz. Nähe. Distanz. Würde das jemals aufhören? Nur er konnte das grausame Spiel beenden. Tränen liefen ihre Wange hinunter. Dorian legte seine Hände an ihr Gesicht und fing die Tränen mit den Daumen auf. Dann küsste er Tammy vorsichtig, so als wollte er ihr nicht wehtun. Seine Zunge fuhr ihre Unterlippe entlang und drang langsam in ihren Mund ein, um sich auf die ihre zu legen und sich an ihr zu reiben, als würden ihre Körper nackt und feucht vor Erregung und Anstrengung aufeinander liegen.

Als er den Kuss löste, wisperte Tamara: „Du drängst mich an den Abgrund, doch anstatt mich hinunterzustürzen, ziehst du mich kurz vor dem Fall fast liebevoll beschützend vom Abhang weg. Dann beginnt dein Spiel erneut. Wieso? Du raubst mir meine Kraft."

„Besser als dein Blut", hauchte er. „Und nun werde ich dir schon wieder deine Energie stehlen."

Dorian schaute ihr tief in die Augen, als er ihren Rock bis zu den Hüften hochzog. Lächelnd schob er den Slip zu ihren Schenkeln hinunter, sodass dieser auf den Stallboden fiel. Dorian legte geschickt den Lederriemen der Peitsche um ihren rechten Oberschenkel und zog ihn im 90-Grad-Winkel nach oben. Dann band er den Riemen an einem Querstreben des Gittertors der Pferdebox fest.

„Dorian, nicht!", rief Tammy, doch noch bevor sie ihn davon abhalten konnte, sie zu fesseln, zog er langsam den Gürtel aus seiner Hose und grinste herausfordernd.

„Lass das, bitte", bettelte sie. „Das geht mir zu weit. Ich mag nicht angebunden werden." Sie dachte an Jeremy, dem Sophie Fesseln anlegen musste, damit er nicht der Raserei verfiel und sie im Liebesrausch aussaugte. Sollte Tamara da nicht lieber Dorian anbinden? Aber schon bei ihren ersten sexuellen Ausschweifungen in Jeremys finsterem Haus hatte Dorian Disziplin bewiesen, denn er hatte sich selbst keine Erleichterung verschafft.

Doch alles Betteln half nicht. Dorian legte ihr den Gürtel um den Hals, als wäre sie ein Hund, und band sie am Gitter fest. „Ich fessele dich doch gar nicht. Deine Hände sind frei."

Aber als sie den Gürtel lösen wollte, riss er eine Gerte

aus ihrer Wandhalterung und hielt Tamara das breite Ende an die Wange. „Finger weg! Sonst schenke ich dir ein Feuermal, das dich noch nächste Woche an mich erinnern wird."

Tamara lachte. „Das waren meine Worte bei unserem ersten Treffen an den steinernen Dämonen." Artig nahm sie die Hände runter.

„Alles kommt zurück", sagte er und betrachtete sie von den Zehenspitzen über ihre entblößte Scham bis zum blonden Lockenkopf. „Ein schönes Bild, aber etwas stimmt noch nicht." Er trat an sie heran, knöpfte ihre Bluse auf und streifte sie über ihre Schultern.

Instinktiv winkelte Tammy die Arme an, damit die Bluse nicht zu Boden fallen konnte.

„Tststs. Wie unartig!", säuselte Dorian und legte das Ende der Gerte auf ihre Klitoris. „Schutz oder Strafe, es ist deine Entscheidung."

„Du würdest nicht wirklich ..." Sie wagte nicht, den Satz zu Ende zu bringen. Schweiß perlte zwischen ihren Brüsten. Kaum merklich zog Tammy an ihrem rechten Bein, in der Hoffnung, dass sich der Peitschenriemen lösen würde, doch Dorian hatte ihn gut verknotet.

Er hob die Augenbrauen. „Würde ich nicht?"

Sein ernster Gesichtsausdruck verunsicherte und erregte sie zugleich. Tammy ließ die Arme locker. Die Bluse glitt hinab. Nun stand Tamara ohne Höschen mit gespreizten Schenkeln und blankem Busen vor *ihm*, der noch komplett angezogen war.

Plötzlich warf Dorian lachend den Kopf in den Nacken. Er nahm die Gerte fort und rieb mit der freien Hand sanft über Tammys Schläfe. „Ist sie nicht erregend, die Angst? Du liebst die Gefahr, sonst wärst du heute Nacht nicht hierher gekommen."

Tamara hasste ihn dafür, dass er sie immer wieder aufs Neue durchschaute. „Ich fürchte mich aber auch davor, dass du zu weit gehst."

„Vertrau mir." Liebevoll küsste er sie, lang und atemlos und streichelte dabei ihre Warzenvorhöfe, ohne ihre Spitzen selbst zu berühren.

Sie gab sich ihm ganz hin, obwohl sie wusste, dass zwei Feinde sich nicht vertrauen durften. „Wir stehen nicht auf derselben Seite", hatte er gesagt. Aber wenn die Fronten geklärt waren, warum verführte er sie dann erneut? Es machte Tammy verrückt, dass er ihre Brustwarzen nicht liebkoste. Ständig kreiste er um sie herum, dabei wünschte Tamara sich so sehr, dass er die roten Knöpfe endlich zwischen Daumen und Zeigefinger hin und her rollte, an ihnen saugte und die nassen Spitzen mit seinem kühlen Atem neckte. Die Brustknospen waren mittlerweile hochempfindlich. Sie waren bereit für ihn, verlangten nach mehr. Doch er verlor sich in einem Kuss, stieß mit der Zunge in den Spalt zwischen ihre Lippen und tauchte ein in ihren

Mund, damit ihre Feuchtigkeit miteinander verschmolz.

Nach einer Ewigkeit löste er sich von Tammy. Dorian nahm die Gerte und streichelte mit dem flachen Ende von ihrer linken Wade hoch über das Knie bis zur Innenseite ihres Oberschenkels. Das Gleiche machte er mit dem hochgebundenen Bein und vermied dabei tunlichst, ihren Schoß zu berühren. Er legte die Gerte in das Tal am obersten Punkt des Schenkels, dorthin, wo die Schamlippen begannen, und zog sie quälend langsam von vorne nach hinten. Intensiver rieb die Gerte sich an der Labie, als Dorian das neckische Spiel an dem Bein wiederholte, auf dem Tammy stand, weil das Tal kleiner war. Tamara wünschte sich so sehr, dass er das Spielzeug an ihre Pospalte legen und vom Anus aus zwischen ihre kleinen Schamlippen hindurch über ihre Vagina nach vorne ziehen würde, aber er mied ihre Mitte wie der Teufel das Weihwasser. Er trieb sie in den Wahnsinn! War dies das Schicksal, das er für die älteste Tochter des Hauses Malt geplant hatte?

„Dorian, quäl mich nicht so“, stöhnte sie, und es fiel ihr unendlich schwer, ihre Schwäche ihm und sich selbst gegenüber einzugestehen.

Er küsste sie auf die Augenbraue. „Tue ich das?“

„Das weißt du genau. Du weißt immer, was du tust.“

„Dann fleh mich doch an, dich an deinem erhitzten, nach Geilheit duftenden Schoß zu berühren.“

„Ich denke nicht daran.“

„Und ich denke nicht daran, dich dort anzufassen, wo du es gerne hättest.“ Dann flüsterte er ihr ins Ohr: „Das musst du schon selbst machen.“

„Wie bitte?“ Sie glaubte, sich verhört zu haben.

„Streichele dich. Deine Hände sind doch frei.“

Also hatte er sich doch etwas dabei gedacht, sie zu fesseln, aber gerade ihre Hände nicht, dieser Schurke. „Niemals!“

„Warum nicht?“

„Weil ich mich nicht vor dir erniedrige“, schoss es aus ihr heraus.

Lachend schüttelte er den Kopf. „Welch ein Unsinn! Darum geht es doch gar nicht, sondern darum, die Lust auszuleben, die sich in dir aufgestaut hat. Sie macht dich durstig! In diesem Augenblick schwellt sie zwei hochrote Knospen an und läuft an der Innenseite deiner Schenkel hinab.“

„Aber weshalb stillst du nicht meine Gier?“

„Weil es mich erregt, dich masturbieren zu sehen.“

Wieder diese Offenheit. Er knallte sie Tammy jedes Mal um die Ohren, wenn sie es am wenigsten erwartete. „Oh“, brachte sie nur heraus. Sie wollte ihm einheizen, ja, aber doch nicht, indem sie sich selbst streichelte.

Dorian nahm ihre Hand und führte sie zu ihrem Schoß. Dann trat er einige Schritte zurück. Er betrachtete mit Genugtuung, wie sie so offenherzig vor ihm stand.

Aber dann kraulte er sein Kinn, als würde er über etwas nachgrübeln. „Nun sieht meine Stute wunderschön aus, aber meinen Hengst habe ich immer noch nicht gestriegelt.“ Auf einmal rief er laut: „Tyron, komm bitte in den Reitstall und kümmere dich um meinen Rappen. Ich will gleich reiten.“

„Dorian, bist du verrückt? Das kannst du mir nicht antun“, rief Tammy panisch, doch es war zu spät.

Der Verwalter des Gestüts stand schon im Stall neben Dorian. Als er Tamara sah, hob er die Augenbrauen und grinste. „Gerne, Mister Everheard.“ Feixend hob er die über den Boden verstreuten Utensilien auf und begann das schwarze Pferd zu striegeln. Hin und wieder schaute er zu ihr rüber, auffällig unauffällig, ließ aber nicht von seiner Aufgabe ab.

Tamara wollte im Boden versinken. Sie zeigte sich nicht gerne fremden Menschen und erst recht keinen Männern, zudem in einer solch peinlichen Pose. Nun kannte Tyron Winchester jede Falte ihrer Scham! Sie wollte das nicht, auch nicht die Erregung spüren, die in ihr hochstieg.

„Fahr fort“, forderte Dorian sie auf.

Sie versuchte den Gürtel von ihrem Hals zu lösen, was nicht einfach war, da der Knoten hinten im Nacken saß. „Niemals!“, schrie sie wütend.

„Das hast du schon zu oft gesagt“, rügte er sie scharf, „und es am Ende doch getan. Vertrau mir. Es wird dir

Spaß machen." Er kam heran und legte das Ende der Gerte auf die Hand, die immer noch am Gürtel lag. Eindringlich schaute er ihr in die Augen. „Versuch es wenigstens. Sollte es dir nicht gefallen, werde ich dich losbinden und ein Taxi rufen."

Tammy war durcheinander. Sie wollte ihre Lust nicht zur Schau stellen. Gehen wollte sie aber auch nicht. Eigentlich machte ihr das Spiel sogar Spaß, und doch war es nicht so einfach, die eigenen inneren Blockaden zu durchbrechen. „Hilf mir", bat sie.

Er küsste sie liebevoll und führte ihre Hand zu ihrem Venushügel. Fordernd führte er sie, leitete sie, sodass ihr Handrücken über die kleine Wölbung rieb, die gewöhnlich von einem dunklen Dreieck verdeckt wurde und bei Tammy rasiert und samtigweich war. Sie schielte zu Tyron Winchester, dessen verstohlene Blicke nun ihre Erregung anheizten, obwohl ihre erste Reaktion Flucht gewesen war. Aber eben dieses Quäntchen Verruchtheit, dieses Loslassen von allen Konventionen, machte sie unglaublich heiß. Tamara erkannte sich selbst nicht wieder! Da standen zwei Männer vor ihr, die beobachteten, wie ihre Hand zwischen ihren weit gespreizten Schenkeln verschwand und über ihre Scham glitt. Erschrocken bemerkte Tammy die Feuchtigkeit an ihrem Unterleib. Die cremige Nässe klebte an ihrer Hand, die sich unentwegt vor und zurück bewegte und somit sanft über ihre Klitoris glitt, als würde sich ein Glied an ihr reiben, als Vorbreitung, um schon bald wie ein glitschiger Wurm in sie hineinzustoßen.

Ihre Lust wuchs. Sie genoss es mittlerweile, sich vor den Augen von Dorian und Tyron selbst zu befriedigen. Da kam Tammy eine Idee. Dorian wollte nicht an ihrer Triebhaftigkeit aktiv teilhaben? Er würde es bereuen! Um ihn zu reizen, schloss sie die Augen. Sie stöhnte sinnlich und lehnte sich lasziv gegen das Gitter. Begleitet von einem Seufzer spreizte sie die Finger und rieb mit Zeige- und Ringfinger je über eine große Schamlippe. Immer wenn ihr Mittelfinger die Klitoris streifte, wimmerte sie leise. Ihre Labien schwollen an. Tammy spürte ihre eigene Hitze an den Fingerspitzen. Sie drang mit dem Mittelfinger in sich ein, aber durch die Fessel an ihrem Hals kam sie nicht weiter.

„Du möchtest etwas in dir spüren?", fragte Dorian mit einem geheimnisvollen Unterton in der Stimme.

Das konnte nichts Gutes verheißen, befürchtete Tammy und war gleichzeitig gespannt, welche Überraschung er nun wieder für sie bereithielt.

Er hielt die Gerte hoch und begutachtete den Nubukgriff. Zufrieden lächelte er.

Tammy rang um ihre Fassung. „Das kann nicht dein Ernst sein! Oh doch, es ist dein Ernst. Das, was du vorhast, ist aber unmöglich! Du kannst nicht den Griff in meiner Vagina versenken. Er würde nicht passen. Er … er … er ist viel zu groß und hart und würde mir wehtun, mich vielleicht sogar verletzen."

„Warum sparst du dir nicht deine Kraft für den Orgasmus, wo du doch weißt, dass *es* geschehen wird, egal wie sehr du jammerst?" Lässig ging er zu ihr. Er hielt ihr den Griff vor die Nase. Dann geschah alles so schnell, dass Tammy sich kaum wehrte. In Windeseile löste er ihre beiden Fesseln. Er drängte sie zu dem Heuballen, der neben der Putzstation stand und legte sie mit dem Bauch darauf. Während Tyron neben Tammys Gesicht die Hufe des Wallachs ausschabte, öffnete Dorian Tamaras Beine und stellte seine Füße davor, sodass sie außerstande war, sie zu schließen. Mit seinem Körper fixierte er sie.

Er atmete schwer, als er den Nubukgriff der Gerte durch ihre triefenden Falten zog, ihn mit ihrer duftenden Nässe besudelte und ihr den aalglatten Ersatzdildo vor das Gesicht hielt. „Es wird nicht schmerzen. Du musst nur locker lassen. Entspann dich und genieße den Ritt, meine Stute." Er erhob sich ein Stück und setzte den Griff an ihre Scheide an.

Tammy versuchte, sich nicht zu verkrampfen. Sie freute sich sogar auf die neue Erfahrung. Schon immer hatte sie hemmungslos sein wollen, trat aber lieber die Flucht an, als Mut zu beweisen, und steckte die überschüssige Energie in die Arbeit. So wollte sie nicht länger leben! Dorian zwang sie auf sanfte Weise, sich seinem Liebesspiel zu ergeben, und sie war sicher, er würde sie tatsächlich gehen lassen, wann immer sie darum bitten würde.

Langsam wurde ihr Becken lockerer. Sie spürte den leichten Druck der Gerte, die sich Einlass verschaffte. Immer kräftiger drängte sie sich hinein in Tammys Vagina, wollte sie ausfüllen, sie besitzen, und Tamara gierte danach, das harte Ding in sich zu spüren. Dorian führte den Griff vorsichtig ein, drehte ihn langsam in ihrer Scheide wie eine Schraube. Schmatzend gab ihre Vagina nach und nahm die Gerte in sich auf. Als der Griff komplett in ihr steckte, begann Dorian ihn ein Stück herauszuziehen, um ihn gleich darauf wieder hineinzupressen. Immer fordernder wurden seine Bewegungen. Rhythmisch nahm Dorian Tamara mithilfe einer Gerte. Der Nubukgriff stieß in sie hinein, als wäre es Dorians Phallus, und doch war es verruchter, eben weil es ein Objekt war, durch das er Tammy nahm. Allein dieses Bewusstsein heizte Tamara ein, ebenfalls die Gewissheit, dass Tyron sie beobachtete, während Dorian sie immer mehr an den Rand des Wahnsinns trieb. Ihr Stöhnen schwoll an, ebenso ihre Erregung, sodass sie ihre Finger in das Heu krallte und schließlich, einen kurzen Schrei ausstoßend, zuckend auf dem Ballen zusammenbrach. Erschöpft lag sie dort und nahm nur entfernt wahr, wie Dorian den Griff aus ihrer Scheide zog. Er streichelte ihren Rücken, ließ ihr das Nachglühen. Müde setzte Tammy sich auf. Dorian reichte ihr ein Handtuch, mit dem sie ihren Unterleib trocken rieb. Während Tyron den Rappen sattelte, zog sie Slip und Bluse an. Sie wollte nur noch nach Hause. Ihr Bett rief, und der Weg bis zum Norfolk Square war weit.

Dorian küsste sie ein letztes Mal. „Tyron fährt dich heim." Dann sprang er auf den Wallach, bereit, in die Nacht hinauszureiten. Doch zuvor sagte er: „Du hast dir ein weiteres Puzzleteil verdient, Tammy."

Sie horchte auf. Wut zeichnete sich auf Dorians Gesicht ab. Sie verstand seinen plötzlichen Sinneswandel nicht.

„Sophie Langsdale, geborene Ashford, ist deine Vorfahrin. Du stammst aus der gleichen Blutlinie. Daher rate ich dir, sei auf der Hut", sprach er und galoppierte davon. Tamara war wie vor den Kopf gestoßen. Welch eine Neuigkeit! Er teilte ihr das mit und ritt davon, raubte ihr damit die Möglichkeit, ihn auszufragen. Dorian war und blieb ein Schuft!

Tyron, der Tammy in die City fuhr und den sie mit Fragen bombardierte, murmelte lediglich: „Ich bin diskret, in jeder Hinsicht, Miss."

Vor wem sollte sie auf der Hut sein? Welche Konsequenzen hatte es, dass sie Sophies Nachfahrin war? Wieso hatte er mit der Nachricht hinter dem Berg gehalten? Er versteckte etwas, aber aus irgendeinem Grund ließ er sie Stück für Stück an seinem Geheimnis teilhaben.

Als Tammy endlich in ihren eigenen vier Wänden nach einer heißen Dusche im Bett lag, ließen sie die Gedanken an ihre Verwandte nicht ruhen. Sie war nicht länger erschöpft, sondern hellwach. „Die Antworten auf meine Fragen finde ich nur in Sophies Memoiren“, sagte sie sich und nahm das Lederbuch.

* * *

Schweren Herzens ließ ich mich auf den Stuhl hinter der Bar sinken, nahm das Geschirr aus der Waschschüssel und trocknete es lustlos ab. Meine Gedanken wanderten immer wieder zu Jeremy und seinem Angebot, mich zu seiner ewigen Gefährtin zu machen. Wie sollte ich mich entscheiden? Was ich auch tat, ich konnte nur verlieren.

Vater, Elisa und Martha waren längst aufgestanden und gingen ihrem Tagewerk nach. Aus der Küche hörte ich ein Husten, und Qualm kam unter dem Türspalt hervor. Der Geruch frisch gebackenen Brotes stieg mir in die Nase. Alles war genauso wie immer.

Meine Familie ahnte nicht, wo ich die letzte Nacht verbracht hatte und dass ich erst am Morgen ins Ashford's Pub zurückgekehrt war. Ich hatte das Pferd in der Nähe der Docks zurückgelassen und war den langen Weg von

London nach Westminster zu Fuß gelaufen. Die Hafenarbeiter würden das Tier früher oder später finden und auf das Handelsschiff bringen.

Gedankenversunken blickte ich zum Almanach der Rituale, den ich neben mir auf einen Schemel gelegt hatte, als Martha aus der Küche kam.

„Dein Vater kann mir sagen, was er will, aber der Ofen funktioniert nicht! Er müsste mal wieder entrußt werden. Ich bin fast erstickt, als ich das Brot herausnahm. Die ganze Küche qualmt schon.“ Sie trat näher an mich heran und hielt plötzlich inne. „Oh Kind, wie siehst du denn aus? Hast du schlecht geschlafen?“

„Um ehrlich zu sein, ich habe kein Auge zugetan.“

„Wie schrecklich. Liebeskummer?“

Martha hatte ins Schwarze getroffen. Zwar war ich mir Jeremys Liebe gewiss, dennoch konnten wir nur zusammen sein, wenn auch ich eine Untote und somit unsterblich wurde. Vater würde es mir nie verzeihen, wenn ich mich für die Seite der Vampire entschied. Konnte ich damit leben, meine Familie für immer zu verlieren? Martha sah mich mit ihren gutmütigen Augen an. Wie gern hätte ich mich ihr anvertraut. Doch ich konnte es nicht! Sie wusste nicht einmal, dass Vampire existierten.

Marthas Blick fiel auf das Buch, das ich aus der Bibliothek der „Condannato“ unerlaubt mitgenommen hatte. Sie hob es auf und betrachtete es irritiert von allen Seiten.

Auf dem Einband klebte noch immer eine dicke Staubschicht.

„Ich wusste gar nicht, dass du lesen kannst, Schatz."

„Das kann ich auch nicht."

„Welchen Sinn hat ein Buch, wenn man nicht darin lesen kann?"

„Ich muss nur jemanden finden, der es mir vorliest. Eine Passage ist auch in Latein, sagte man mir."

„Dann solltest du dich an Mister Ignatius wenden."

„An Ignatius? Wieso ausgerechnet an ihn?"

„Er hat gestern Abend ein paar Schriftstücke übersetzt. Ich bin mir sicher, er kann dir weiterhelfen. Ich glaube, er ist so eine Art Gelehrter oder wie man diese klugen Köpfe heutzutage nennt. Er drückt sich immer sehr gehoben aus. Macht einen klugen Eindruck auf mich, der Mann. Du solltest ihn fragen."

Mir war nicht wohl bei der Sache. Um Ignatius machte ich lieber einen großen Bogen. Mein Misstrauen ihm gegenüber war viel zu groß, als dass ich mich auf ihn einlassen wollte. Andererseits war er womöglich meine einzige Chance. Wer sprach und verstand schon Latein? Die meisten Menschen konnten nicht einmal in ihrer eigenen Sprache lesen und schreiben. Und an einen Priester wollte ich mich nicht wenden. Sicherlich sah er im Almanach der Rituale eine Fibel über die Schwarze Magie oder die Teufelsanbetung. „Vielleicht hast du Recht, Martha. Fragen kostet nichts." Martha nickte zufrieden und verschwand wieder in der Küche.

Ignatius ließ auch an diesem Morgen nicht lange auf sich warten. Schlaftrunken kam er die Treppe heruntergewankt und setzte sich an seinen Stammtisch. Die Beine legte er ausgestreckt auf den Stuhl neben sich. Offensichtlich fühlte er sich bei uns schon wie zu Hause. Dango nahm ihm gegenüber Platz. Ohne sich die Hand vor den Mund zu halten, gähnte er ausgiebig und rieb sich den Schlaf aus den Augen. Vielleicht haben die beiden die Nacht auch nicht in ihren Betten verbracht, vermutete ich und eilte mit einem Brotkorb beladen auf sie zu.

„Darf ich mich zu Euch setzen?", fragte ich und stellte den Weidenkorb vor Dangos Nase ab.

„Guten Morgen, Miss Sophie. Natürlich. Setzt Euch nur. Was für eine unerwartete Ehre." Ignatius lächelte charmant. Dango sagte nichts und starrte mich nur mit seinen kleinen Schweinsaugen argwöhnisch an, bevor er eine Brotscheibe aus dem Weidenkorb nahm und sie entzweibrach. Gierig stopfte er sich den noch warmen Teig in den Mund.

„Ich brauche Eure Hilfe."

„Meine Hilfe, Miss Sophie? In welcher Angelegenheit?"

Ich zog den Almanach unter meinem Leinenhemd hervor, schlug die Seite mit dem lateinischen Text auf und reichte Ignatius das verschmutzte Büchlein. Stirnrunzelnd überflog er die Zeilen. „Rituale? Seit wann beschäftigt Ihr Euch mit Magie?"

„Könnt Ihr die Schrift lesen?" Ich deutete auf den lateinischen Text oder zumindest das, was ich in meiner Unerfahrenheit dafür hielt.

„Das könnte ich." Er blätterte interessiert durch die vergilbten, handgeschriebenen Seiten, bis etwas auf der Innenseite des Einbands seine Aufmerksamkeit erregte. Fassungslos schüttelte er den Kopf. „Woher habt Ihr dieses Werk?"

„Das ist im Moment nicht wichtig. Bitte helft mir, Ihr müsst den lateinischen Text für mich …"

Ignatius fegte plötzlich den Brotkorb samt Aufschnitt vom Tisch, beugte sich zu mir vor und funkelte mich gefährlich an. Ich erschrak dermaßen, dass ich sekundenlang nichts tun konnte, außer stocksteif dazusitzen und ihn anzustarren. Aus den Augenwinkeln sah ich, dass es Dango nicht anders ging.

„Condannato! Sagt Euch der Name etwas?"

Mir blieb das Herz fast stehen. Woher wusste Ignatius von den Vampiren? Das alles musste ein böser Traum sein!

„Nein …, den … Namen habe ich noch nie gehört." Meine glühenden Wangen straften mich Lügen. Er hatte mich längst durchschaut, wenn er kein Narr war.

„Das Buch stammt aus ihrer ‚Loge'! Das Siegel auf der Innenseite verrät es! Ich weiß, dass Ihr Kontakt zu ihnen habt. Sophie, ich muss Euch warnen, Ihr spielt mit Mächten, die Ihr nicht versteht."

„Ist alles in Ordnung?", fragte Martha besorgt und kam aus der Küche geeilt. Der Lärm musste sie angelockt haben. Ignatius lehnte sich wieder zurück und atmete tief durch. Ich sah ihm an, dass es ihm schwerfiel, sich zu entspannen.

„Natürlich. Alles bestens!" Ich wollte die Schankmagd nicht auch noch in Schwierigkeiten bringen.

„Dann ist es gut; ich dachte schon, ihr würdet euch streiten. Seht mal, hier, ich habe Kuchen gebacken. Ihr seid die Ersten, die probieren dürfen." Mit einem strahlenden Lächeln stellte sie ein Tablett mit drei gleich großen Stücken auf den Tisch. Dango lief das Wasser im Munde zusammen. Ich hingegen konnte in dieser Situation keinen Bissen herunterbekommen.

„Vielen Dank, Miss Martha. Ich bin sicher, Ihr habt Euch wieder einmal selbst übertroffen", schmeichelte ihr Ignatius.

Martha lief rot an wie ein junges Mädchen, winkte verlegen ab und sagte: „Probiert doch erst einmal, bevor Ihr Euch ein Urteil bildet. So, jetzt will ich Euch aber nicht länger aufhalten. Ihr habt sicher noch einiges zu besprechen."

Martha zwinkerte mir zu und verschwand wieder in ihrem Küchenreich.

„Sie kann wirklich gut backen", sagte Dango schmatzend.

„Dafür haben wir jetzt keine Zeit", ermahnte Ignatius seinen Helfer und riss ihm das Stück Sandkuchen aus der Hand, bevor er sich wieder mir zuwandte.

„Ich denke, wir sollten uns jetzt unterhalten, Miss Sophie!"

„Ich sehe keinen Grund, warum ich das tun sollte!"

„Ach nein? Dann ist Euch also nicht am Wohl Eurer zauberhaften Schwester gelegen?"

Ich spürte, wie mir förmlich die Farbe aus dem Gesicht wich. Wieso kam er ausgerechnet jetzt auf Elisa zu sprechen? Was hatte sie mit der ganzen Sache zu tun?

„Es ist nur allzu offensichtlich, dass Miss Elisa unter Wahnvorstellungen leidet. Sie spricht andauernd von Vampiren und einem nicht vorhandenen Kind. Menschen wie sie gehören in ein Tollhaus. Kennt Ihr ‚Bedlam'? Nein? Dann will ich Euch aufklären. So wird das Bethlehem Hospital in London genannt. Bedlam ist der Ort der Verrückten. Und wisst Ihr auch, wie man mit ihnen umgeht? Ich sage es Euch. Dort gibt es keine Betten. Die Irren werden angekettet und schlafen auf Stroh. Manchmal werden sie auch gegen Bezahlung einem schaulustigen Publikum vorgeführt. Denkt Ihr, Elisa würde es dort gefallen?"

„Ihr seid … ein … Schwein!“, schrie ich ihn an.

„Bitte, bitte. Beruhigt Euch. Nicht so laut. Wir wollen doch nicht, dass die gute Martha misstrauisch wird, oder?“

Ich biss mir auf die Unterlippe. Der Kerl hatte mich plötzlich in der Hand, und es gab nichts, was ich dagegen tun konnte.

„Was habt Ihr nun vor, Ignatius?“

„Begleitet Dango und mich auf mein Zimmer. Dort wird uns niemand stören, und wir können in Ruhe reden. Seid Ihr damit einverstanden?“

Was blieb mir anderes übrig, als den Vorschlag anzunehmen? Ich folgte den beiden in den ersten Stock.

Ignatius ließ uns in sein Zimmer ein, setzte sich auf seine Liege und bot mir einen Stuhl an. Auf seinem Tisch entdeckte ich eine Sammlung von Pflöcken. Einige waren aus Holz, andere sogar aus Metall. Dango stand wie ein Wachhund hinter mir, bereit, sich auf mich zu stürzen, sollte ich auf den Gedanken kommen zu fliehen.

„Ihr habt es sicher längst erraten. Mister Perres und ich sind Vampirjäger. Und wie wir feststellen durften, gehören wir derselben Organisation an wie einst Euer Freund Jeremy, bevor er ein Vampir wurde.“

„Ihr wisst von ihm?“

Ich erinnerte mich an die schwarze Verfärbung an seiner Bisswunde, die ich für ein Muttermal gehalten hatte.

Dann fiel mein Blick auf Ignatius' Tätowierung. Trugen beide Männer dasselbe Zeichen?

„Der Streit zwischen Mister Wellingham und Eurem Vater war nicht zu überhören. Aber eigentlich war es Elisa, die uns auf seine Spur brachte. Im Gegensatz zu allen anderen, die ihre wirren Geschichten hörten, glaubten wir ihr und stellten unsere Nachforschungen an."

„Kommt zur Sache. Was verlangt Ihr von mir?", knurrte ich.

Ignatius lehnte sich zurück, verschränkte die Arme vor der Brust und schüttelte amüsiert den Kopf. „Ihr habt es noch immer nicht verstanden, Sophie. Wir sind die Guten! Wir möchten Euch helfen, die Menschheit von dieser Pest zu befreien, die sich immer mehr ausbreiten wird, wenn wir sie nicht eindämmen. Ich weiß nicht, was Euch dieser Vampir erzählt hat, dass Ihr ihm blind vertraut. Eines ist sicher, er stellt eine Gefahr für Euch dar! Ihr seid doch ein anständiges, unbescholtenes Mädchen. Wieso zieht Euch das Böse so sehr in seinen Bann? Sagt mir, glaubt Ihr an Gott?"

„Ja, das tue ich! Aber was hat das mit den Vampiren zu tun?"

„Der ‚Orden des heilbringenden Lichts' handelt in seinem Namen. Gott hat die Kreaturen der Finsternis nie geduldet. Sie sind die Kinder Liliths, der ersten Frau Adams, die sich gegen ihn auflehnte und aus dem Paradies floh, um sich in einer Schlucht mit den Dämonen zu vereinen. Seitdem verbreiten sich ihre unsterblichen Zöglinge unaufhaltsam auf der ganzen Welt. Jede Nacht werden es mehr. Ihr, Sophie, könnt uns helfen, wenigstens einen Teil von ihnen zu vernichten! Führt uns zur ‚Loge'!"

„Das werde ich niemals tun, die Vampire sind nicht bösartig!" Am liebsten hätte ich ihm ins Gesicht gespuckt, doch Dango packte mich an der Schulter und drückte mich auf den Stuhl zurück.

„Zu schade, Sophie. Ich hatte gehofft, wir würden uns einig. Vielleicht solltet Ihr Euch schon einmal von Eurer Schwester verabschieden? Lange wird sie hier nämlich nicht mehr wohnen."

Panik stieg in mir hoch. Würde Ignatius seine Drohung wirklich wahr machen? So grausam konnte er doch nicht sein!

„Habt Ihr kein Herz? Elisa liebt Euch!"

„Ich weiß. Deshalb wird sie mir auch bereitwillig nach London folgen. Die Kleine vertraut mir. Es ist rührend." Ignatius schnippte mit dem Finger. Sofort eilte Dango aus dem Zimmer, um kurze Zeit später mit Elisa im Schlepptau zurückzukehren.

„Guten Morgen, Samuel. Hallo, Sophie! Du wirst es nicht glauben, ich fahre mit Mister Ignatius nach London!" Elisa strahlte über das ganze Gesicht. In ihrer Unschuld ahnte sie nicht einmal, welch grausames Spiel dieser Mann mit ihr trieb.

„Hast du deine Sachen schon gepackt, mein Herz?"

„Ja, sie liegen in einer Tasche unter meinem Bett. Ich habe sie dort versteckt, damit Papa sie nicht sieht. Wann geht die Reise los?"

„Noch heute!" Ignatius sah mich herausfordernd an. Langsam beugte er sich zu mir vor und flüsterte in mein Ohr: „Elisas Schicksal liegt in Eurer Hand. Wir beide wissen, dass sie die Behandlung in ‚Bedlam' nicht überleben wird. Sie wird elendig eingehen. Könnt Ihr mit der Schuld leben?"

* * *

Tamara machte in dieser Nacht kein Auge zu. Übermüdet und gleichzeitig innerlich aufgewühlt schleppte sie sich am nächsten Morgen in die Werbeagentur, wo Sally sie mit den Worten empfing: „Du siehst ja aus wie ein Gespenst."

„So fühle ich mich auch", feixte Tammy und schüttete sich eine Tasse starken Earl Grey Tee ein, „als wäre ich bereits gestorben."

Viele Tassen Tee folgten. Die nächsten Tage waren gespickt mit Konferenzen, die bis nachts dauerten und Tammy die letzten Kraftreserven raubten. Wenn sie völlig am Ende nach Hause kam, schaffte sie es gerade noch, ihren Kater Grey zu füttern und kurz unter die Dusche zu springen. Sophies Lederbuch schenkte sie jedes Mal, bevor Tammy die Nachttischlampe ausschaltete, einen ängstlichen Blick. Zur Hand nahm sie es nicht. Dafür fehlten ihr die Energie und vielleicht auch der Mut, denn sie wusste, alles, was sie von nun an lesen würde, verhieß nichts Gutes.

Je weiter sie in die Geschehnisse des 18. Jahrhunderts eingeweiht wurde, desto mehr zog sich der Strick um ihren eigenen Hals zu. Auf seltsame Weise hatte die weit zurückliegende Vergangenheit, die Geschichte um Sophie Ashford und Jeremy Wellingham, Auswirkungen auf ihr eigenes Leben.

Lag das Unheil darin, dass Mensch und Vampir nicht zusammenpassten? Hase und Fuchs konnten einfach keine Bindung eingehen. Und doch versuchten Sophie und Jeremy genau das auf Biegen und Brechen. Die Liebe zu einem Blutsauger hatte der 18-Jährigen nicht nur Ärger mit ihrem Vater eingebracht, sondern auch einen Vampirjäger auf ihre Fährte gelockt. Nun stand Sophie vor einer der schwersten Entscheidungen ihres jungen Lebens! Sie würde entweder ihre Schwester Elisa ins Unglück stürzen oder die „Loge“ verraten und somit Jeremy für immer verlieren. Aber Dorian war ebenfalls ein Mitglied der „Loge Condannato“, und er lebte drei Jahrhunderte später noch. Was war nur vorgefallen?

Tammy wollte es gerne wissen, und gleichzeitig fürchtete sie die Wahrheit. Eines Morgens, als die Hitze ein wenig nachgelassen hatte und angenehm frische Luft in die Wohnung geweht war, hatte Tamara sogar einen Moment daran gedacht, Sophies Memoiren einfach in den Müll zu werfen und nie wieder einen einzigen Gedanken an Vampire zu verschwenden. Doch welchen Sinn machte dieser Schritt, wenn sie durch Dorian immer wieder daran erinnert werden würde?

Vielleicht stand Tammy schon bald vor einer ähnlichen Entscheidung wie Sophie damals. Dorian war sehr wohl in der Lage, Samantha mit seinem vampirischen Charisma um den kleinen Finger zu wickeln und sie auch noch glauben zu lassen, einen großen Fang gemacht zu haben. Tamara fühlte sich verantwortlich für Sammy Jo. Sie musste ihre jüngere Schwester vor dem Schicksal bewahren, das Dorian für sie geplant hatte. Aber wie sollte Tammy das anstellen, wenn sie sich weigerte, die Memoiren weiterzulesen?

„In was bist du nur hineingeraten, Sophie?“, murmelte Tamara. „Und warum werden ich und meine Familie mit hineingezogen, obwohl die Ereignisse sehr weit zurückliegen?“

Unentwegt grübelte sie darüber nach, selbst während der zahlreichen Meetings, sodass ihr Chef sie schon in einer Kaffeepause zur Seite nahm und fragte: „Ist jemand in Ihrer Familie gestorben? Sie wirken geistesabwesend."

„Gestorben? Nein", antwortete sie verlegen und fügte in Gedanken hinzu: *Noch nicht.*

Eventuell hatte Dorian auch vor, die Malts und auch Marcus zu Vampiren zu machen. Tammy konnte das zwar nicht glauben. Doch was wusste sie schon über diesen Mann?

Wenn die Blutsauger Anwärter ausbildeten, wie Marcus einer war, hatten sie wohl kaum Nachwuchssorgen. Nein, das konnte es nicht sein. Es fehlte noch ein Puzzleteil, ein sehr wichtiges, damit Tammy verstehen konnte, was vor sich ging.

Kalestra! Sie erschauderte bei dem Namen, und gleichzeitig stieg eine tiefe Traurigkeit in ihr auf, denn die Vampirin war Dorians Gefährtin, ein Platz, den Tamara gerne eingenommen hätte – trotz aller Widrigkeiten. War sie tatsächlich süchtig nach dem reifen Vampir mit dem unwiderstehlichen Charisma?

„Du denkst schon wieder an diesen geheimnisvollen Mann, von dem du mir nicht erzählen willst, wer er ist. Habe ich Recht?", hatte Sally sie in der Mittagspause gefragt.

Genervt rollte Tammy mit den Augen. „Ist es so offensichtlich?"

„Hast du ihn denn zur Rede gestellt, wie ich dir geraten hatte? Angriff …“

„… ist die beste Verteidigung“, führte Tamara den Satz zu Ende. „Ja, aber das Treffen hat mehr neue Fragen aufgeworfen als Antworten gebracht.“

Sally legte ihr die Hand auf die Schulter. „Das hört sich alles gar nicht gut an. Wenn ich ehrlich sein soll, vergiss ihn. Ich sehe, dass du leidest, und du hast das doch nicht nötig.“

„Wenn das mal so einfach wäre.“

„Oh, du bist schon abhängig von ihm. Muss ja ein toller Hengst sein.“

„Du verstehst das nicht“, hatte Tammy erwidert und sich entschuldigt, um das WC aufzusuchen.

Es ging um mehr als nur um eine Liebesbeziehung. Elisabeth, George und Samantha Malt und ebenso Marcus Livingston und sogar sie selbst waren Marionetten und Dorian der Puppenspieler. Ob ihre Eltern mehr wussten als Tamara? Sie würde nicht drum herumkommen, ihre Mutter und ihren Vater zu fragen. Aber wie um alles in der Welt sollte sie das Thema „Vampire“ auf den Tisch bringen?

Am Freitagabend fasste sie sich endlich ein Herz und entschloss sich, zur Malt'schen Villa nach Richmond-up-Thames zu fahren. Aber die British Railway wollte sie nicht benutzen. Zu tief hatte sich die Angst, die sie empfunden hatte, als sie nach dem ersten Meeting betreffend der Restaurantkette nach Hause gefahren war, in ihre Erinnerung eingebrannt.

„Auch falls es nur Verfolgungswahn war, die Qual mute ich mir nicht erneut zu."

Tammy ging zum Taxistand und stieg in ein Taxi. Zur Vorsicht hatte sie Wäsche mitgenommen, um im Notfall bei ihren Eltern übernachten zu können, denn sollten Elisabeth und George Malt nicht ausflippen, würde es eine lange Nacht werden. Sie stellte sich auf endlose Diskussionen ein. Besonders Samantha würde sich nur schwer von der Gefahr, die von Dorian ausging, überzeugen lassen.

Während das Taxi in den Südwesten Londons fuhr, strich Tamara über den Ledereinband des Buchs, das auf ihrem Schoß lag. Die Memoiren waren der beste Beweis. Etwas braute sich hinter dem Rücken der Malts zusammen, etwas, das bald über sie hereinbrechen würde. Aber Tammy wollte alles geben, um das Unheil abzuwenden! Nur gegen Dorian kannte sie kein Mittel. Sie liebte ihn. Das war ihr persönliches Unglück!

Erleichterung breitete sich in Tammy aus, als sie an der Villa in der Nähe des Marble Hills Parks im Südwesten Londons ankam. Sie bezahlte das Taxi, lief die Treppenstufen hoch und schloss die Tür auf.

„Oh, alle sind schon gegangen", sagte Patricia, die Hausdame, die gerade im Flur die Lichter entzündete, da draußen bereits die Sonne am Horizont verschwand, als hätte sie es heute eilig.

Irritiert frage Tamara: „Was soll das heißen? Wohin sind sie gegangen?“

„Wahrscheinlich dachten ihre Eltern, Sie würden gleich zum Gestüt ‚Ride through time‘ kommen und nicht erst hierher, sonst hätten doch alle auf Sie gewartet.“ Patricia lächelte verlegen.

Vor Schreck ließ Tammy ihre kleine Reisetasche fallen. „Wer ist alles dorthin gegangen und warum zur Hölle?“

Patricia missbilligte die Wortwahl und zog abfällig die Augenbrauen hoch. „Elisabeth, George und Samantha Malt und Marcus Livingston. Sie wurden von Mister Dorian Everheard zu einem Empfang geladen. Wussten Sie nichts davon?“

„Rufen Sie mir bitte ein Taxi. Ich fahre sofort zum Gestüt.“ Tammy fühlte sich wie gelähmt. Der Puppenspieler hatte an den unsichtbaren Fäden gezogen, und die Marionetten tanzten bereits nach seiner Pfeife. Tamara wurde fast wahnsinnig vor Angst. Ihre Familie befand sich mitten unter Vampiren. Die Nacht brach herein. Das Haus der „Loge Condannato“ würde zur Gruft für sie werden. Das durfte nicht geschehen! Wie konnte Dorian nur so weit gehen? Welches furchtbare Geheimnis trieb ihn dazu?

Mit zitternden Beinen stieg Tammy ins Taxi, das Lederbuch unter dem Arm. „Zum Gestüt ‚Ride through time‘ in Richmond, bitte“, sagte sie und bat den Fahrer, das Licht im Taxi anzuschalten. Sie musste dringend weiterlesen!

* * *

„Führt uns zur ‚Loge‘, oder schickt Elisa ins Verderben. Ihr habt die Wahl.“ Ignatius baute sich vor mir auf und grinste triumphierend. Eingeschüchtert sank ich in meinen Stuhl zurück und schluckte den dicken Kloß herunter, der sich in meinem Hals gebildet hatte. Beim Blick zu der naiven Elisa, die nichtsahnend zwischen Tür und Angel stand und sich auf einen aufregenden Ausflug nach London freute, kroch Übelkeit in mir herauf.

Was sollte ich nur tun? Wie immer ich mich auch entschied, jemand, den ich liebte, würde leiden. Die Vampire konnten sich zumindest wehren, Ignatius und seinen speichelleckenden Gehilfen vielleicht sogar in die Flucht schlagen? Elisa hingegen war so hilflos wie ein Lämmchen, das nicht ahnte, dass es auf der Welt Böses gab. Sie besaß das Gemüt eines Kindes und war genauso leichtgläubig. In Ignatius’ Händen war sie Wachs. Ich wusste, sie würde alles tun, um ihm zu gefallen.

Vor meinem geistigen Auge sah ich Elisa in Ketten auf einem Strohballen liegen, von Fremden bespuckt und mit

Steinen beworfen. Gott, dieses Bild tat mir im Herzen weh! Nein, ich durfte nicht zulassen, dass Ignatius sie ins Unglück stürzte.

„Also gut, Ihr habt gewonnen. Ich führe Euch zur ‚Loge'. Ich bitte Euch nur um eines, verschont meine Schwester."

Samuel nickte ernst. „Ihr habt mein Wort darauf. Dango, bringe Elisa in ihr Zimmer zurück und besorge uns schnelle Pferde."

„Jawohl, Mister Ignatius."

Dango fasste Elisa am Oberarm und zog sie hinter sich her. „Ich dachte, wir wollen verreisen?"

„Unsere Pläne haben sich geändert, Miss", hörte ich den schmierigen Gehilfen draußen im Flur sagen, bevor er die Tür hinter sich zuknallte.

Mit einem zufriedenen Lächeln nahm Ignatius die Holzpflöcke vom Tisch und stopfte sie in seine Tasche. Erhaben schritt er an mir vorbei zu seinem Bett und zog die Armbrust unter dem Holzgestell hervor. Beinahe zärtlich streichelte er den Spannhebel, als wäre die Waffe seine Geliebte.

„Ihr habt eine weise Entscheidung getroffen, Sophie. Ich bin stolz auf Euch. Der Herrgott wird es Euch einmal danken."

Hätte er in mich hineinsehen können, hätte er gewusst, wie sehr mein Herz blutete. Ich fühlte mich miserabel, denn ich beging Verrat an dem Mann, den ich über alles liebte. Doch Ignatius ließ mir keine andere Wahl. Elisa würde die Behandlung im Tollhaus nicht überleben.

Wenige Augenblicke nachdem er verschwunden war, kehrte Dango zu uns zurück. „Die Pferde stehen bereit, Mister Ignatius. Wir können aufbrechen."

Und das taten wir. Ich ritt voraus und führte die Männer nach Richmond. Kurzzeitig spielte ich mit dem Gedanken, einfach davon zu reiten oder Ignatius in die Irre zu führen. Doch ich wusste, seine Rache würde Elisa zerstören. Ich konnte nichts ausrichten. Was immer ich mir auch einfallen ließ, am Ende war es meine Schwester, auf die mein Vergehen zurückfiel.

Wir ritten über die endlosen Felder und Wiesen gen Südwesten, an einem Pinienwald vorbei, bis wir schließlich das flache „Logenhaus" in der Ferne erkannten. Jetzt wird sich alles entscheiden, dachte ich und sandte ein Stoßgebet nach dem anderen zum Himmel, dass Jeremy und seine Gefährten auf der Hut waren.

Auf einem Hügel brachten wir unsere Pferde zum Stehen und sahen auf den unscheinbaren Bauernhof hinab, der sich inmitten der Wildnis um Richmond befand.

„Das ist es?"

Ich nickte dem Vampirjäger zu.

„Also gut!" Mit einem Kampfschrei stieß er seine Stiefel in die Flanken des Tieres und ritt im Galopp den Hügel hinab auf das Haus zu. Dango und ich folgten ihm. Schon bald hatten wir ihn eingeholt. Ignatius sprang von seinem Ross und marschierte zielstrebig auf das Bauernhaus zu.

„Ich hoffe, Ihr treibt keine Scherze mit uns", zischte er wie eine Viper, als wir die Pferde vor dem flachen Gebäude zum Stehen brachten. Sicherlich konnte er sich nicht vorstellen, dass hier Vampire hausten. Wie sollte er auch? Selbst ich hatte anfänglich meine Zweifel gehabt.

„Der Hauptsitz der ‚Loge' liegt im Erdreich. Der Eingang in ihre Welt wird von zwei Menschen bewacht."

„Wollen wir hoffen, dass Ihr die Wahrheit sprecht. Andernfalls wird es Elisa schlecht ergehen."

Oh, ich wünschte, er hätte es nicht immer wieder gesagt. Er wusste genau, wie sehr ich um ihr Wohlergehen besorgt war, und spielte mit meinen Ängsten, damit ich auf keine „dummen" Gedanken kam. Ich wollte mich erklären, als Dango sich plötzlich an mir vorbeischob.

„Mister Ignatius, wartet! Mir ist etwas Wichtiges eingefallen! Bevor wir das Haus betreten …"

„Was ist denn jetzt schon wieder, Dango?"

„Ist es nicht unklug, sich in das Reich der Vampire zu begeben? Sie werden wohl in der Überzahl sein!"

Ignatius versetzte Dango einen Schlag auf den Hinterkopf. „Idiot, du! Was habe ich dir beigebracht? Ob sie nun in einer Gruft, unter der Erde oder im Keller eines

Hauses ruhen, am Tag verfallen sie in Starre! Das steht in allen erdenklichen Quellen. Sie können uns nichts anhaben. Aber wenn du diesem historischen Moment nicht beiwohnen willst – bitte, dann bleib eben hier draußen."

„Nein, nein! So war das nicht gemeint, Mister Ignatius! Ich dachte nur ..."

„Dachte, dachte ...; es wäre besser, du würdest deinen kleinen, runden Kopf zu etwas anderem gebrauchen. Das Denken liegt dir nämlich nicht. Überlass es besser mir; ich weiß, wovon ich rede. Und jetzt kommt. Vor Sonnenuntergang möchte ich hier weg sein."

Demütig senkte Dango den Kopf und folgte uns nach drinnen. Wie erwartet stellten sich uns der Bauer und seine Frau in den Weg. „Was wollt Ihr? Ihr seid nicht berechtigt, hier einzudringen!", sagte der Mann, doch Ignatius rammte ihm ohne Vorwarnung den Ellenbogen ins Gesicht. Alles ging so schnell, dass mir nicht einmal Zeit blieb, einen Schrei auszustoßen. Bewusstlos sackte der Bauer zusammen, während seine Frau die Flucht ergriff. Dango wollte ihr nach, doch Ignatius hielt ihn zurück.

„Lass sie, was kann sie schon ausrichten?"

Ich beugte mich zu dem Bauern herunter, der stark aus der Nase blutete. Sogar seine Lippe war aufgeplatzt.

„Verdammt, Ignatius! War das denn nötig?", fuhr ich ihn an.

„Ich habe keine Lust, meine wertvolle Zeit mit Verrätern an der Menschheit zu vergeuden. Er wird es schon überleben. Und jetzt zeigt mir, wie wir in die Hallen der ‚Loge' gelangen. Ich bin gespannt."

Ignatius schien mir noch immer nicht zu glauben, dass ich ihn an den richtigen Ort geführt hatte. Seufzend stand ich auf, lief zu der Stelle im Flur, wo der Hebel aus dem Mauerwerk ragte, und drückte ihn mit aller Kraft hinein, so wie es der Bauer am Abend zuvor getan hatte. Sogleich schob sich die Wand mit einem Ächzen zur Seite und gab den Blick auf den Geheimgang frei.

Staunend lugte Ignatius in die Finsternis. „Beeindruckend. Wirklich beeindruckend."

Dango reichte seinem Herrn und mir je eine Fackel, die er aus der Halterung an der gegenüberliegenden Wand genommen und mit dem Feuer einer Kerze angezündet hatte.

„Ihr geht vor", bestimmte Samuel und stieß mich in Richtung Treppe. Mir blieb keine andere Wahl. Ich schluckte den dicken Kloß in meinem Hals herunter und stieg in die Dunkelheit hinab. Oh, wie sehr hoffte ich, dass die Wächter am steinernen Tor standen und Ignatius und Dango überwältigten, sobald sie die Eindringlinge bemerkten. Aber zu meiner Enttäuschung war niemand dort.

„Weiter, weiter!", drängte Ignatius. Ich drückte die Pforten auseinander und gelangte in die dahinter liegende

Eingangshalle, die genauso leer war. Wir sammelten uns in der Mitte unter der großen Kuppel.

„Es scheint niemand mehr hier zu wohnen“, wisperte Dango, sichtlich von der ungewöhnlichen Architektur beeindruckt.

Ignatius schüttelte den Kopf und deutete zu den verräterisch brennenden Kerzen. „Irrtum, mein Freund. Sie sind hier.“ Instinktiv nahm er seine Armbrust von der Schulter, als erwartete er einen Angriff aus dem Hinterhalt. In diesem Moment fiel eine Schar wild kreischender Vampire über uns her und umzingelte uns. Sie kamen aus allen Richtungen, aus jeder dunklen Ecke, jedem noch so kleinen Unterschlupf und stürzten sich auf uns, wie die Motten auf das Licht.

„Verdammter Mist! Das ist eine Falle! Zum Angriff, Dango!“

Ignatius reichte seinem Gefährten die Fackel und spannte seine Armbrust. Verzweifelt versuchte Dango die Vampire, die gierig ihre Klauen nach ihm ausstreckten, zurückzutreiben. Tatsächlich wichen die Kreaturen der Nacht vor dem Feuer zurück.

„Dumme Menschlein, sehr dumme Menschlein!“, hallten ihre Flüsterstimmen durch den ganzen Raum.

„Ihr habt doch gesagt, die schlafen alle“, schrie Dango in Panik. Um ein Haar hätte Ernest McLane ihn erwischt. Das Gesicht des kauzigen Bibliothekars hatte sich zu einer

Fratze des Grauens verformt.

„Ich habe mich eben geirrt!“, antwortete Samuel und wirbelte zu einer Vampirin mit flammenden Haaren herum, die aus dem Meer aus schwarzen Kutten stieg und sich mit einem unmenschlichen Schrei auf ihn stürzte. Geistesgegenwärtig hob Ignatius seine Armbrust. Kalestra sah in ihrem Wahn die Gefahr nicht und streckte gierig die klauenbespickten Hände nach dem Vampirjäger aus. Ihr Umhang flatterte hinter ihr her, als wären es zwei große, dunkle Schwingen.

„Nein!“, schrie ich, so laut ich nur konnte. Aber Kalestra verstand meine Warnung nicht.

Ignatius legte die Armbrust an und zielte. Der Pflock schoss mit tödlicher Genauigkeit durch die Luft und rammte sich in Kalestras Herz. Die Vampirin schrie vor Schmerz. Ihre Augen traten vor Entsetzen aus den Höhlen, während ihre Haut wie heißes Wachs zu schmelzen begann. Binnen Sekunden verfaulte ihr Körper zur Unkenntlichkeit. Das ausgedörrte Skelett fiel zu Boden und zerbrach in lose Einzelteile.

Für einen kurzen Augenblick hielten die Vampire inne. Selbst Ignatius wagte nicht zu atmen, als sich Dorian zu ihr herunterbeugte und ihre sterblichen Überreste beinahe zärtlich berührte. Kalestras Körper zerfiel unter seinen Fingern zu feinem, glitzerndem Staub. Fassungslos starrten die Blutsauger zu der Wolke aus Asche, die nur knapp über dem Boden schwebte. „Tötet sie! Tötet sie alle!", durchbrach Dorians befehlsgewohnte Stimme die Stille. Dann gab er den Vampiren ein Zeichen, und auf sein Kommando begannen sie uns zu umkreisen. Ich wusste, dass wir hier nicht mehr lebend herauskommen würden. Verzweifelt blickte ich mich nach Jeremy um. Er war der Einzige, der uns jetzt noch retten konnte. Doch ich entdeckte ihn nirgends!

Logan schlug Dango in einem unachtsamen Moment die Fackel aus der Hand und warf sich zähnefletschend auf ihn. Der junge Mann kämpfte um sein Leben, strampelte verzweifelt mit den Beinen, aber Logans Zähne hatten sich längst in seinen Hals gebohrt. Auch McLane fiel über den Wehrlosen her. Gemeinsam saugten sie ihn aus.

„Flieht!", schrie mich Ignatius plötzlich an, packte meinen Arm und stieß mich zum Steintor. „Sie wollen mich, nicht Euch!" In diesem Moment griffen unzählige Hände nach ihm, rissen ihn an den Haaren, zerrten ihn einfach fort von mir. Die Klauen schlugen auch nach mir. Sie waren überall, vor mir, hinter mir. Schon sauste eine Krallenhand haarscharf an meinem Gesicht vorbei. Erschrocken wich ich zurück. Ich hatte Glück, die Vampire konzentrierten sich auf Ignatius, den ich inzwischen völlig aus den Augen verloren hatte. Nur wenige Blutsauger scherten sich um mich, und diese trieb ich so lange mit meiner Fackel zurück, bis ich den Geheimgang erreichte.

Geistesgegenwärtig ergriff ich die Flucht und rannte, so schnell ich nur konnte, die Treppe hinauf. Das wilde Fauchen hinter mir spornte mich nur noch mehr an. Keuchend nahm ich mehrere Stufen gleichzeitig. Gleich hatte ich es geschafft! Nur noch wenige Schritte trennten mich vom Sonnenlicht. Mit letzter Kraft erreichte ich die Geheimtür, stolperte ins Bauernhaus und schleppte mich von dort ins Freie. Licht! Ich musste ins Licht! Nur dort war ich vor ihren Zähnen und Klauen geschützt. Warme Sonnenstrahlen empfingen mich, als ich durch die Tür schritt – ich war in Sicherheit! Hier draußen konnten mir die Vampire nichts antun. Erleichtert sackte ich auf die Knie und schnappte gierig nach Luft. Ich war völlig außer Atem. Meine Arme und Beine zitterten vor Anstrengung und Erschöpfung. Woher nur hatten die Vampire gewusst, dass wir sie überfallen würden? Als ich zu dem Haus zurückblickte, sah ich eine zierliche Gestalt am Fenster stehen. Die Bäuerin! Irgendwie musste es ihr gelungen sein, die „Loge“ zu warnen! Ignatius brillanter Plan hatte ihn und Dango das Leben gekostet. Erschüttert stieg ich auf mein Pferd und ritt in Richtung Westminster. Den Tod der beiden Männer hatte ich mir, weiß Gott, nicht gewünscht. Wenigstens konnte Samuel Elisa nun nichts mehr anhaben. Und auch Jeremy war in Sicherheit vor dem gnadenlosen Vampirjäger.

Vater merkte sofort, dass etwas nicht mit mir stimmte.

Ich war noch immer vollkommen aufgelöst, als ich das Pub betrat. Was ich soeben erlebt hatte, war schlimmer als jeder Alptraum. Erst jetzt wurde mir bewusst, in welche Gefahr ich mich begeben hatte. Die Vampire schreckten nicht einmal vor Mord zurück. Wollte ich überhaupt so sein wie sie? Würde sich mein Wesen verändern, wenn ich mich durch Jeremys Biss in eine Untote verwandelte? Ich ging die Treppe hinauf und lief zu meinem Zimmer, um mir ein sauberes Gewand anzuziehen. Meine Chemise war durch die Aufregung der letzten Stunden schweißnass und verschmutzt. Der Flur lag ruhig vor mir. Die Zimmer von Ignatius und Dango waren noch immer genauso, wie sie sie verlassen hatten. Nur ich wusste, dass die beiden Männer nicht mehr zurückkehren würden.

Als ich in den Schankraum zurückkam, erwartete mich ein ungewöhnlicher Gast an der Bar.

„Du hast Besuch", knurrte Vater erbost und deutete zu der deformierten Gestalt, die sich mit dem Oberkörper auf den Tresen gelegt hatte, als würde sie schlafen.

„Ich kümmere mich um ihn", versprach ich Papa. Ich wusste, dass er mit Vampiren und auch deren Dienern nicht mehr als nötig zu tun haben wollte. Derartige Gesellen vertrieben die Kundschaft. Außerdem weckte jede dieser Kreaturen schmerzliche Erinnerungen in ihm.

„Gregory, welch Freude, Euch zu sehen. Darf ich Euch etwas anbieten?"

„Ihr müsst England verlassen."

„Was redet Ihr?" Ich schenkte ihm einen Krug Bier ein und stellte es vor ihn auf den Tisch. Dann nahm ich das Geschirr aus der Waschschüssel und trocknete es mit einem Tuch ab.

„Keine Zeit für lange Erklärungen. Meister Jeremy schickt mich. Die Vampire wollen Euren Tod."

„Was?" Ich glaubte mich verhört zu haben! Wieso wollten die Vampire auch mich töten?

„Ihr habt die ‚Loge' verraten."

„Das stimmt nicht! Lasst mich erklären; ich wurde gezwungen! Ignatius erpresste mich."

„Das spielt keine Rolle mehr. Ihr habt Kalestra auf dem Gewissen. Sie starb durch Euren Verrat. Also hört mir zu, wenn Ihr überleben wollt. Nehmt die ‚Nightingale'. Sie liegt im Hafen von London und läuft heute Abend in die Neue Welt aus. Jeremy wird Euch dort erwarten und mit Euch gehen. Ihr habt keine Zeit zu verlieren. Wenn Ihr den Vampiren in die Hände fallt, seid Ihr des Todes."

Gregory kippte das Bier seine Kehle hinunter und wischte sich schnaufend mit dem Handrücken über den Mund. Dann stieg er umständlich vom Stuhl. „Danke", grunzte er in seiner unnachahmlichen Art und hinkte zum Ausgang.

„Wartet! Das kann doch nicht Euer Ernst sein! Ihr

könnt mich doch nicht einfach so stehen lassen! Was soll das? Ich kann England nicht verlassen", rief ich ihm nach. Aber er tat, als hörte er mich nicht.

Fassungslos ließ ich das Geschirrtuch sinken und sah zu Vater, der gerade ein Fass Bier aus unserer Vorratskammer hereinrollte.

„Papa, kann ich dich kurz sprechen? Es ist wichtig." Wenn es stimmte, was Gregory sagte, dann schwebte nicht nur ich in Gefahr, sondern meine ganze Familie. Vater setzte sich zu mir, und ich erzählte ihm von Ignatius, der in Wirklichkeit ein Vampirjäger war und von der Rache der „Loge Condannato".

„Wir dürfen diese Drohung nicht unterschätzen, Papa. Sie meinen es ernst."

„Ich weiß. Deswegen wollte ich nie etwas mit diesen Blutsaugern zu tun haben. Sie sind gemeingefährlich! Pack deine und Elisas Sachen. Wir müssen England verlassen. Uns bleibt keine andere Wahl." Vater sah mich vorwurfsvoll an. Seine Stimme klang bitter. Ich konnte nur zu gut verstehen, dass er wütend auf mich war.

„Und was ist mit dem Ashford's Pub? Ich weiß, wie viel es dir bedeutet!"

„Es ist mein Leben. Aber Elisa und du, ihr bedeutet mir weit mehr. Eure Sicherheit geht vor. Ich werde Mister Skykes das Gästehaus zum Verkauf anbieten. Mit dem Geld werden wir uns die Reise finanzieren und eine Existenz in der Neuen Welt aufbauen. Wir können es nicht mit der ‚Loge' aufnehmen."

Am Abend gingen wir gemeinsam mit Martha an Bord der Nightingale. Mister Skykes hatte Papa einen guten Preis für das Ashford's Pub gezahlt, so mussten wir uns nicht um unsere Zukunft in Amerika sorgen. Ich sah Vater, Elisa und Martha den Abschiedsschmerz an. Sie ließen Freunde und Familie zurück, um eine Reise ins Ungewisse anzutreten.

Ich wusste, dass Papa noch immer böse auf mich war. Auch wenn er sich bemühte, es nicht zu zeigen. Er gab mir die Schuld, und er hatte Recht. Wegen meiner Liebe zu einem Vampir hatten wir unsere Existenz verloren.

Ich stand allein an der Reling und wartete auf Jeremy. Sehnsüchtig schweifte mein Blick über den Hafen und suchte jeden noch so dunklen Winkel nach seiner schlanken Gestalt ab. Doch ich entdeckte ihn weder an den Lagerhallen noch in der Nähe der Hafenspelunke. Als die Matrosen den Anker lösten, geriet ich in Panik. Wir konnten doch nicht ohne ihn ablegen! „Der Zeitplan muss eingehalten werden", sagte man mir …

Es war wohl höhere Gewalt, dass er das Schiff verpasste. Vielleicht hatte er sich verspätet, oder hatte er es sich am Ende gar anders überlegt? Die Vorstellung quälte mich genauso wie die unruhige See. Die Reise begann an unseren Kräften zu zehren, beinahe täglich wurde ich seekrank. Wir waren alle heilfroh, als wir endlich wieder festen Boden unter den Füßen hatten. Kurz nach unserer Ankunft in der Neuen Welt wurde Vater ausgeraubt, sodass er gezwungen war, eine Arbeit zu suchen, um uns zu ernähren. Man verpflichtete ihn als Aufseher auf einer Baumwollplantage in Maryland. Die Familie Langsdale nahm uns freundlich in ihrer Mitte auf und stellte Martha als Köchin und mich als Dienstmädchen ein. Elisa kümmerte sich um die Kinder.

Zwei Jahre nach unserer Ankunft in Amerika bat James Langsdale, der älteste Sohn der Familie, um meine Hand. Ich nahm seinen Antrag an und schenkte ihm im Abstand von drei Jahren zwei gesunde Jungen: James junior und Andrew, der nach seinem Großvater väterlicherseits benannt wurde. Obwohl mein Herz für einen anderen schlug, führten wir eine glückliche Ehe. James war es, der mir das Schreiben und Lesen beibrachte, damit ich ihm im Büro aushalf. Bedauerlicherweise kam sein Ableben viel zu früh. Nach nur sechs Jahren Ehe wurde James auf der Jagd nach Wilderern, die die Gegend schon seit Monaten unsicher machten, erschossen. Nach James' Tod saß ich vor einem großen Scherbenhaufen und wusste weder ein noch aus. Glücklicherweise unterstützten mich Papa und meine Schwiegereltern so gut sie nur konnten. Durch ihre Mithilfe erlebte unser Betrieb einen neuen Aufschwung.

Die Nachfrage stieg, und unsere Baumwolle wurde in alle Teile der Welt exportiert.

Einen Tag vor ihrem 30. Geburtstag bekam Elisa hohes Fieber. Die Ärzte konnten nichts für sie tun; sie starb in meinen Armen. Nächtelang betete ich für sie und hoffte, dass sie im Himmelreich mit Mutter und ihrem Kind vereint sein würde. Vater ertrug den Verlust nicht und ertränkte seinen Kummer im Alkohol. Immer öfter verlor er die Beherrschung; manchmal schlug er Martha sogar. Als er auch noch sein Geld verspielte, kündigte Martha ihre Anstellung und reiste nach Virginia. Ich sah sie nie wieder. Papa hingegen lebte bei mir und meinen Söhnen bis zu seinem biblischen Alter von 71 Jahren. Er half auf dem Feld und im Büro, so gut er nur konnte.

Es kam der Tag, an dem mein jüngster Spross Andrew eine hübsche Engländerin kennen lernte und mit ihr in ihre Heimat zurückkehrte. Aus Angst, die „Loge Condannato“ könne ihm etwas antun, nahm ich ihm das Versprechen ab, nie ein Wort über seine Abstammung zu verlieren. Er trug nicht den gebrandmarkten Namen Ashford, sondern den seines Vaters. Ich war mir sehr sicher, die Vampire würden keine Verbindung zwischen uns herstellen.

Die Jahre zogen ins Land. James junior übernahm die Leitung des Geschäfts, denn meine Kräfte schwanden von Tag zu Tag.

Nun ist es 1827, und ich schreibe seit Monaten an meinen Memoiren, fast täglich füllen sich die Seiten und doch ist noch längst nicht alles erzählt. Ein Brief aus England erreichte mich erst vor wenigen Tagen. Andrew leitet nun ein Gästehaus in London und plant weitere Eröffnungen. Papa wäre stolz auf ihn. Und ich bin es auch. Er ist ein guter Junge. Genauso wie James junior, der all seine Kraft in die Erweiterung der Plantage steckt. Wie lange werde ich ihn noch unterstützen können?

Mein Herz ist alt und schwach. Ich spüre täglich, dass es nicht mehr schlagen will. Nie hätte ich zu träumen gewagt, dass mir der Herrgott meinen größten Wunsch so kurz vor meiner letzten Reise erfüllen würde!

Gestern Abend riss mich unser Dienstmädchen Evi aus dem Schlaf. „Mrs. Langsdale, Mrs. Langsdale! Wacht auf!“, rief sie aufgeregt und rüttelte an mir, als wäre der Leibhaftige hinter ihr her.

„Zum Donnerwetter noch mal! Was ist denn in Euch gefahren? Soll mir das Herz stehen bleiben?“

Entrüstet richtete ich mich auf. Ich hatte bereits schon tief und fest geschlafen und verstand ihre Aufregung nicht.

„Ihr müsst Euch ankleiden. Ein Herr erwartet Euch im Salon.“

„Ein Herr? Ihr habt ihn um diese Uhrzeit noch ins Haus eingelassen?“

„Er sagte, es wäre wichtig. Ihr würdet ihn kennen."

„Hat er einen Namen genannt?"

„Jeremy Wellingham."

Erschrocken schlug ich die Hände vors Gesicht. Allein seinen Namen zu hören, löste eine Vielzahl von Gefühlen in mir aus.

„Ist Euch nicht wohl, Mrs. Langsdale?" Mit einem besorgten Gesichtsausdruck hielt mir Evi den Hausmantel auf. Ich kletterte mühsam aus meinem Bett und stieg ein. Das alles war zu viel für mein altes Herz!

„Seid bitte so gut und richtet ihm aus, dass ich jeden Augenblick bei ihm bin."

„Sehr wohl." Sie knickste und verschwand.

Fassungslos ließ ich mich vor dem großen Spiegel nieder und betrachtete mein Selbst. Die Haare schimmerten in einem matten Grau, meine Augen waren müde und ohne Glanz. Die Falten mochte ich gar nicht mehr zählen. Mir gegenüber saß eine alte, verlebte Frau, die mir so merkwürdig fremd war. Wo war meine Jugend? Ich hatte doch nicht immer so ausgesehen! Beschämt knöpfte ich den Hausmantel zu, öffnete den Haarknoten und kämmte meine Locken mit einer weichen Bürste. Gott, ich hatte solche Angst, ihm gegenüberzutreten.

Mit zitternden Knien verließ ich mein Gemach, wankte durch den Flur, blieb am Absatz der Treppe stehen und blickte über das Geländer in den Salon. Mir stockte der

Atem, als ich Jeremy auf der Couch sitzen sah. Er hatte sich nicht verändert. Noch immer dieselben aristokratischen Züge, das lange Haar, die schlanken Hände. Er sah wie ein Adonis aus. So stolz, so strahlend. Gegen ihn war ich nur ein Schatten meiner selbst. Am liebsten wäre ich sofort wieder umgekehrt, um mein grauenhaftes Antlitz vor ihm zu verbergen. Noch hatte er mich nicht gesehen! Ich hielt mich doch selbst zum Narren, wenn ich glaubte, dass er mich noch immer liebte.

„Sophie!“, rief Jeremy plötzlich und eilte die Stufen zu mir herauf. Ohne zu zögern schloss er mich in die Arme und küsste mich leidenschaftlich. Ich wusste nicht, wie mir geschah. Doch mir wurde vor Freude warm ums Herz.

„Endlich sehe ich dich wieder“, sagte er außer Atem und griff mich bei den Händen. Ich wusste nicht, ob ich lachen oder weinen sollte. Sah er denn nicht, was aus mir geworden war? Oder war es ihm tatsächlich egal, dass eine Greisin vor ihm stand?

Zärtlich strich er mir eine graue Strähne aus dem Gesicht. In seinen Augen sah ich noch immer dieselbe Liebe wie damals, als er mich das erste Mal berührte.

Und doch war etwas anders an ihm. Ein stiller Schmerz lag in seinem Blick. Schmerz und Verbitterung.

„Wo bist du nur gewesen?“, hauchte ich, von seiner Zuneigung überwältigt. Wieso hatte er mich im Stich gelassen? Und wieso war er so unvermittelt zu mir zurückgekehrt?

„Es tut mir so leid, Sophie. Wenn ich es gekonnt hätte, wäre ich mit dir nach Amerika gefahren. Aber die ‚Loge' ließ mich nicht fortgehen. Ich wurde des Verrats beschuldigt, weil ich es war, der dich zu unserem Hauptsitz führte."

„Das ist doch Unsinn! Gregory zeigte mir den Weg."

„In meinem Auftrag! Ich ließ zu, dass er dir unser Geheimnis offenbarte. Hättest du den Weg nicht gekannt, hätten die Vampirjäger keinen Schaden angerichtet und Kalestra würde noch leben. Die Loge stellte mich vor Gericht und legte mir eine Strafe auf, die es mir unmöglich machte, dir zu folgen."

Er atmete schwer. „Sie sperrten mich für 40 Jahre in meinen Sarg. Nur ab und zu gaben sie mir das Blut einer Ratte zu trinken, damit ich nicht in Starre verfiel. Es war schlimmer als der Tod. Diese schreckliche Dunkelheit Tag und Nacht, eingesperrt auf engstem Raum – ich hatte nicht einmal die Möglichkeit, mich zu bewegen. Ich konnte nichts tun, außer dazuliegen und vor mich hinzuvegetieren. Nur der Gedanke an dich bewahrte mich davor, dem Wahnsinn zu verfallen."

Erschüttert streichelte ich seine kalte Wange. „Ich hatte keine Ahnung, was du durchmachen musstest. Ich glaubte, du hättest mich vergessen."

Er griff nach meinen Fingern und hauchte einen Kuss auf meine Handfläche. „Wie könnte ich? Ich liebe dich, Sophie."

Diese Worte aus seinem Mund zu hören war so wunderbar. Tränen der Rührung stiegen mir in die Augen.

„Ich habe dich überall gesucht. Der Zufall wollte es, dass ich auf deinen Sohn Andrew traf. Er gab mir den entscheidenden Hinweis, wo ich dich finden konnte. Doch ich zögerte. Ich wusste nicht, ob du mich sehen wolltest. Immerhin hattest du Kinder und womöglich einen Mann, den du liebtest. Doch meine Sehnsucht ließ mich nicht ruhen. Ich musste dich sehen, deshalb schmuggelte ich mich an Bord des nächsten Handelsschiffes, das nach Amerika fuhr, und versteckte mich im Lagerraum, geschützt vor dem Sonnenlicht. Ich bin hier, weil ich deine Antwort wissen möchte."

„Meine Antwort?"

Er nickte. „Die Frage stellte ich dir schon einmal. Möchtest du meine Gefährtin für die Ewigkeit werden?"

Ich zögerte keinen Augenblick. „Ja." Nie zuvor war ich mir so sicher gewesen. Ja, ich wollte für immer mit ihm zusammen sein. Nichts und niemand sollte uns je wieder trennen.

„Es wird nicht wehtun, das verspreche ich."

Er knöpfte meinen Hausmantel auf, um meinen Hals zu befreien, doch ich schob sanft seine Hand zurück und schüttelte den Kopf. „Warte. Bevor du mich zu einer Unsterblichen machst, möchte ich noch ein letztes Mal das Tageslicht sehen."

Jeremy respektierte meinen Wunsch, und ich verabschiedete mich am nächsten Morgen von der Sonne und ihren wärmenden Strahlen. Nie mehr würde ich die Schönheit des Tages erleben.

Nun sitze ich hier in meinem Büro und schreibe diese letzten Zeilen, bevor ein neues Leben für mich beginnt. Jeremy hat sich in unser Kellergewölbe zurückgezogen, um dort den Tag zu verbringen. Bei Einbruch der Dunkelheit wird er zu mir kommen und mir die Unsterblichkeit schenken. Ein wenig fürchte ich mich, doch ich glaube, die richtige Entscheidung getroffen zu haben. Ach, ich bin so müde. Es fällt mir schwer, mich wach zu halten. Meine Hand zittert bei jedem Satz, den ich schreibe. Vielleicht lege ich mich doch noch einmal ins Bett. Ich möchte ausgeruht sein, wenn Jeremy mich heute Nacht …

* * *

Tamara war kaum in der Lage, den Taxifahrer zu bezahlen. Als er fortfuhr, stand sie einsam in der Finsternis vor dem Tor des Gestüts. Die Kameras hatten sie längst erfasst. Surrend nahmen die Linsen Tammy ins Visier.

Bestimmt läuten drinnen bereits schon die Alarmglocken, dachte sie, und Dorian reibt sich die Hände, weil das Lamm eigenständig zur Schlachtbank kommt. Aber sie würde alles, wirklich alles tun, um ihre Familie vor dem Tod zu retten.

Nun kannte Tamara die ganzen schrecklichen Ereignisse des 18. Jahrhunderts. Sophie hatte ihre außergewöhnliche Liebe zu Jeremy nicht ausleben können, aber zumindest waren die beiden Liebenden am Ende zusammen gewesen.

Am Ende von was, fragte sich Tammy. Der letzte Satz brach mittendrin ab. War Sophie verstorben? Hatte Jeremy sie gebissen, ohne ihre Entscheidung abzuwarten? Oder hatte Dorian Everheard sie aufgespürt?

Dorian, der Jäger. Er hatte damals Sophies Fährte aufgenommen und zielte nun auf sie, Tamara, die nichts mit den Verwicklungen im Jahre 1783 zu tun gehabt hatte und trotzdem Dorians Rache zu spüren bekam.

„Ihr stammt aus derselben Blutlinie", rezitierte sie ihn und schlussfolgerte: „Das nennt man dann wohl ‚geerbte Schuld'." Sie spürte einen Stich im Herzen. Weshalb hatte er sie nicht einfach erlegt wie der Löwe die Gazelle?

Warum hatte es ausgerechnet Kalestra treffen müssen, fluchte sie innerlich. Sophie war verantwortlich für den Tod der Vampirin, und nun wollte Dorian ihre gesamte Verwandtschaft auslöschen. Zumindest vermutete Tammy das. Sie hielt das letzte Puzzleteil in der Hand.

Kalestra, das Geheimnis um den Verbleib von Dorians Gefährtin im 18. Jahrhundert war gelöst, doch diese Erkenntnis machte alles nur noch schlimmer.

Plötzlich ging das Eisentor auf. Tyron Winchester kam mit dem Elektroauto auf sie zu, umrundete sie und hielt neben ihr. „Guten Abend, Miss Malt. Steigen Sie bitte ein."

Der Verwalter bedachte sie nicht mit einem schmierigen Lächeln als Anspielung auf das explosiv-erotische Spiel im Reitstall und seiner eigenen Rolle als Voyeur. Tammy empfand Dankbarkeit und stieg ein. Der Verwalter schien ein Gentleman zu sein.

Diesmal brachte Tyron sie zum Hauptgebäude, einem langen, flachen Haus, das einen Mix aus schottischer Noblesse und amerikanischer Ranch darbot. Es war in keiner Weise so, wie Tamara es sich vorgestellt hatte, denn Sophie hatte von einem Bauernhaus geschrieben. Das Gebäude bestand nur aus dem Erdgeschoss. Dunkelblaue Samtvorhänge verschlossen die Fenster. Eine kleine Holzveranda, auf der Kübelpflanzen um ein dreistufiges Treppengestell mit Kräuterkästen drapiert waren, diente als Eingangsbereich.

Tamara betrat das Haus und legte das Buch mit dem Ledereinband auf einen Tisch neben der Tür. Die Gäste in der Lobby starrten sie verwundert an. Tamaras Herz rutschte in die Hose. Waren das Vampire?

„Wo sind meine Eltern?", fragte Tammy hastig.

Tyron führte sie in den Tanzsaal, und Tamara fiel ihnen um den Hals, als hätte sie Mutter und Vater jahrelang nicht mehr gesehen.

Elisabeth Malt strahlte. „Mein Kind, wie wunderbar, dass du auch gekommen bist. Wir wussten ja nicht, ob du eingeladen warst. Dorian hatte uns recht kurzfristig Bescheid gesagt."

„Und du bist ja nie telefonisch zu erreichen", mahnte ihr Paps.

Vage erinnerte sich Tamara daran, auf ihrem Handy einen Anruf in Abwesenheit gehabt zu haben. Sie atmete auf. Ihren Eltern ging es gut – noch. „Wo ist Samantha?"

„Sie tanzt mit Mister Everheard." Ihre Mutter zeigte auf die Tanzfläche.

Tatsächlich wiegten sich die beiden inmitten von Tanzwütigen im Rhythmus, ein wenig zu eng, fand Tammy. Ohne darüber nachzudenken, eilte sie zu dem Paar, klatschte in die Hände und zwang sich zu lächeln. „Ich möchte den Hausherrn gerne abklatschen."

„Was machst du denn hier?" Sammy Jo schaute sie erstaunt an, machte dann aber ihren Platz frei und verschwand in der Menge.

Tamara glitt in Dorians Arme. „Hoffentlich ist sie jetzt nicht beleidigt."

„Spielt das eine Rolle heute Nacht?", fragte er herausfordernd.

Sie fand, er sah müde aus, und entschloss sich, mit offenen Karten zu spielen. „Ich habe Sophie Langsdales Memoiren zu Ende gelesen."

Sein Blick wurde hart. „So?"

Einen Augenblick dachte sie darüber nach, Kalestras Tod anzusprechen, vermied es aber, weil die erneute Erwähnung ihres Namens diesmal sicherlich zum Desaster geführt hätte. Vorsichtig und äußerst behutsam musste sie vorgehen.

Tammy schluckte den Kloß im Hals hinunter. „Du hast alles inszeniert – die Abhängigkeit meines Vaters von dir, Marcus' Anwärterschaft und auch die Eifersüchteleien zwischen mir und Samantha."

„Das war nicht schwer", antwortete er scharf. „Jeder Mensch hat einen Schwachpunkt."

„Ebenso jeder Vampir", flüsterte sie.

Dorian zog sie zu sich heran. Sein Gesicht ragte düster über ihr, und sein Arm, der um ihre Taille lag, erschien ihr wie ein Stahlring, eine unnachgiebige Fessel. Sein Blick hielt sie gefangen, und sie hatte Angst, dass einer der anderen Tänzer ihre Diskussion mitbekam. Dann wäre alles verloren!

„Ich bin dein eigentliches Ziel, nur ich, weil ich Sophies Fehltritt sühnen soll", sprach sie leise. „Ich bitte dich von Herzen, lass meine Familie aus dem Spiel. Nimm mich. Ich weiß, dass du mich an Sophies Stelle siehst. Warum?"

Unerträglich zärtlich strich er ihr eine Haarsträhne hinter das Ohr. „Derselbe goldblonde Lockenkopf und wenn du mich mit deinen nachtblauen Augen anschaust, habe ich das Gefühl, Sophie steht vor mir."

Auf einmal beschlich sie ein fürchterlicher Gedanke. „Hast du sie geliebt?"

„Sophie?", fragte er schmunzelnd, doch Trauer schwang in seiner Stimme mit. „Nein! Mein Herz gehörte damals einer anderen, und ich bin eine treue Seele."

Er hatte das Thema angesprochen. Nun fasste sie Mut, in die gleiche Kerbe zu schlagen. „Es tut mir unendlich leid wegen Kalestra. Sophie wollte nicht, dass sie ..."

„Erwähne nie wieder ihren Namen!", fuhr er sie an und blieb stehen.

Die Tanzenden schauten zu ihnen hinüber. Tammy bekam Angst und trat den Rückzug an. „Dorian, bitte beruhige dich. Ich flehe dich an, lass uns weitertanzen. Alle gucken zu uns."

„Was soll's?", blaffte er. „Sollen sie ruhig Zeuge davon werden ..."

„... wie du mich richtest?", unterbrach sie ihn. „Ich weiß, du wirst es tun, heute Nacht."

„Tammy, geh nicht zu weit! Es ist zu deinem Besten, wenn du schweigst und mich nicht reizt", ermahnte er sie leise.

„Aber meine Familie bekommst du nicht!", ranzte sie

ihn an und lief zu ihren Eltern, um sie in Sicherheit zu bringen.

Aber bevor sie etwas sagen konnte, nahm Samantha sie zur Seite. „Du liebst ihn."

Tamara war außerstande, etwas zu erwidern.

„Oh, Tammy, hätte ich das nur gewusst. Trotz all unserer Differenzen, ich schwöre dir, ich hätte die Finger von ihm gelassen. Es ist nichts passiert. Ehrlich!"

Sammy Jos Geständnis stimmte sie wieder milde. Tamara beruhigte sich langsam, ja, sie spürte sogar eine Wärme in ihrem Inneren, weil sie nie und nimmer damit gerechnet hatte, dass ihre Schwester für sie zurückstecken würde. Samantha wollte immer alles haben, besonders das, was Tammy besaß.

„Danke", sagte Tamara lächelnd und drückte ihre Schwester an sich.

Dorian hatte sie nicht entzweien können. Tammy würde ihre Eltern nicht mit der Restaurantkette im Stich lassen, obwohl sie gegen die Erweiterung des „That Delicious Bite" war. Es blieb noch Marcus. Sie sah ihn in der Ecke stehen mit einem Glas Rotwein in der Hand; zumindest hoffte sie, dass es Wein und nicht Blut war.

Tammy entschuldigte sich bei Samantha und eilte zu Marcus. „Ich muss mit dir sprechen", bat sie leise.

„Was machst du denn hier? Sprechen, ja, gerne", antwortete er verträumt lächelnd und zog sie mit sich. „Lass uns in der Bibliothek reden. Dort sind wir ungestört. Ans Lesen denkt heute Nacht niemand."

Sie taten, als wollten sie das WC aufsuchen, und schlüpften stattdessen durch eine Korridortür. Am Ende des Ganges drückte Marcus seinen Daumen auf einen Spiegel, und die Wand vor ihnen teilte sich. Tammy vermutete, dass der Spiegel ein Touchscreen war und sich ein Scanner und eine Kamera dahinter befanden.

„Das Gestüt und das Haus sind nur eine Tarnung. Dort leben nur eine Hand voll Menschen, Anwärter und wenige Vampirfreunde, wie Tyron Winchester, die sich um das ‚Ride through time' am Tage kümmern. Die eigentlichen Räumlichkeiten der Vampire befinden sich unter der Erde, wo ewige Dunkelheit herrscht, damit sie sich 24 Stunden frei bewegen können."

Tammy wusste dies schon aus Sophies Memoiren, schwieg jedoch.

Marcus leitete sie eine steile Steintreppe hinunter, einen langen Gang entlang zur Bibliothek. Hand in Hand traten sie in den Raum, der noch genauso aussah, wie Sophie ihn beschrieben hatte. Tammy war überwältigt. Bücher stapelten sich auf Regalreihen, die bis unter die kuppelförmige Decke ragten und mit Leitern versehen waren, um an die obersten Reihen zu kommen. Unter einem Gemälde, welches das Gestüt zeigte, stand ein massiver Mahagonitisch, und in einer der Ecken des großen Zimmers befanden sich eine Couch und zwei Sessel aus dunklem, glänzendem Leder mit Messingbeschlägen an den Lehnen.

Tamara schüttelte den Kopf. „Weshalb, zur Hölle, willst du ein Vampir werden? Dieser Ort ist faszinierend, aber dennoch wärst du verurteilt, die meiste Zeit unter der Erde zu leben."

„Das ganze Wissen dieser Welt befindet sich in diesem Bücherlabyrinth. Wissen ist Macht! Und ich sollte die Bibliothek führen, weil der ehemalige Bibliothekar den Freitod gewählt hatte. Das hatte Dorian mir versprochen, und jetzt auf einmal bin ich nicht mehr gut genug."

„Weil du mir zu viel verraten hast", sagte sie. „Das tut mir leid." Eigentlich war sie jedoch froh, dass Marcus in der Gunst gefallen war. Er gehörte nicht in die „Loge"!

Marcus nahm ihre Hand und küsste jeden Finger einzeln. „Dorian hatte mir Hoffnung gemacht. Er wollte mich ausbilden, fast so, wie es früher einmal war, als jeder eigenständig den Menschen bestimmen durfte, den er zum Vampir machte. Angeblich hat Dorian sich über die ‚Loge' hinweggesetzt und mich bestimmt."

„Hinweggesetzt?"

„Ich brauche deine Umarmung." Marcus drückte Tammy an sich und streichelte ihren Rücken. „Heutzutage bestimmen die Ältesten der ‚Landeslogen', wer als Anwärter aufgenommen wird. Kein Vampir darf sich über das Gesetz stellen und einfach einen Menschen beißen.

Dorian hat mich erwählt, ohne die anderen zu fragen, sagt er zumindest."

Tammy war sich nicht sicher, ob das stimmte. Vielleicht war die „Loge" in Dorians Racheplan eingeweiht. Es spielte keine Rolle. Fest stand, dass Marcus nichts über Sophie Langsdale und Kalestra wusste, und Tamara entschied auch diese Informationen für sich zu behalten. Sie hatte Marcus schon in genügend Schwierigkeiten hineingeritten.

„Du musst mir versprechen, deine Anwärterschaft niederzulegen und den Kontakt mit der ‚Loge Condannato' aufzugeben", sagte sie.

Er hob den Kopf, streifte ihre Wange mit der seinen und blickte ihr tief in die Augen. „Unter einer Bedingung – du hältst dich von Dorian fern."

„Das kann ich nicht", keuchte sie und dachte daran, dass sie wahrscheinlich nie wieder das Gestüt verlassen würde.

„Du fühlst dich zu ihm hingezogen."

„Ich arbeite mit ihm zusammen", versuchte sie abzulenken. „Immerhin ist er der Geschäftspartner meines Vaters."

„Dieser Kerl spielt nur mit dir, wie er es mit mir getan hat", blaffte er und drängte Tammy gegen den Schreibtisch.

Langsam bekam sie Angst vor ihm. Was sollte sie nur

tun? Sie konnte unmöglich laut um Hilfe schreien. Vampire würden es wohl kaum gutheißen, wenn sich zwei Menschen unerlaubt in ihren Katakomben tummelten. „Hör bitte auf damit. Wir sollten nach oben gehen, bevor die Brut uns vermisst."

Tammy probierte, sich loszureißen, aber Marcus hielt ihre Handgelenke fest und begann ihr Dekolleté mit Küssen zu übersäen.

„Ich liebe dich nicht, Marcus", schrie sie. „Verdammt noch mal, lass mich gehen. Jetzt, sofort!" Verzweifelt trat sie um sich.

Da fegte Marcus den Schreibtisch mit einer Armbewegung leer und warf Tamara auf die Tischplatte. Mit dem Oberkörper lehnte er sich auf sie. Er schob ihre Bluse nach oben und versuchte den BH über ihre Brüste zu schieben. Jetzt war Tammy alles egal! Sie würde eh sterben und wollte nicht vorher vergewaltigt werden. Kreischend schlug sie auf seinen Kopf ein. Sie kratzte seine Wange blutig und hoffte, dass die Piranhas bald zu ihrer Rettung auftauchen würden. Aber es kam niemand.

Mit aller Kraft robbte sie rückwärts. Sie hielt sich mit der Hand an einem Regal fest und betete, dass es geräuschvoll umfallen würde, aber es schien an der Wand fest montiert zu sein. Sie griff das erste Buch und schlug damit auf Marcus ein.

Wütend boxte er es ihr aus der Hand. „Tief in deinem

Inneren liebst du mich. Du bist dir dessen nur noch nicht bewusst. Wir standen uns schon immer sehr nah." Zorn färbte sein Gesicht hochrot.

Er erinnerte Tammy an einen tollwütigen Pitbull. Wenn er sprach, spritzte Speichel aus seinem Mund. In diesem aufgewühlten Zustand traute sie ihm alles zu, auch dass er über sie herfiel und sie gegen ihren Willen nahm. Dorian schoss in ihre Gedanken. Auch er hatte sie genommen, nicht gegen ihren Willen, aber die ungewöhnliche Art und Weise hatte ihr Angst gemacht, doch er hatte sie ihr mit sanfter Bestimmtheit genommen. Aber Dorian würde sich nie so gehen lassen. Er hätte sie nicht mit Gewalt geliebt. Ihr Herz gehörte dem Vampir!

Tammys Kräfte ließen nach. Obwohl sie an Marcus' Haaren zog, küsste er sie weiter und biss sogar manchmal zu.

Mit Tränen in den Augen schrie sie laut: „Ich liebe Dorian!"

Da flog die Tür auf. Dorian stand im Rahmen. Während ein weiterer Vampir hinter ihm auftauchte, rannte er zum Schreibtisch und riss Marcus von Tamara runter. Aufbrausend schlug er ihm ins Gesicht, hob das Buch auf, das Tammy als Waffe benutzt hatte, und rammte es in seinen Rücken. Marcus taumelte zu Boden. Aber Dorian ließ nicht von ihm ab, sondern legte den Arm um seinen Hals und zog ihn auf die Beine. Nach Luft japsend versuchte

Marcus zu stehen, aber er schwankte. Der Schlag gegen seinen Kopf musste ihm zugesetzt haben.

„Blut an deiner Wange“, stellte Dorian fest. „Die Vampire werden es mögen. Langsam werden sie es aus dir heraussaugen und mit jedem Schluck immer gieriger werden, bis sie sich nicht länger zurückhalten können und dir auch den letzten Tropfen rauben.“

Er schleppte den zappelnden Marcus zu dem Vampir, der noch im Türrahmen stand. „Euer Mitternachtsmahl, Laurel. Ruf die anderen in der Gruft zusammen.“

Laurel verschwand mit Marcus, um Dorians Urteil zu vollstrecken. Dorian selbst ging zu Tamara zurück. Kurz vor ihr blieb er stehen und betrachtete sie von oben bis unten. „Bist du in Ordnung?“, fragte er besorgt.

Sie saß auf der Tischkante, rang nach Fassung und schlang die Arme um ihren Oberkörper. Schluchzend sprach sie: „Bringst du ihn dorthin, wo meine Eltern und Samantha bereits auf ihren Tod warten? Ihr seid Barbaren! Selbst Marcus hat es nicht verdient, bei lebendigem Leib ausgesaugt zu werden. Wieso gibst du dich nicht damit zufrieden, mich umzubringen? Ich bin es, die wie Sophie aussieht, Sophie, die du so sehr hasst, weil sie dir dein ganzes Glück genommen hat.“ Es sprudelte aus ihr heraus. Sie redete sich in Rage. „Aber die junge Frau war es nicht, die Kalestra dir stahl. Ignatius hat sie auf dem Gewissen. Sophie hat nur versucht ihre Familie zu retten, wie ich es auch versucht habe. Sie war erfolgreich, ich nicht. Vielleicht sind meine Eltern und Sammy Jo schon tot. Sag es mir! Habt ihr von ihnen getrunken, während Marcus über mich herfiel? Sprich mit mir, verdammt!“

Er herrschte eine unheimliche Stille. Dorian schaute mit versteinerter Miene auf sie hinab. Schließlich sagte er in einem ruhigen Ton: „Du lässt mich ja nicht zu Wort kommen.“ Er machte eine Pause. Als sie nichts erwiderte, fuhr er fort: „Marcus hat gegen die Regeln verstoßen. Weil er zu viel über die ‚Loge Condannato‘ weiß, müssen wir ihn töten.“

Tammy war auch eingeweiht in die Geheimnisse der „Vampir-Loge“. Für sie gab es kein Entkommen. „Aber meine Eltern und auch meine Schwester wissen rein gar nichts.“

„Deshalb feiern sie oben und werden das Gestüt verlassen, ohne einen einzigen Blutstropfen zu verlieren.“

„Ist das wahr?“

„Ich lüge nie!“, antwortete er scharf.

Tamara nickte und dachte widerspenstig, dass er nur manchmal nicht die ganze Wahrheit sagte oder die Realität ein wenig verdrehte. Er war noch immer undurchschaubar für sie geblieben. „Warum tötest du mich dann nicht endlich?“

„Bist du so versessen darauf zu sterben?“, fragte er. Seine Augen funkelten lüstern. „Als Marcus eben an dir herumknabberte, sah das noch ganz anders aus. Es hätte ja sein können, dass er längst ein Vampir ist."

Schwungvoll stand sie auf und sah sich in der Bibliothek um. „Du hast uns gesehen. Habe ich Recht?"

„Die Kameras sind gut versteckt im ganzen Haus verteilt, über- und unterirdisch angebracht", antwortete er schmunzelnd.

„Dann hast du nicht eingegriffen, obwohl er mich bedrängte", stellte Tammy wütend fest. Sie stemmte die Hände in die Hüften und baute sich vor ihm auf.

„Es hat eine Weile gedauert, bis ich von der Party in den Kontrollraum und von dort in die Bibliothek gelangt bin. Ich hätte nie zugelassen, dass er über dich herfällt!"

„Das übernimmst du lieber selbst", entgegnete sie aufsässig.

Bevor Dorian antworten konnte, traten fünf ältere Herren in den Raum. Sie trugen dunkelblaue Roben mit einem Emblem, ein schwarzer Ankh, umrandet mit acht blutroten Rosen, deren dornige Stängel sich ineinander schlangen. Tammy kannte es aus Sophies Memoiren. Es war das Wappen der „Loge Condannato". Das Tribunal konnte beginnen. Hilfesuchend blickte sie zu Dorian. Sie konnte sich nicht vorstellen, dass er sie den Wölfen zum Fraß überließ. Sie wollte es sich nicht vorstellen. Ihr Herz blutete alleine schon bei dem Gedanken, von ihm verraten zu werden. Sie liebte ihn! Was gab es Schlimmeres, als ein

Messer in den Rücken gestoßen zu bekommen von dem Menschen, den man begehrte?

Dorian führte sie in die Mitte der Bibliothek und bedeutete ihr, sich vor dem Halbkreis der Männer hinzuknien.

„Ich bin Sur, der Älteste der Vampire Großbritanniens“, sprach einer der Herren mit tiefer Stimme. „Vor einiger Zeit bat Dorian uns, seine Rache an Sophie Ashford nach jahrhundertelanger Wartezeit ausführen zu dürfen, und wir gewährten sie ihm, weil er mittlerweile der Anführer der ‚Loge Condannato‘ ist. Den Richterspruch jedoch fällen wir, denn die Entscheidung obliegt ausschließlich uns.“

Hatte Tamara soeben noch einen Funken Hoffnung gehabt, dass Dorian sich an ihre erotischen Treffen erinnerte und Mitleid mit ihr haben würde, so erlosch dieser Funke nun.

Sur fuhr fort: „Auf der ganzen Welt gibt es ‚Logen‘, in Großbritannien bis zum heutigen Tag acht an der Zahl, und den abtrünnigen ‚Audax Zirkel‘, der Irland fest im Griff hat – noch! Vampire können nur überleben, wenn sie sich zusammenschließen und unauffällig sind. ‚Audax‘ begreift das einfach nicht.“

Tamara schaute zu Dorian, der ihr leicht zunickte. Weshalb erzählte der alte Vampir ihr das alles?

„Verkünde das Urteil im Namen des Ältestenrats, denn

dies ist deine ‚Loge' und deine Rache", forderte Sur ihn auf.

Dorian stellte sich vor sie. „Da du der gleichen Blutlinie entstammst wie Sophie, die die ‚Loge Condannato' einem Vampirjäger ausgeliefert hat und dadurch Kalestra tötete, trägst du die gleiche Schuld wie sie und wirst nun den Verrat sühnen, den deine Vorfahrin, der du so verwirrend ähnlich siehst, begangen hat. Tamara Malt, ich werde dich töten!"

Ihr schossen Tränen in die Augen. „Ich will nicht sterben", brach es aus ihr heraus. „Obwohl du mich durch ein Bad der Gefühle schickst, habe ich mich nie so lebendig und wohl gefühlt wie in den letzten Tagen. Du hast mir gezeigt, dass es dort draußen mehr gibt als Arbeit, dass man die Kontrolle behalten und sich trotzdem fallen lassen kann."

Schweigend schritt er um sie herum, betrachtete sie eingehend von allen Seiten. Genoss er ihren jämmerlichen Anblick? Suchte er sich bereits eine Stelle aus, in die er seine Zähne schlagen würde? Bittere Tränen liefen ihre Wangen hinunter. Dorian würde sie nicht retten. Sie hatte sein Herz nicht erobert, wie er das ihre. Es war alles nur ein Spiel für ihn.

Dorian fasste ihr Kinn, hob ihr Gesicht an und sprach in sanftem Ton, doch so, dass alle hörten: „Ich werde das Menschliche in dir töten."

Sie verstand kein Wort. Es war, als würde die Welt sich um sie herum drehen. Man entzog ihr den Boden unter den Füßen, den festen Halt.

„Du wirst ein Vampir werden“, erklärte Dorian.

Sur trat neben ihn. „Und du wirst von seinem Blut trinken, kurz nachdem er dich gebissen hat. Ein paar Tropfen seines Blutes werden dein Schicksal abhängig von ihm machen! Stirbt er, wirst du ebenfalls sterben. Du musst seinem Befehl folgen, sonst wird die ‚Loge Condannato‘, deren Regeln du von nun an unterstehst, dich entweihen und auch den Vampir in dir umbringen.“

Unbemerkt von den Herren streichelte Dorian sie unter dem Kinn und ließ es dann los. „Deine erste Aufgabe erhältst du bereits hier und jetzt, damit deine Position in der ‚Loge‘ klar definiert ist. An meiner Seite wirst du die Restaurantkette, die dein Vater plant, aufbauen. Bald wird es Gourmettempel für Vampire überall in Großbritannien geben.“

„Für Vampire?“, fragte Tammy, aber Dorian hielt ihr die Hand vor den Mund und befahl ihr durch einen strafenden Blick, zu schweigen.

„Der Zeitpunkt für die Wandlung ist gekommen“, sprach Sur feierlich und machte eine ausladende Geste zur Tür.

Dorian fasste ihren Oberarm, zog sie sanft auf die Füße und leitete sie aus der Bibliothek hinaus. Schweigend gingen sie einige Gänge entlang, die wie dunkle Schläuche wirkten und nur von kleinen Strahlern mit gedämpftem Schein erhellt wurden. Dorian ergriff ihre Hand und massierte jeden einzelnen Finger, ohne ein Wort zu sagen. Erstaunt schaute Tammy ihn an. Sie begehrte diesen Vampir mit jeder Faser ihres Körpers, gierte nach seiner Aufmerksamkeit und war glücklich, nun für immer an ihn gebunden zu sein. Konnte es eine intensivere Beziehung geben?

Wenn er mir nur ein kleines Zeichen seiner Zuneigung schenken würde, hoffte Tammy.

Als sie eine Weile durch das Labyrinth unter der Erdoberfläche gegangen waren, führte Dorian Tamara in ein Zimmer. Er trat hinter ihr ein und verriegelte die Tür.

Tammy stand vor einem großen Himmelbett. Dicke Holzpfosten ragten bis fast unter die Decke und hielten dort einen blutroten, reich bestickten Baldachin. Irritiert drehte sich Tamara zu Dorian um und hoffte inständig, dass er ihr die Erregung nicht ansah, die in ihr anschwoll, nur weil Dorian, ein Bett und sie in einem Raum waren.

„Nun wirst du mich wirklich kennen lernen“, sprach der Vampir unheilvoll, gleichsam lüstern. Kaum hatte er den Satz beendet, wirbelte er Tammy herum und drückte sie sanft gegen einen der Pfosten. Er schob Rock und Slip hinunter, knöpfte die Bluse auf und zog sie ihr aus. Dann hauchte er ihr sanft ins Ohr: „Pssst“, als Erinnerung an ihre erste gemeinsame Liebesnacht.

Sie lauschte dem Pochen ihres Herzens, bemerkte das Pulsieren in ihrem Schoß und betrachtete ihre Brüste, die der Pfosten auseinander drückte. Entblößt stand sie vor ihm, und es kam ihr so natürlich vor, so richtig, denn nun endlich gehörten sie zusammen.

Dorian entkleidete sich. Als er nackt war, schmiegte er sich an Tammys Rücken und küsste liebevoll ihren Nacken. Behutsam zog er ihre Pobacken auseinander und legte sein anschwellendes Glied in die Spalte. „Bei unserem ersten Treffen fand ich dich atemberaubend. Darum kam mir die Idee der bittersüßen Rache, die mir gleichzeitig Spaß bereiten würde. Doch zu meinem eigenen Leidwesen weckte der Sex etwas in mir, das hätte weiter schlummern sollen." Zärtlich drückte er auf ihre Brustwarzen, als wären es Klingelknöpfe. „Beim zweiten Mal begehrte ich dich und konnte mich kaum beherrschen, nicht wie ein wilder Hengst über dich herzufallen und meinen Vorsätzen untreu zu werden. Und heute, Tammy, heute werde ich dich endlich besitzen!" Als er das sagte, legte er einfordernd die Hand auf ihren Venushügel.

Doch Tammy empfand keine Bedrohung. Dorians Geste war wie ein Schutz. Er würde sie schützen und beschützen, und Tamara wollte nur ihm gehören. Das hatte sie schon immer gewollt, doch sie hatte sich dabei selbst im Weg gestanden und ihn nicht dazu bringen können, seine Zuneigung zu offenbaren – bis heute. Er glaubte, er hätte gewonnen. Seine Rache stand kurz vor der Vollstreckung. Bald schon würde sie kein Mensch mehr sein. Er raubte ihr das Tageslicht und schenkte ihr die Nacht, doch die Finsternis war nicht kühl und einsam, sondern voll prickelnder Erotik. Sie gewann den Mann, den sie liebte. Niemand stand zwischen ihnen, nicht Samantha und auch nicht Kalestra, nicht einmal mehr Sophie.

Auf einmal nahm Dorian sie auf die Arme. Wie eine Braut trug er Tammy zu einer Bettseite. Er legte sie auf die burgunderfarbene Tagesdecke und bettet seinen Körper auf den ihren. Lächelnd rieb er seinen Phallus in der Spalte, die ihre zusammenliegenden Beine bildeten.

„Dorian?", fragte Tamara zaghaft, denn sie wollte ihn nicht zornig machen und das Liebesspiel zerstören. „Es gibt noch etwas, das ich unbedingt wissen muss."

„Jetzt?"

Sie nickte. „Was ist aus Sophie geworden? Der letzte Satz in den Memoiren war nicht vollständig."

„Jeremy hat sie nicht gebissen, falls du das glaubst", antwortete er ihr, und es schwang Bitterkeit in seiner Stimme mit. „Du hast doch selbst gelesen, dass sie gesundheitlich angeschlagen war. Sophie Langsdale, geborene Ashford, schlief friedlich ein, während sie den letzten Satz zu Papier brachte."

„Woher weißt du das?"

Zärtlich zwirbelte er eine Brustwarze, während er

sprach. Tammy musste sich bemühen, seinen Worten zu folgen, denn ihre steigende Erregung vernebelte ihre Sinne.

„Jeremy kam von Amerika nach London zurück und übergab mir Sophies Memoiren", erklärte er und beobachtete mit Genugtuung, wie sie unter seinen Berührungen dahinschmolz, denn nun rollte er beide Brustspitzen zwischen Daumen und Zeigefinger, als wären die Knöpfe wertvolle Rubine, die er begutachtete. „Er machte mir große Vorwürfe, weil ich eine Beziehung zwischen ihm und Sophie unmöglich gemacht habe. Du weißt, hätte ich sie gefunden, wäre meine Rache sicher gewesen. Meine Gefährtin bringt man nicht ungestraft um!"

Tammy schloss die Augen und stöhnte. „Bin ich nun deine Gefährtin?"

„Nein", entgegnete er kühl.

Enttäuscht blickte sie ihn an. Dieses simple, kurze Wort stach ihr wie ein Dolch ins Herz.

Dorian lachte auf, ergriff ihre Hände und kreuzte ihre Arme über ihrem Kopf. „Noch nicht. Erst muss ich dich zur Vampirin machen. Du kennst meine Meinung. Seit ich Kalestra aus Zügellosigkeit gebissen habe, als sie noch ein Mensch war, glaube ich nicht mehr daran, dass Mensch und Vampir zusammen glücklich werden können. Bis auf wenige Ausnahmen pflegen wir nicht einmal Freundschaften zu Menschen. Warum sollten wir dann Romanzen mit ihnen haben? Es kann keine Verbindung zwischen Tag und Nacht geben. Das ist unmöglich! Jeremy musste dies erfahren und zog sich aus Bitterkeit in die schottischen Highlands zurück, um sich nur von Tierblut zu ernähren. Welch ein Tor! Das haben schon andere versucht und sind gescheitert. Eines Tages wird er zu seinem Mentor zurückkehren. Das weiß ich!"

„Die Liebe überschreitet Grenzen, reißt Mauern nieder, sie …"

„Tammy, ich lebe nun schon viele Jahrhunderte und habe erlebt, dass dies Ammenmärchen sind, reines Wunschdenken."

Sie hob den Kopf und verschloss seine Lippen mit einem Kuss. „Überschreiten wir nicht gerade eine Grenze, indem wir uns lieben, ein Mensch und ein Vampir? Reißen wir nicht die Mauern meiner Menschlichkeit nieder, um zusammen zu sein? Übst du nicht gerade in einer Weise Rache, wie du sie nicht geplant hattest?"

„Sei vorsichtig, was du sagst", sprach er und gab ihre Arme frei.

Beruhigend streichelte sie seinen Brustkorb. Sie wusste es und er auch, dass Dorian sie nur aus einem Grund nicht blutleer saugte – weil er sie liebte, eine Menschenfrau. Er veränderte nur ihr Dasein, damit sie zusammen sein konnten. Und Tammy war einverstanden, mehr als das, sie wünschte es sich so sehr! Sie konnte nicht erahnen, was auf sie zukam, aber Dorian würde immer bei ihr sein und sie leiten.

„Ich habe Angst", sagte sie leise. „Wird der Biss wehtun?"

Er lächelte schon wieder. „Nicht, wenn du dich fallen lässt und mir vertraust."

Dorian stieg von ihr runter. Auf der Höhe ihres Pos setzte er sich mit dem Rücken zu Tammys Gesicht, führte ihre Beine zusammen und nahm diese hoch, sodass sie unter seinen Achseln eingekeilt waren und sich die Pobacken ihm prall anboten. Tamara fürchtete, er würde ihr den Hintern versohlen wie einer unartigen Göre. Stattdessen bedeckte er ihre Oberschenkel mit feuchten Küssen. Seine Lippen streiften ihren Anus. Kurz verweilte seine Zunge in der Spalte. Dann schob sie sich zwischen Tammys zusammengedrückte Schenkel wie ein kleines, nasses Glied, das Einlass in ihre ebenso feuchte Vagina verlangte. Doch Dorian tat nie, was Tamara vermutete, und so schlängelte er seine geschickte Zunge ihre Spalte hinauf zum Anus und ließ sie über die Rosette zucken. Er drang mit der Zungenspitze in sie ein, dorthin, wo vor ihm noch niemand vorgedrungen war. Sogleich zog er sich zurück, um sofort noch tiefer mit der Zunge in Tammys Anus hineinzustoßen. Und es gefiel Tamara. Es weckte unbekannte Regungen in ihr. Sie dachte an das Quäntchen Verruchtheit. Lächelnd schloss sie die Augen, um sich dem Gefühl ganz hinzugeben, und stöhnte leise.

Auf einmal zog Dorian sie schwungvoll in die Bettmitte. Er öffnete ihre Schenkel und setzte sich mit dem Rücken zu ihr auf sie, nahm jedoch sofort seinen Hintern hoch. Während er lüstern ihre Scheide betrachtete, gierte Tammy nach dem Schweif des Hengstes, der über ihrem Kopf baumelte wie das Damokles-Schwert. Sie war sich der Gefahr bewusst, auch wenn die steigende Lust ihr mehr und mehr die Sinne raubte. Dorian würde sie noch in dieser Nacht beißen und zu einem Vampir machen.

Er umfasste ihre Knöchel und hielt somit die Beine geöffnet. Dann begann er an Tammys großen Labien zu saugen. Lustvoll zuckte sein Penis, und Tamara verstand dies als Aufforderung. Sie reckte sich, neckte seine pralle, rote Eichel mit ihrer Zungenspitze und seufzte, denn Dorian antwortete ihr, indem er kurz ihre Klitoris küsste und seine Lenden ein Stück auf sie niedersenkte. Begierig, Dorians Phallus endlich auch berühren zu können, schob sie mit den Fingern die Vorhaut zurück und nahm die Eichel in den Mund. Als wäre diese ein großer Erdbeerlolli, lutschte sie daran, bis der Speichel ihr an den Mundwinkeln herauslief. Dann leckte sie den erigierten Penis, dessen Adern immer mehr hervortraten, trocken, streifte immer wieder den Stamm mit der Breitseite ihrer Zunge und entlockte Dorian ebenfalls lustvolle Seufzer. Doch Tammy hatte immer größere Probleme, sich zu konzentrieren, weil Dorian nicht von ihrem Schoß abließ. Sie drückte sein Glied an der Peniswurzel zusammen, um seine Lust zu steigern und sich selbst an ihm festklammern zu können. Während sie sich nach seinen Hoden reckte, diese mit der Nase neckisch anstupste und mit Hilfe der Zunge schaukelte, schleckte er über ihren G-Punkt und brachte das Fass zum Überlaufen. Dann zog er seine Zunge von hinten nach vorne zwischen ihren kleinen Schamlippen hindurch und nuckelte an ihrer Klitoris, bis Tammy vor Erregung winselte. Sie hielt sich an der Bettdecke fest und rang nach Atem.

Da säuselte Dorian: „Oh, wir wollen doch nicht meine Lust vergessen. Öffne den Mund!“

Er führte seinen Phallus in ihre Mundhöhle ein, bis sie ihre Finger in seinen Unterschenkel krallte, um ihm zu signalisieren, dass er tief genug in ihr steckte. Dann begann er sich vorsichtig auf und nieder zu senken. Tammy presste die Lippen auf sein hartes Glied. Er drang behutsam in sie ein, doch schnell wurden seine rhythmischen Bewegungen fordernder. Er liebte sie auf eine Art, die Tammy so herrlich verrucht fand, dass es sie ebenfalls erregte. Sie spürte, wie seine Eichel über ihre Zunge rieb, wie der steife Penis ihre Lippen elektrisierte. Ihre Scham pulsierte, und Dorian heizte ihr ein, indem er mit dem Zeigefinger ihren Scheidenvorhof liebkoste.

Unvermittelt hörte Dorian auf. Er stieg von Tammy

runter, drehte sich um und legte sich erneut auf sie. „Du weißt doch, dass ich dir gerne dabei zuschaue, wenn du kommst, Liebste."

Kaum hatte er das ausgesprochen, trieb er seinen Penis mit einem einzigen, heftigen Stoß in sie hinein.

Hatte er sie „Liebste" genannt? Tammy gurrte vor Vergnügen. Ihre Vagina nahm sein Glied schmatzend auf. Sie schmiegte sich um ihn und zog sich bei jedem Stoß zusammen, um ihn zu reizen. Dorian gab den Takt an, und Tammy ließ sich fallen. Es störte sie nicht, dass er beobachtete, wie sie sich unter seinen Stößen genüsslich wandte. Im Gegenteil! Es erhitzte sie noch mehr.

„Du hast mich durchschaut", gab er leise zu und rang nach Atem. „Die ganze Zeit war ich abweisend, weil ich dir nicht verfallen wollte. Dabei habe ich mich in dich verliebt, als ich dich das erste Mal vor Jeremys Haus sah."

Sein Drängen wurde ungestümer, die Stöße wilder. Sein Körper rieb über ihren Bauch, sein Penis über ihre Klitoris, die Hodensäcke über ihre Labien.

„Wieso hast du es mir nicht gesagt?", wollte sie wissen. Nun war nicht nur ihr Schoß erhitzt, sondern es strömte Wärme in ihr Herz.

Dorian hielt sie fest in den Armen und stieß bei jeder Silbe zu. „Du warst das Ziel meiner Rache. Ich durfte mich nicht in mein Opfer verlieben. Aber ich habe dir meine wahren Gefühle gezeigt, ohne ein Wort zu verlieren, indem ich dich auf die unterschiedlichste Weise ‚liebte'."

Tammy umschloss schmunzelnd seine Hüfte mit ihren Beinen, damit sein Glied noch tiefer in sie eintauchen konnte. Ihre Körper verschmolzen. Er trieb sie unaufhörlich auf den Olymp, und sie antwortete mit tiefem Stöhnen, das von ihrem lustvollen Leiden zeugte. Die letzten Stöße waren wundervoll quälend, beständig bergauf, getrieben wie ein Lämmchen von seinem Schäfer. Die Welt trat in den Hintergrund, Tammy sah und hörte nichts mehr, als hätte Dorian ihr eine Maske übergestreift. Sie spürte nur noch ihn, ihn und seinen Phallus, der sich gierig in sie hineinrammte. Als sie endlich den Gipfel erreichte und unter heftigem Zucken in Dorians Armen zusammenbrach, glücklich erschöpft und am Ende ihrer Kräfte, liefen ihr Tränen über die Wangen. Wie aus der Ferne nahm sie wahr, dass er einen animalischen Schrei ausstieß und sich entspannte. Behutsam bohrte er seine Zähne in ihren Hals und trank ihr Blut. Es tat nicht weh, sondern entfachte das Feuer in ihr erneut. Sie gierte danach, Dorian ein zweites Mal zu lieben. Als hätte er ihre Gedanken gelesen, begann er aufs Neue, sich in ihr auf und ab zu bewegen, diesmal langsamer, behutsamer. Sein noch immer hartes Glied kreiste in ihrer Scheide. Dann spürte Tammy Feuchtigkeit auf ihren Lippen. Ihr Mund sehnte sich nach Flüssigkeit. Ihr Körper war ausgedörrt vor Anstrengung. Tammy hatte auf einmal großen Durst.

Sie öffnete den Mund, noch immer benebelt und nahm Dorians Blut in sich auf, während er liebevoll ihre Wange streichelte und sprach: „Nun gehören wir zusammen, bis dass der Tod uns scheidet“.

„Und selbst dann werde ich dir folgen“, wisperte sie.

„Ich werde Acht auf dich geben, Tamara Malt, denn du bist das Kostbarste, was ich habe. Du wirst nie einsam sein in der Dunkelheit, das verspreche ich dir. Ich werde dich beschützen und dir Geborgenheit schenken, von nun an bis in alle Ewigkeit, meine Geliebte.“

Tammy weinte leise, sie weinte vor Freude.

– ENDE –

Originalausgabe

Ria Wallmann
Blutrote Rosen

Die Psychologin Dr. Nora Jacobi berät die Polizei bei der Jagd nach einem gefährlichen Serienmörder. Während der Ermittlungen wird Nora mit ihrer Vergangenheit konfrontiert und gerät dabei in einen gefährlichen Sog von Sehnsucht und Angst.

Band-Nr. 35005
8,95 € (D)
ISBN: 978-3-89941-354-0
496 Seiten

Deutsche Erstveröffentlichung

Kayla Perrin
Enthemmt!

Drei Freundinnen, bereit, für erfüllende Lust, wahre Liebe und für ein glückliches Leben fast alles zu geben. Doch wehe, wenn ein Mann diese Grenzen überschreitet. Denn dann ist für sie die Zeit der Rache gekommen …

Band-Nr. 35004
8,95 € (D)
ISBN: 978-3-89941-353-3
416 Seiten

MIRA®

Band-Nr. 35003
8,95 € (D)
ISBN-10: 3-89941-321-0
ISBN-13: 978-3-89941-321-2
464 Seiten

Mona Vara
Versuchung

Von Katharinas Großvater einst gedemütigt und aus seinem Heimatland vertrieben, will Nikolai nichts anderes, als sich an Katharina für das damals erlittene Unrecht zu rächen, indem er sie heiratet. Tatsächlich unterwirft er Katharina nach der Hochzeit in jeder Hinsicht seinem Willen und Katharina verfällt Nikolai mit Haut und Haar.

Doch Nikolai hat in keinster Weise mit der wilden Leidenschaft gerechnet, die seine Frau schon bald in ihm zu wecken versteht …

Suzanne Forster

Im Reich der Lust

Tess ist ehrgeizig. Was sie will, ist Erfolg. So besucht sie den Nachtclub ‚de Sade' mit ihrem Kollegen Danny auch nur aus beruflichen Gründen. Was sie dort aber in den Armen eines maskierten Liebhabers erlebt, bringt ihr Leben komplett aus dem Gleichgewicht …

Band-Nr. 35002
8,95 € (D)
ISBN-10: 3-89941-320-2
ISBN-13: 978-3-89941-320-5
352 Seiten

Jina Bacarr

Die blonde Geisha

Die blonde Geisha gilt als der Überraschungserfolg aus den USA: eine erotische Liebesgeschichte aus dem alten Japan. Der Roman wird derzeit in mehrere Sprachen übersetzt.

Band-Nr. 35001
8,95 € (D)
ISBN-10: 3-89941-306-7
ISBN-13: 978-3-89941-306-9
352 Seiten